JN428415

하네다 우사
USA HANEDA
일러스트 / U 35
~두 사람의 비밀은 한 지붕 아래~
5

Contents

「부탁이니까, 이제부터 내가 할 행동을 허락해줘.」
「……앞으로 할 행동이 뭔데?」
「사실대로 말하면 허락해줄 거야?」

「……미야기, 정말 괜찮아?」
「괜찮아.」

무서우니까, 라는 말은
조용히 삼켰다.
그녀의 말과 함께 피어서가 귀에 닿았다.
「그럼, 한다.」

「허락할 리가 없잖아.」

일주일에 한 번 클래스메이트를 사는 이야기5

~두 사람의 비밀은 한 지붕 아래~

하네다 우사
USA HANEDA
일러스트 / U 35

characters
등 장 인 물

센다이 하즈키
용모 단정에 처세술에 능한 여대생.
미야기 앞에서만은 있는 그대로의 자신을 보여줄 수 있었지만, 그녀에 대한 마음이 점점 커지면서 오히려 솔직해질 수 없게 되었다.

story
지금까지의 이야기

카스트 상위인 센다이와 차분한 성격의 여학생 미야기.
두 사람은 어느 사건을 계기로 일주일에 한 번 오천 엔을 받고 센다이가 미야기의 명령을 따르는 비밀스러운 관계를 맺게 되었다.
명령을 거듭할수록 조금씩 달라져 가는 감정과 규칙들. 마침내「졸업까지」라는 기한마저 철회되고, 대학 진학을 계기로 두 사람은 룸셰어를 시작하게 된다.
새로운 일상 속에서 오천 엔이라는 변명은 더 이상 존재하지 않는다.

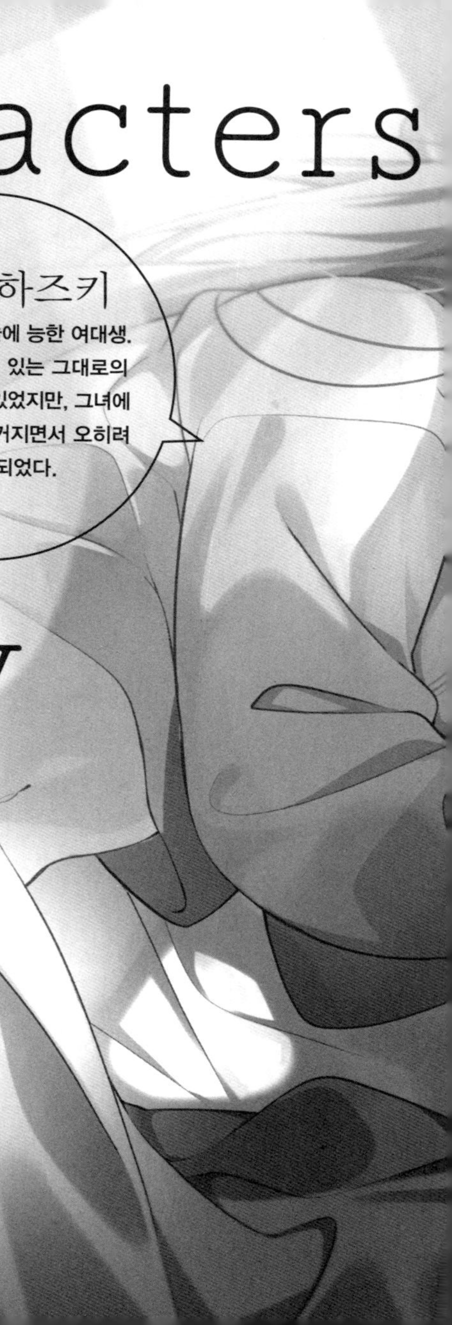

미야기 시오리
자신의 이야기를 잘 하지 않고 친구도 적은 조용한 여대생.
어머니는 계시지 않고, 아버지는 집에 돌아오는 일이 드물어 혼자 살고 있었지만, 대학 진학을 계기로 센다이와 룸 셰어를 시작했다. 외로움을 많이 탄다.

제1화
나와 미야기에게는 당연한 것

봄이 되고 이사도 끝마쳐, 대학생이 된 나는 미야기에게 오천 엔을 받지 않는 나날을 보내고 있었다.

우리 사이에 당연하다는 듯 존재했던 오천 엔이 사라진 하루하루는 신선했다. 아침에 일어나면 미야기가 있고, 좋은 아침이라고 하면 좋은 아침이라는 말이 돌아왔다. 그것은 졸업식 날에 정한 대로 나와 미야기가 룸 셰어를 하고 있는 뜻이자, 다니는 대학이 달라도 같은 장소에서 살고 있다는 뜻이었다.

이번 기한은 4년.

대학을 졸업할 때까지 우리는 함께 살게 된다.

지금까지 보낸 시간보다 더 긴 시간을 미야기와 보내게 되겠지만, 들려야 할 내 목소리에 반응하지 않는 가족들과 살았을 때보다 훨씬 인간다운 생활을 할 수 있을 것 같았다.

하지만 그렇다고 해서 미야기와 잘 지내고 있는 것은 아니었다.

문제는 많았고, 미야기는 그것을 해결해주지 않았다.

나는 싱크대 밑에서 우유빵을 꺼냈다. 조금 고민하다가 2인분의 홍차를 내릴 수 있을 정도의 물을 넣고 불에 올려놓았다.

공용 공간으로 쓰고 있는 이 다이닝 키친에는 전기포트도 주전자도 없었다.

필요한 것은 다 가져왔고 부족한 것은 사서 채웠다.

그렇게 생각하고 있었지만, 막상 생활을 시작해보니 부족한 것이 꽤 있었다. 전기포트도 그 중 하나로, 사러 가고 싶었다. 하지만 미야기 때문에 사러 가지 못하고 있었다.

한숨을 내쉬는데 발소리가 들려 뒤를 돌아보았다.

방에서 나왔는지 졸린 얼굴을 한 미야기가 보여 말을 걸었다.

"좋은 아침."

"……좋은 아침."

"홍차 마실래?"

"필요 없어."

"오늘 점심은 어쩔 거야?"

데님 팬츠에 후드티.

평소와 다름없는 복장을 한 미야기에게 묻자, 듣고 싶은 질문이 아니었는지 그녀의 미간에 주름이 잡혔다.

아침 인사를 건네긴 했지만 앞으로 한 시간만 더 있으면 12시가 된다. 토요일 아침이었으니 늦게 일어나도 별 문제는 없었고, 미야기의 생활 리듬에 어디까지 간섭해도 좋을지 알 수 없었지만, 함께 생활하고 있으니 식사를 할지 어떨지 정도는 물어봐도 좋다고 생각했다.

"적당히 먹을 거야."

미야기가 대놓고 언짢은 목소리로 대답했다.

"모처럼인데 같이 먹을래? 홍차 마실 거면 만들게."

찬장 안에서 머그잔을 꺼내며 물었다.

"……마이카랑 약속 있어."

또 우츠노미야인가.

별로 좋은 기분은 아니었다. 미야기는 이곳에 온 뒤로 필요 이상으로 우츠노미야와 만나고 있는 것 같은 기분이 들었다.

"그래서 점심은?"

"급해."

답이 되지 못한 답이 돌아왔다.

덕분에 나는 그녀가 말하는 「적당히」가 무엇을 말하는지 알 수 없었다.

우츠노미야와 밖에서 적당히 먹는다는 것인지, 지각할 것 같으니 적당히 먹고 여기를 나간다는 것인지.

아니면 또 다른 의미의 적당히인지.

미야기의 말로는 정답을 찾을 수 없었다. 그렇다고 해서 더 묻는다고 해도 확실한 답을 줄 것 같지는 않았다.

"그렇구나."

애매한 말만 되돌려주자 미야기가 세면실로 사라졌다.

아무래도 점심은 여기가 아닌 다른 곳에서 적당히 먹는다는 의미인 것 같았다. 나는 막 꺼낸 머그잔을 찬장에 다시 넣었다.

여기 온 이후로 계속 이런 식이다.

미야기는 많은 말을 하지 않았다.

옛날로 돌아간 기분이었다.

미야기의 방에 처음 가기 시작했을 때, 미야기는 거의 말하지 않았고, 나는 그녀가 만드는 침묵이 어색했다. 지금도 그때와 비슷한 분위기가 있었다.

서로 아직 새로운 생활에 적응하지 못했다.

우리 사이에 계속 있던 오천 엔이 사라지고 룸메이트라는 관계를 얻었지만, 그 관계에 어울리는 형태를 찾지 못하고 있었다. 졸업식까지는 옆에 있는 것이 당연했는데, 지금은 너무 가깝게 느껴졌다. 하지만 멀어지면 또 너무 멀어서 마음이 편치 않았다.

나는 밀크팬의 물을 버렸다.

미야기와 함께 산다.

즐거운 일만 있지 않을 거라는 것은 알고 있었지만, 이렇게까지 어려운 일이 될 거라고는 생각하지 못했다.

계란과 우유를 준비하고 그릇을 꺼냈다.

계란은 그릇에 깨 넣고 설탕과 함께 섞은 뒤, 우유를 넣고 한 번 더 섞었다. 식빵은 칼로 잘라야 하지만, 오늘은 손으로 네 조각으로 찢어 그릇에 던져 넣었다. 계란물에 흠뻑 젖은 식빵을 보고 있자니, 미야기가 세면실에서 돌아왔다.

—미야기.

그런 짧은 말을 건넬 새도 없이 그녀는 자신의 방으로 돌아가 버렸다.

나는 점심으로 먹긴 조금 이르지만 프렌치토스트를 굽기로 하고 팬을 따뜻하게 해서 버터를 녹였다.

주방은 미야기의 집에 비하면 좁았다.

하지만 미야기의 집만큼 사용하기 쉬었다. 그럼에도 불편했다.

이 집은 아직 내 집이 되지 못했다.

계란물에 담근 식빵을 프라이팬에 놓고 가만히 바라보았다.

아침에 일어나도, 대학에서 돌아와도, 잠들기 전에도, 이 집에는 미야기가 있었다. 내 방에 들어가면 혼자가 되지만, 벽 한 장 너머에는 거의 반드시 미야기가 있었다.

그 사실에, 아주 조금의 긴장이 따라붙었다.

아마 미야기도 마찬가지일 것이다.

이곳은 아직 마음 편한 공간이, 내 집이 되지 못했다.

그녀가 들어가기로 했던 기숙사보다는 낫겠지만.

나는 후우, 하고 숨을 내쉬며 가스레인지의 불을 껐다. 찬장에서 접시를 하나 꺼내 완성된 프렌치토스트를 올려 테이블로 옮겼다. 그리고 냉장고를 열었다. 오렌지 주스에 손을 뻗고 사이다를 꺼냈다. 잔에 따라 프렌치토스트 옆에 놓았다. 포크를 가져와 의자에 앉자 문이 열리는 소리가 났다.

"센다이, 나갔다 올게."

목소리가 들려와 시선이 프렌치토스트에서 미야기에게로 옮겨갔다.

"돌아오면 시간 있어?"

몇 시에 돌아오는지 알고 싶었지만, 마치 미야기의 행동을 24시간 감시하고 싶어 하는 것처럼 들릴 것 같아 물어보기 어려웠다.

"모르겠어."

미야기가 무뚝뚝하게 대답했고, 내가 뭔가 더 말하기도 전에 현관으로 향했다.

단적으로 말하자면, 도망갔다.

나는 미야기가 늘 마시던 사이다를 마셨다.

역시 맛이 없었다.

입안에서 탄산이 톡톡 터지는 감각과 안쪽에서 위 안쪽이 팽창하는 듯한 감각이 거북했다. 미야기는 즐겨 마시지만, 나에게 사이다는 달콤한지 아닌지조차 알 수 없는 것으로, 그녀처럼 즐겨 마실 수는 없었다.

나는 느리게 프렌치토스트를 입으로 옮겼다.

여기서는 달콤한 맛과 버터나 계란의 맛이 느껴졌다.

푹신푹신하고 촉촉한 빵은 위를 진정시켜 주었다.

절반 정도 먹고 사이다를 마셨다.

대학은 이제 막 시작한 참이라 아직 수강 신청이 끝나지 않았다.

어떤 강의를 고르고 어떤 스케줄로 대학생활을 보낼 것인가— 미야기와 그런 이야기도 하고 싶었지만, 도망만 다니고 있었다. 그녀는 과거에 여러 번 도망쳤지만, 이 좁은 공간에서도 그런 짓을 당하면 솔직히 상처받는다.

이곳에 놓여진, 공동으로 사용해야 할 크지 않은 테이블과 두 개의 의자도 거의 내 전용이 되어버렸다. 미야기가 맞은편에 앉은 기억이 거의 없었다.

작년 여름에는 프렌치토스트를 같이 해 먹었는데.

한숨을 한 번 내쉬고, 남은 프렌치토스트를 위장으로 밀어 넣었다.

테이블 위에 놓인 티슈 상자에서 부드러운 티슈를 한 장 뽑아 입을 닦았다.

티슈 상자에는 커버를 씌우지 않았다.

미야기는 티슈에 악어 커버를 씌워두었으니, 공용 공간

용 티슈를 덮을 커버를 사러 함께 가도 좋지 않을까 생각했다. 당연히 전기포트도 사러 가고 싶었다. 한꺼번에 사두면 생활이 훨씬 더 편해질 것이다.

하지만 나는 미야기가 티슈 상자에 커버를 씌우고 싶어하는지 어떤지도 모르고, 전기포트가 필요하다고 생각하는지 어떤지도 모르는 상태였다. 이것도 전부 단둘이 대화를 나눌 시간이 거의 없어서 생긴 일이었다.

그리고 나는 고등학생 때 미야기의 방에 있던 물건들이 어떻게 되어 있는지도 모르고 있었다.

악어 티슈 커버가 그녀와 함께 이사를 왔을까?

내가 크리스마스에 선물한 검은 고양이 인형은 그녀의 책장에 장식되어 있을까.

그런 간단한 것조차 모르는 이유는, 내가 아직 미야기의 방에 들어가 본 적이 없기 때문이었다. 같이 살고 있는데도, 지금의 나에게는 미야기의 방이 너무나도 멀었다.

하아, 하고 폐 속의 공기를 내뿜었다.

목덜미에서 가슴팍으로 손을 스윽 내렸다.

졸업식 날 미야기가 돌려달라고 했지만, 결국 마지막에는 나에게 다시 돌아온 펜던트. 받은 이후부터 계속 이 장소에 있었지만, 이곳에 온 뒤로 미야기가 하지 않아도 된다고 하기에 차질 않았다.

내가 바라던 대로 그녀와의 관계는 계속되고 있었고, 가족이 있는 집에 있을 때보다 더 인간다운 삶을 살고 있으니 그것만으로 만족해야 한다고 생각했다. 하지만 가능하다면 고등학교 때처럼 닫혀 있는 문을 열고 미야기의 방에 들어가고 싶었다. 그때처럼 미야기 옆에 앉아 키스를 하고—.

"……분명 화내겠지."

우리 사이에 당연하게 존재하던 오천 엔이 없어진 지금, 당연하게 하던 일을 할 수 없게 되었다. 고등학생 시절 있었던 것들의 대부분이 사라지며 미야기의 방에 들어갈 권리도 사라지고 말았다. 명령을 받는 일도, 그녀를 만질 권리도, 키스할 권리도 없었다.

—미야기는 나와 한 번 더 키스를 하고 싶다고 생각할 때가 있을까.

우리는 영화를 보러 간 이후로 키스를 하지 않았다.

줄곧 오천 엔은 필요 없다고 생각했다.

하지만 지금은 오천 엔이 있었으면 좋겠다고 생각했다.

신선한 매일은 옛날에 비해 지내기 어려웠다.

부족한 게 너무 많았다.

그 중 가장 부족한 것은 「대화」였다. 나는 미야기와 더 많은 이야기를 하고 싶었다.

아니, 이야기를 해야 했다.

아마 이런 거리를 유지한 채로 함께 살 순 없을 것이다.

조만간 반드시 무너질 것이다.

미야기와 함께 사는 것이 어렵겠다는 생각은 살기 전부터 하고 있었다. 그녀가 이곳에 오도록 선택을 강요한 부분이 있으니, 나에게는 나름대로의 책임이 있었다. 지금의 분위기를 바꿔야 할 책임이.

거리를 잡을 수 없다면 거리를 잴 도구를 준비하면 된다.

우리의 새로운 거리를 찾기 위한 자를.

그런 것이 있으면 서로가 서로인 채로 있을 수 있는 거리를 찾을 수 있었다. 지나치게 간섭하지 않으면서 적절한 거리를 유지하며 살 수 있을 것이다.

처음 미야기 집에 갔을 때, 둘이 함께 「룰」을 만들었다.

그때와 마찬가지로 기준이 되는 「룰」을 한 번 더 만들면, 이 생활이 더 편해질 것이다.

나는 고개를 들어 테이블 끝에 두고 있던 스마트폰을 집어 들었다. 그리고 어디에 있는지도 모르는 미야기에게 메시지를 보냈다.

『저녁 안 먹고 기다릴게.』

조금 기다리자 답장이 왔다.

『몇 시에 돌아갈지 모르겠어.』

『기다릴게. 미야기가 돌아올 때까지 계속.』

협박에 가까운 느낌도 들었지만, 어쩔 수 없었다.

『먹을 거 사갈게.』

몇 시에 돌아갈지는 보내지 않았지만, 먹을 것을 사서

돌아온다면 배가 고플 무렵에는 집에 온다는 뜻이었다. 나는 한 번 더 『기다릴게』라고 보내고 프렌치토스트가 올려져 있던 접시와 잔을 치웠다.

◇◇◇

"뭔가 좀 많은데?"

나는 조금 큰 봉지를 공용 공간의 테이블에 놓고 미야기를 바라보았다.

몇 시에 돌아올지 모르겠다는 메시지를 보냈던 그녀는 생각보다 빨리 돌아왔다.

그것까진 좋았다.

가능하면 빨리 돌아오길 바랐고, 저녁 먹을 시간에 맞춰 돌아온 것도 고마웠다. 하지만 아까 미야기에게 「받아」라는 말과 함께 건네받은 봉지에는 둘이서 먹기에는 너무 많은 양의 빵이 들어 있었다.

"그 가게 빵, 마이카가 맛있다고 해서 많이 샀어."

그녀가 말한 「마이카」는 우츠노미야를 말하는 것으로, 들을 줄 몰랐던 이름이 들려와 관자놀이 주변이 움찔했다.

미야기는 「먹을 거 사갈게」라는 약속을 지켜주었고, 나는 그 「먹을 것」을 딱히 지정하지는 않았다. 그러니 건네받은 봉지 안에 우츠노미야가 맛있다고 했던 빵이 들어 있다

해도 딱히 아무 문제는 없었지만, 지금은 그 이름을 듣고 싶지 않았다.

“빵은 아침이나 점심에 먹는 거고 저녁에 먹는 건 아니지. 그리고 나 점심에 빵 먹었어.”

몇 걸음 앞에서 무뚝뚝함의 대명사 같은 얼굴을 하고 있는 미야기에게, 트집에 가까운 소리를 던졌다.

“그럼 안 먹으면 되잖아.”

미야기가 낮은 목소리로 말했고, 그리 넓지도 않은 다이닝 키친에 불편한 공기가 감돌기 시작했다.

이런 이야기를 하고 싶었던 것은 아니었다.

내가 점심으로 프렌치토스트를 만들어 먹었다는 건 외출하느라 정신없었던 미야기는 몰랐을 것이고, 빵에 잘못은 없었다. 물론 우츠노미야가 잘못한 것도 아니었다. 문제가 있다면 내 기분에 있을 것이고, 이대로는 대화가 되지 않는다.

진정하자.

스스로에게 되뇌었다.

“안 먹는다는 말은 안 했잖아. 음료수 꺼낼 테니까 기다려. 미야기는 사이다면 되지?”

나는 대답을 기다리지 않고 냉장고 앞으로 갔다.

그 안에서 오렌지 주스와 사이다를 꺼내 잔에 따랐다. 빵은 봉지에서 꺼내 그대로 먹어도 되지만, 그러면 저녁을 먹는 느낌이 들지 않았다. 나는 찬장에서 접시를 두 개 꺼내 미야기에게 건네주었다. 잔을 들고 의자에 앉자 미야기도 내 맞은편에 앉았다.

"센다이가 좋아하는 거 골라도 돼."

"미야기가 먼저 골라."

"점심도 빵 먹었다며? 그거랑 다른 빵으로 고르면 되겠네."

먼저 고르기보다 나중에 고르고 싶었지만, 이대로 서로 양보만 하면 끝이 없었다. 중요한 것은 어떤 빵을 먹느냐가 아니라 미야기와 이야기를 나누는 것이었다.

"그럼 먼저 고를게."

나는 봉지 안에서 햄과 치즈가 들어간 크루아상과 크로켓 빵을 꺼내 접시에 담았다. 그리고 「미야기는?」이라고 묻자 이쪽을 물끄러미 바라보던 그녀는 감자 샐러드가 들어간 빵과 비엔나 롤을 접시에 올렸다.

"잘 먹겠습니다."

딱히 목소리를 맞춘 것은 아니지만, 목소리가 겹쳤다.

접시 위에서 크루아상을 집어 두 입 베어 물었다.

겉은 바삭하고 속은 폭신하고 쫄깃했다.

햄과 치즈도 너무 적지도 않고 너무 많지도 않은 딱 적당한 양이었다.

분명 맛있는 빵인데, 오늘은 맛을 즐길 여유가 없었다.

"미야기. 우츠노미야한테 우리 같이 사는 거 말했어?"

본론으로 들어가기 전에, 계속 신경 쓰이던 것 중 하나를 물었다.

"말했어."

"뭐라고 해?"

"딱히 별 말 안 해."

무뚝뚝하게 대답한 미야기가 감자 샐러드가 들어간 빵을 베어 먹었다.

"사실 내 얘기 안 했지?"

나와 미야기의 관계를 신경 쓰고 있던 우츠노미야가 이 생활에 대해 아무 말도 하지 않았을 리 없었다.

"얘기했어."

미야기가 우걱우걱 빵을 먹었다.

시선은 접시에 고정되어 있고, 나는 보려고도 하지 않았다.

아무리 생각해도 우츠노미야에게 내 이야기는 하지 않은 것 같지 않았다. 하지만 우츠노미야에게 정말 룸 셰어에 대해 이야기한 게 맞냐고 따지는 것도, 이 상황을 어떻게 설명했냐고 따지는 것도 의미가 없었다. 추궁해 봤자 미야기는 사실을 말하지 않을 것이고, 사실을 몰라도 나는 곤란하지 않았다. 약간의 호기심만 충족될 뿐이다.

"……오늘 센다이가 날 기다린 건 그걸 묻기 위해서야?"

미야기가 시선을 들지 않고 물었다.

나는 크루아상을 베어 먹은 뒤 입을 열었다.

"우츠노미야의 이야기는 서론이고, 본론은 지금부터. 룰을 정하자."

내 목소리에 미야기가 고개를 들었다.

"룰?"

"응, 둘이 같이 살기 위한 룰. 규칙이 있는 편이 살기 편하잖아."

"센다이가 결정해도 돼. 나중에 나한테 알려줘."

미야기가 귀찮다는 투로 말하며 접시 위에 비엔나 롤을 남긴 채 몸을 일으켰다.

이런 반응은 예상 범위 안이었다.

저녁조차 함께 먹어주지 않을 가능성도 생각하고 있었으니, 맞은편에 앉아 같이 빵을 먹어준 것만으로도 미야기를 칭찬해주고 싶을 정도였다. 하지만 여기서 도망치면 다시 같은 생활을 반복하게 된다.

"내가 결정해도 되는 거야? 그럼 매일 키스한다는 룰을 만들어도 불평 안 할 거지?"

나는 오렌지 주스를 마시며 잔을 테이블 위에 놓는다.

"불평을 안 할 리가 없잖아."

"그럼 회의에 참여해."

"……룰이라니, 예를 들면 어떤 거?"

미야기가 의자에 다시 앉아 나를 바라보았다.

"쓰레기 버리기나 청소 당번 같은 거. 그 정도 아닐까?"

사실은 지금까지처럼 키스를 해도 되는 것인지, 몸을 만져도 되는 것인지. 그런 것을 알고 싶었다. 오천 엔이 존재하지 않는 매일은 신선하지만, 미야기의 방에서 있던 모든 일이 오천 엔과 함께 사라져버린 생활은 불만스러웠다.

하지만 아마도, 그런 이야기는 아직 하지 않는 편이 좋을 것 같았다.

지금의 우리는 아주 평범한 생활에 익숙해질 필요가 있었다.

룸 셰어를 하는데 필요한 룰을 정하고, 룸메이트로서 평범한 매일을 보내지 못한다면 숨이 막힐 것이다.

"그럼 방에 멋대로 들어가지 않는다는 룰이 있었으면 좋겠어."

미야기가 비엔나 롤을 한입 베어 먹었다.

"지금도 멋대로 방에 들어가지는 않지만, 그런 룰로 있는 편이 좋겠지. 또 원하는 룰 있어?"

"또? 그 외에는……."

미야기가 혼잣말처럼 중얼거렸다.

생각에 잠긴 그녀에게 내가 몇 가지 규칙을 제안하자, 미야기 쪽에서도 의견 비슷한 것이 나왔다.

친구는 불러도 되지만, 재우지는 않는다.

외박을 할 때는 연락을 한다.

그렇게 필요한 것부터 필요한지 어떤지 모르겠는 규칙까

지 정하고 나니, 길지는 않지만 짧지도 않은 시간이 흘렀고, 미야기가 조금 지친 목소리로 말했다.

"규칙은 이 정도면 충분하지?"

들려온 목소리에 나는 오렌지 주스를 한 모금 마셨다.

"일주일에 한 번 정도, 같이 밥을 먹는 건 어때?"

최대한 자연스럽게 물어보며 미야기를 바라보았다.

"한 번으로 충분해?"

"충분해."

"그 정도면 상관은 없지만……."

말은 거기서 끊겼다.

하지만 아직 뭔가 더 말하고 싶은 얼굴이라, 나는「없지만?」하고 운을 띄웠다.

"외박하는 것 말고도, 귀가가 늦어질 때도 알려줘. ……그러면 다른 날에도 같이 밥 먹을 수 있고, 전에도 같이 먹었잖아."

미야기가 작고 빠른 어조로 말했다.

"일주일에 한 번이 아니라도 괜찮은 거구나? 같이 밥 먹는 거."

"센다이가 싫다면 안 먹어."

"그건 규칙으로 삼을 테니까 시간이 맞는 날은 같이 먹자. 그러니까 미야기도 늦어질 때 알려줘."

작은 응, 소리가 돌아왔다.

미야기에게 일주일에 한 번에서 그치지 않고 더 자주 밥을 먹겠다는 말을 들을 거라고는 생각도 못했다. 사소한 일이지만, 새로워진 생활 속에서도 「밥을 함께 먹는다」라는, 이전과 다름없는 것을 원허준다는 사실에 안도감이 들었다.

"그럼 미야기. 룰을 어기면 벌칙이야."

미야기가 룰을 어길 거라는 생각은 들지 않았지만, 룰을 어기기 어렵게 만들기 위한 항목을 마련해 두었다.

만든 룰의 대부분은 어겨도 크게 곤란하지 않았다.

하지만 마지막으로 만든 「시간이 맞는 날에는 함께 밥을 먹는다」라는 룰은 사소하지만 지켜줬으면 하는 룰이었고, 미야기도 같은 마음이면 좋겠다고 생각했다.

"벌칙은 뭔데?"

"글쎄, 상대가 원하는 걸 하나 들어주는 건 어때?"

벌칙 내용은 뭐든 상관없었지만, 너무 쉬우면 벌칙의 의미가 무색해진다. 어느 정도 귀찮을 필요는 있었다.

"그건 상관없지만, 잊지 마. 룰을 어기는 건 늘 센다이니까."

미야기가 무례한 말을 당당히 하며 나를 빤히 바라보았다.

뭐, 신용이 없긴 하지.

과거에 했던 일을 돌이켜보면 그녀의 말도 이해가 갔다 하지만 그렇다고 순순히 룰을 어길 거라고 인정할 수도 없었다.

"안 어길 테니까 걱정 마."

그렇게 단언하고, 거의 다 먹은 크루아상을 한 입에 해치웠다. 햄과 치즈가 위장 속으로 들어가고, 이어서 크로켓 빵에 손을 뻗었다.

"저기, 센다이."

"왜?"

크로켓 빵을 베어 물며 미야기를 바라보았다.

"같이 먹을 때 밥은 누가 해?"

"같이 먹는 거니까, 같이 만들어야지."

당연하다는 듯 대답하자 미야기가 굉장히 귀찮다는 표정을 지었다. 또 마음이 바뀌어서 귀찮으니까 같이 안 먹겠다는 말을 꺼내기 전에 서둘러 화제를 바꿨다.

"참, 미야기. 전기포트 필요한데 사도 돼?"

"나한테 얘기할 필요 없잖아. 알아서 사."

"내 멋대로 살 수는 없잖아. 공동으로 쓰는 거니까."

"그럼 사면 되잖아. 돈은 낼게."

"안 내도 돼. 둘이서 쓰는 거니까 그 돈으로 사지, 뭐."

내 말에 미야기가 미간을 찌푸렸다.

"그 돈은 센다이 돈이야."

"두 사람의 돈이야."

"센다이한테 준 돈이잖아."

「그 돈」이라는 것은 내 저금통에 들어 있던 돈을 말했다. 명령을 듣는 대가로 미야기에게 받았던 오천 엔짜리 지폐를 모은 것이니 그녀의 말은 틀리지 않았다.

전부는 아니지만 「그 돈」의 일부는 이 집을 계약할 때 사용했다. 하지만 이사를 하기도 전에 거기에 쓴 돈을 미야기의 부모님께 돌려받았다.

생각할 필요도 없이 당연한 일이다.

기숙사에 들어가겠다던 딸에게 룸 셰어를 하게 되었다는 말을 듣고 미야기의 부모님이 돈을 내지 않을 리가 없었다. 계약과 관련 돈의 절반은 온전히 돌려받았고, 내가 쓴 돈은 다시 채워졌다.

하지만 나는 그것을 나를 위해 쓰고 싶지 않았다.

하지만 미야기에게 돌려준다고 해도 받을 리가 없었다.

그 결과, 그 돈은 두 사람을 위해 쓰는 「공용 자금」으로서 내가 보관하고 있었다.

물론 미야기는 납득하지 않았지만.

"뭐, 누구 돈이라고 해도 상관없지만. 전기포트 같이 사러 가자."

말다툼을 벌여봤자 답이 나오지 않는 문제는 놔두고, 다시 전기포트 이야기로 돌아왔다.

"싫다면?"

"미야기가 앞으로 계속 날 위해 밀크팬으로 물을 끓이게 되겠지."

빙긋 웃어보이자 미야기가 한껏 못마땅한 표정을 지었다.

"……사러 가는 거, 언제인데?"

"내일. 우츠노미야랑 약속 있어?"

다음 주라고 했다가는 오늘 정한 일들이 물거품으로 돌아갈 것 같았기에 더 미루고 싶지 않았다.

"……없어, 괜찮아."

미야기는 그 말만을 하고는 남은 비엔나 롤을 먹었다.

"있지, 미야기. 내일 스커트 입는 게 어때?"

어색함은 남아 있었지만, 조금 누그러진 공기를 느끼고 쓸데없는 소리를 했다.

"싫어."

"너무 즉답 아니야?"

"스커트를 입을 이유가 없잖아."

"내가 미야기의 다리를 좋아하니까."

이곳에 온 뒤로 스커트를 입은 미야기를 보지 못했다. 나도 교복을 입었을 때와는 달리 매일 스커트를 입고 있는 것은 아니고, 오늘도 입지는 않았지만, 오랜만에 미야기의 다리를 보고 싶다는 생각이 들었다. 미야기의 그 방에서 그리 짧지 않은 시간 동안 교복 차림으로 보낸 탓인지 스커트를 입고 있는 미야기가 더 익숙했다.

"절대 안 입어."

"그럴 줄 알았어."

"……그렇게 보고 싶어?"

"보여주면 좋지."

지금은 직접 말할 수 없고 말할 생각도 없지만, 사실은 미야기의 다리를 만지고 싶었다. 아니, 다리가 아니더라도 고등학생 때처럼 당연하게 미야기를 만지고 싶었다. 더는 명령을 받지 않게 된 것을 아쉽게 느끼는 마음마저 있었다.

"센다이는 변태."

그렇게 말할 거라는 것도 알고 있었다.

하지만 그런 말을 하는 미야기 쪽이 더 좋다고 생각했다.

제2화
센다이가 지켜야 하는 룰

알람은 맞춰두지 않고 잤다.

하지만 6시를 조금 넘긴, 일요일 아침치고는 이른 시간에 눈이 떠졌다.

"……졸려."

나는 베개 옆에서 뒹굴고 있는 검은 고양이 인형을 이불 속에 끌어당겨 가슴 위에 올려놓았다. 머리를 쓰다듬고 눈을 감았다.

밤에는 분명 졸리다.

하지만 잠도 잘 안 오고, 아침에는 유난히 일찍 눈이 뜨였다.

이곳에 온 이후로 계속 이런 상태라 늘 머리가 맑지 않았다.

이것도 전부 다 센다이 때문이었다.

―그렇게 말할 수 있다면 좋겠지만, 원인은 나에게 있다고 생각한다.

집안에 늘 사람이 있다는 것이 낯설었다.

아침에 일어나면 센다이가 있고, 대학에서 돌아와도 센

다이가 있었다. 쉬는 날에도 있다. 집에 아무도 없는 것이 당연했던 탓에, 언제나 인기척이 나는 이곳은 남의 집 같아서 마음이 편치 않았다. 그래도 전에 살던 집에서 가져온 물건이 가까이 있으면 좀 잘 수 있을까 싶어서, 이곳에 온 뒤에도 검은 고양이를 머리맡에 두고 있었다.

크게 숨을 내쉬고 눈을 떴다.

오늘은 예정이 있었다.

어제, 할 생각이 없었던 약속을 해버린 탓에 센다이와 함께 전기포트를 사러 가야 하는 신세가 되었다. 잠들기 전이나 지금이나 마음은 내키지 않았다. 이 방조차 아직 익숙하지 않은 나에게는 센다이와 외출하는 것만으로도 엄청나게 큰일처럼 느껴졌다.

하아, 하고 다시 한번 크게 숨을 내쉬고 시선을 아래로 내렸다.

바닥 위에는 등에서 티슈가 자라난 악어가 있었다.

사소한 일이지만, 있어야 할 곳에 있어야 할 것이 있으면 이곳이 내가 있을 곳이라는 느낌이 들었다.

빨리 이 방이 내 방이 됐으면 좋겠다.

나는 검은 고양이를 베개 옆에 두고 느릿느릿 일어나 옷장을 열었다.

아침에는 늘 고민하게 된다.

잠옷 대신 스웨트셔츠를 입은 채로 이 방을 나가도 될

지, 갈아입고 나가는 편이 좋은지 알 수 없었다. 이곳에 오기 전에는 아침에 일어나면 스웨트셔츠 차림으로 밥을 먹거나 양치질을 했다. 하지만 지금은 센다이가 있기 때문에 그런 차림으로 어슬렁거리는 것에 거부감이 있었다.

아마 센다이는 아직 자고 있을 것이다.

어떻게 할까.

조금 생각하고 나서, 티셔츠와 데님 팬츠를 꺼내 갈아입었다. 침대를 정돈하고 방을 나가려다가, 베개 옆에 놓인 검은 고양이를 집어 들었다.

방에는 멋대로 들어가지 않는다.

어제 그렇게 결정했지만, 센다이는 룰을 어기는 경우가 있었다.

혹시 모를 일에 대비해 검은 고양이를 책장에 놓았다. 인형 같은 건 어디에 있어도 상관없지만, 머리맡에 검은 고양이를 두고 있다는 걸 센다이가 알게 되면 또 쓸데없는 소리를 할 것 같아서 싫었다.

지정석에서 옮겨진 검은 고양이.

바닥에 있는 악어.

정돈된 침대.

확인하고 방을 나섰다.

공용 공간인 다이닝 키친에 센다이의 모습은 없었다.

이를 닦고 세수를 하고 돌아와도 센다이는 보이지 않았

다. 냉장고를 열고 조금 고민하다가 오렌지 주스를 꺼냈다. 잔에 따르고 테이블 위를 바라보았다.

남은 빵이 들어 있는 봉지 하나.

나는 잔을 빵 봉지 옆에 놓았다.

센다이의 취향을 몰라서 이것저것 사다보니 2인분의 저녁치고는 양이 많아졌다. 빵 자체는 싫어하지 않지만 너무 과하게 산 느낌이었다.

"좋은 아침."

그런 목소리와 함께 이제 막 일어난 듯한 센다이가 시야에 들어왔다.

"좋은 아침."

"세수하고 올게."

잠기운이 담긴 목소리로 그렇게 말하고는 세면실로 사라졌다.

나는 의자에 앉아 오렌지 주스를 한 모금 마셨다.

시간이 도무지 흐르지 않았다.

재미없는 수업을 듣고 있을 때처럼 1분 1초가 길었다. 다시 침대에 들어가도 잠은 안 오겠지만, 여기에 있어도 할 일은 없었다. 방으로 돌아갈까 고민하다가 오렌지 주스를 한입 더 마셨다. 절반도 줄지 않은 유리잔을 보고 있는데, 센다이의 목소리가 들려왔다.

"아침은 이걸로 괜찮아?"

목소리가 난 쪽으로 고개를 돌리자 센다이가 내가 아닌 유리잔을 바라보며 빵 봉지를 들어올렸다.

“괜찮아.”

“그건 그렇고 미야기, 너무 빨리 일어난 거 아냐?”

“센다이도 빨리 일어났잖아.”

“눈이 떠져서.”

큼직한 스웨트셔츠에 데님 팬츠를 입은 그녀는 그렇게 말하고는 크게 기지개를 켜며 의자에 앉았다. 시선이 내 잔에 고정되어 있어 어쩔 수 없이 물었다.

“줄까?”

“딱 한 모금만 마시고 싶어서.”

“그럼 마셔.”

대답을 기다리지 않고 일어나 잔을 건네자 그녀는 나를 보지 않고 「고마워」라고 말하고, 마시던 오렌지 주스에 입을 가져갔다. 그리고 정말 딱 한 모금만 마시고 테이블에 잔을 돌려놓았다.

아침, 이런 식으로 센다이와 눈이 잘 마주치지 않을 때가 있었다.

내 기분 탓일 수도 있고, 단지 센다이가 잠에서 덜 깬 것뿐일지도 모르지만, 썩 좋은 기븐은 아니었다. 이럴 때는 몸 안쪽에서 무언가가 삐걱대는 듯한 소리가 들려온다.

“센다이, 전부 마셔.”

"이제 괜찮아."

"남은 건 어쩔 건데?"

"미야기가 마셔."

평소와 같지는 않지만 어쨌든 대화는 이어진다.

어제 룰을 정한 덕분일지도 모른다.

센다이가 내 생활에 딱 들어맞게 될 때까지는 아직 시간이 걸릴 것 같지만, 지금까지보다는 훨씬 더 나았다. 하지만 이대로는 대화가 이어지기 힘들 것 같아, 나는 빈 시간이 생기기 전에 대화가 없어도 시간을 보낼 수 있는 방법을 말했다.

"아침 먹을 건데. 센다이는?"

선언하듯 말하자 센다이가 몸을 일으켰다.

"먹을래. 오렌지 주스 꺼낼 건데 더 마실래?"

"필요 없어. 그리고 접시도 필요 없어."

"왜?"

"설거지거리만 늘잖아."

"뭐, 그렇긴 하지만."

불만스러운 목소리가 들려오고, 잠시 후 센다이가 오렌지 주스가 담긴 잔을 하나 들고 돌아왔다.

"센다이 먼저 골라."

나는 의자에 앉은 그녀를 향해 빵이 든 봉지를 내밀었다.

"어제 내가 먼저 골랐으니까 미야기부터 골라."

"됐어. 센다이가 먼저 골라."

"이런 건 순서대로 해야지."

"난 남은 빵이면 돼."

"음, 그럼 미야기가 내 빵 골라줘."

센다이가 빵 봉지를 도로 밀었다.

"먼저 고르라고 했잖아."

"누가 고르든 먼저 고른 걸 내가 먹고, 남은 빵을 미야기가 먹게 될 테니까 상관없잖아."

센다이가 납득이 가는 듯하면서도 가지 않는 말을 하며 생긋 웃었다.

불평을 하고 싶었지만 완전히 틀린 말도 아니었기에 순순히 봉지 안에서 앙버터 샌드와 호두빵을 꺼내 센다이 쪽으로 밀어주었다. 그리고 남은 크림빵과 롤빵을 자신의 앞에 놓는다.

"잘 먹겠습니다."

그렇게 말하고 센다이가 호두빵을 베어 먹었다. 나도 마찬가지로 「잘 먹겠습니다」라고 말한 뒤 크림빵을 먹었다.

엄마가 돌아가신 뒤로는 혼자 있는 시간이 더 길었다.

지금은 센다이가 누구보다 오랜 시간 나와 함께 있었다.

—오천 엔을 지불하지 않았음에도 불구하고.

나는 크림빵 한 입을 더 먹고 센다이를 바라보았다.

지금까지와는 관계가 달라졌다.

그건 알고 있다.

센다이가 룸메이트라는 관계를 만들어냈고, 나는 그것을 받아들였다. 하지만 새로운 관계가 된 지금도 센다이가 쓰지도 않을 오천 엔 때문에 내 명령을 들었던 이유가 궁금했다.

나에게 있어 오천 엔은 센다이를 수중에 두기 위해 필요한 것이자, 없어서는 안 되는 것이었다. 센다이에게 오천 엔은 마지못해 명령을 들어주는 것에 대한 보상이었을 것이다. 안 쓰고 모아놓을 이유가 없었다.

한숨이 나올 것 같아서 오렌지 주스를 마셨다.

나는 센다이를 한 번 더 바라보았다.

그녀는 조용히 빵을 먹고 있었다.

뭔가 말하려 하지는 않았다.

대화를 하고 싶은 것은 아니었기에 곤란하지 않았지만, 아무 말 없이 맞은편에 앉아 있기만 하면 굳이 신경 쓸 필요 없는 것이 신경 쓰였다.

만약 내가 오천 엔을 건네주지 않았다면 센다이는 어떻게 했을까.

오천 엔을 쓰지 않고 모아두던 그녀는, 오천 엔이 없었더라도 나와 같은 시간을 보내주었을까.

명령을 들어주었을까.

지금에 와서는 알 수 없는 일이었다.

무수한 「왜」를 해결하려고 하면 머릿속이 더 복잡해져서 진정이 되지 않는다. 하지만 여기서 그 「왜」를 해결하면 지금의 관계가 바뀔 것 같다는 기분이 드는 것도 사실이었다.

"미야기. 그거 맛없으면 내 거랑 바꿔줄까?"

입을 다물고 있던 센다이가 그렇게 말하며 앙버터 샌드를 집어 들었고, 나는 반도 먹지 않은 크림빵을 베어 먹었다.

"안 바꿔줘도 돼. 졸려서 멍하니 있었을 뿐이야."

"그렇구나. 오늘 점심 말인데, 밖에서 먹을래?"

그렇게 말하며 센다이가 남은 호두빵을 한입에 털어 넣었다.

"상관없어. 이거 먹고 나면 나갈 시간 전까지 방에 있을게."

"알았어."

별것 아닌 이야기를 짧게 주고받으며 빵을 먹었다. 우리에겐 원래 공통된 이슈가 없지만, 지금까지는 대화가 끊겨도 별로 신경 쓰이지 않았다. 그런데 이곳에 온 뒤로는 침묵이 무겁게 느껴졌다. 어떻게든 화제를 찾아 대화를 이어가며, 남아 있던 오렌지 주스와 빵을 모두 위장으로 밀어 넣었다.

"센다이. 여기서 몇 시에 나가?"

"12시면 배고플 것 같으니까 11시쯤으로 할까?"

"알았어. 11시."

센다이에게 그렇게 말하고 방으로 돌아갔다.

침대에 누워서 만화를 읽으며 시간을 때웠다.

편하지는 않았지만 방을 나가고 싶지는 않았다. 공용 공간에서 센다이와 얼굴을 마주치게 되면 더 불편해질 테니까.

시간을 때울 생각으로 방에 틀어박혀 있다 보니 약속 시간이 다가왔다.

나는 옷장을 열고 봄색 스커트를 바라보았다.

졸업식 후에 산 뒤로 한 번도 입지 않은 옷을 꺼내서 바라보았다.

침대 위에 놓고 고민했다.

이 스커트를 입고 방에서 나가면 센다이의 말을 듣고 입은 거라 생각할 것이다. 우연히 옷장 안에 있던 스커트가 눈에 들어왔고, 우연히 입은 것뿐인데, 마치 센다이를 위해서는 입은 것처럼 보이고 만다.

넉넉히 있었던 시간은 사라지고, 벌써 11시가 가까워졌다.

나는 스커트를 옷장에 다시 넣고 니트를 꺼냈다.

티셔츠 위에 그것을 입고 방을 나갔다.

“준비됐어?”

나를 기다리고 있던 센다이가 그렇게 물어와 「다 됐어」라고 대답했다. 그녀가 아까 입었던 넉넉한 스웨트셔츠는 블라우스로 바뀌고, 데님 팬츠는 스커트로 바뀌어 있었다.

“그럼 갈까?”

센다이는 내가 스커트를 입지 않은 것을 보고도 아무 말도 하지 않았다.

내일 스커트 입는 게 어때?

그 말은 변덕으로 한 말이라는 것을 알고 있다. 어제 무심코 튀어나온 말일 뿐이고, 딱히 스커트를 입은 날 보고 싶다는 말은 진심이 아닐 것이다.

센다이가 가방을 들고 현관으로 향했다.

나는 그녀의 뒤를 따라 둘이서 신발을 신고 밖으로 나갔다.

3층에서 계단을 내려와 늘 혼자 걷던 보도를 둘이서 걸었다.

센다이와는 나란히 걷지 않았다.

망설임 없이 걷는 그녀의 조금 뒤를 따라갔다.

차가 달리는 소리.

떠드는 아이의 소리.

4월의 차갑지도 따뜻하지도 않은 바람.

평소와 같은 것들이 어딘가 다르게 느껴져서 되돌아가고 싶은 기분이 들었지만, 기계적으르 다리를 앞으로 움직였다.

목적지는 들었다.

하지만 집 주변과 대학 주변 말고는 지리를 모르는 나는 목적지가 어디에 있는지 잘 모른다. 센다이의 조금 뒤라는 위치를 유지한 채, 몇 개의 모퉁이를 돌아 전철을 탔다. 서 있는 위치는 바꾸고 싶지 않았지만, 전철 안이 제법 붐벼서 센다이 옆에 서게 되었다.

창밖에는 오늘도 낯선 경치가 흐르고 있었다.

내가 있을 곳이 없었다.

이사를 온 뒤로 나는 계속 외지인이었고, 센다이와 함께 있는 오늘도 그 사실은 변하지 않았다. 얼마나 오랜 시간이 지나야 흐르는 풍경이 내 것이 되고, 그 집이 내 집이 될지 모르겠다. 센다이의 잘못은 아니지만, 나는 아직도 새로운 환경에 녹아들지 못하고 있었다. 우울하게 있어봐야 아무것도 해결되지 않지만, 기분이 우울해졌다. 이대로라면 목적지에 도착하기도 전에 전철에서 내려 버릴 것 같아 시선을 센다이에게 옮겼다.

"왜?"

내 시선을 눈치챈 센다이가 이쪽을 보지 않고 물었다.

"딱히, 아무것도 아냐."

"설마 벌써 피곤해?"

"안 피곤해."

쌀쌀맞게 대답하자 대화가 끊겼다.

센다이의 시선이 창밖으로 향했다.

잠시 후 흐르던 경치가 멈추고 문이 열렸다.

소란스럽던 객실 안이 더욱 소란스러워졌다.

사람들이 내리고 타고 문이 닫히자 센다이가 「저기, 미야기」라고 조용한 목소리로 나를 불렀다.

"아침에 오렌지 주스 마셨잖아. 왜 마신 거야?"

전철이 달리기 시작하며 속도를 높였다.

나도 센다이와 마찬가지로 창밖을 바라보았다.

"그냥 마시고 싶어서."

"흐음, 그럼 나한테서 도망 다닌 이유는?"

일정한 속도로 변해가는 풍경처럼, 대화가 매끄럽게 흘러가 전혀 다른 장소에 착지한다.

"오렌지 주스랑은 전혀 상관없잖아."

너무 자연스럽게 바뀐 주제에 대해 불평을 던졌다.

"됐으니까 알려줘."

평소와 다름없는, 부드럽고 가벼운 목소리가 들려왔다.

창밖에 고정하고 있던 시선을 센다이에게 돌리자, 목소리와는 달리 아주 진지한 표정을 지은 옆모습이 보였다. 적당히 대답할 수는 없을 것 같았다.

"……어떻게 하면 좋을지 모르겠어서."

"역시."

"그치만, 센다이가 계속 집에 있잖아."

본인에게 할 말은 아니라고 생각하면서도, 얼버무려서 넘어갈 분위기도 아니었기에 어쩔 수 없이 사실을 알렸다.

"그야 같이 사는걸. 사라져달라고 말해도 곤란한데."

"사라져달라고 말하지는 않았어."

"나한테 익숙해져 줘. 그리고 피해 다니면 상처받아."

센다이의 시선이 창밖에서 나를 향했다.

"—미안."

피하고 싶어서 피했던 것은 아니지만, 미안한 마음은 갖고 있었기에 사과했다.

다만 센다이도 나를 피할 때가 있었다. 오늘 아침처럼 눈을 마주치지 않을 때가 있으니 내 잘못만 있는 건 아니라고 생각하지만, 그녀는 나만큼 노골적으로 피하지는 않았으니 불평하기는 애매했다.

"집에 없을 때는 우츠노미야랑 만났던 거지?"

캐묻는 듯한 목소리로 센다이가 물었다.

"그런데."

"늘 어딜 가는 거야?"

마이카랑 약속 있어.

집에 없는 이유를 물을 때마다 매번 센다이에게 그렇게 말해왔지만, 어디에 갔는지 물어도 답하기 곤란했다.

"어디냐고 물어도, 굳이 말할 만한 곳은 아냐."

"그 말로는 모르지."

"……이 근처."

"이 근처가 어딘지 물은 건데."

"잘 몰라서 마이카에게 맡기고 있어."

"맡긴다고 해도 어딘가에는 가잖아.

"대단한 곳은 안 갔어."

마이카와는 특별히 대단한 곳에 가지는 않았으니 거짓말

은 하지 않았다. 하지만 모든 말이 정답인 것도 아니었다.
센다이에게 말한 날 중 절반 가까이는 마이카와 만나지 않았다. 서점에 가거나 카페에 가서 혼자 시간을 보냈다. 어디에 갔는지 자세히 말하면 마이카와 만나지 않았다는 사실을 들킬 것 같았다.
"뭐, 상관은 없지만."
내 대답에 납득한 목소리는 아니었지만, 센다이는 더 이상 추궁하지 않았다. 나는 그녀가 포기해 준 것에 안도했다. 하지만 입을 다물어 버리면 센다이의 관심이 어디에 있었는지 알 수 없게 된다.
마이카였을까, 간 장소였을까 아니면 나였을까.
센다이가 정말로 듣고 싶었던 것이 뭐였는지 궁금했지만, 전철이 흔들리며 경치가 흐르는 속도가 떨어졌다.
"내리자."
센다이의 목소리가 들려와 사고가 끊겼다.
전철에서 내려 가볍게 점심을 먹고 목적지까지 걸어갔다.
사고 싶은 것은 전기포트 하나뿐인데 시간이 제법 걸렸다.
급히 사지 않아도 생활에 지장이 있는 물건은 아니니 온라인으로 사도 괜찮았을 텐데. 아니면 집 근처에서 살 수도 있다. 굳이 기차를 타고, 점심을 같이 먹고, 더 걸어야 하는 장소까지 와서 살 만한 것은 아니었다.
"미야기, 여기야."

별다른 말없이 걷고 있던 센다이가 그렇게 말했고, 가전 제품뿐 아니라 작은 잡화까지 뭐든 다 팔고 있을 것 같은 목적지에 도착했다.

센다이가 에스컬레이터를 타고, 나는 그녀보다 한 계단 아래에 섰다.

똑같지만 똑같지 않았다.

눈에 비친 긴 머리는 함께 살게 되면서 땋을 때도 있고 땋지 않을 때도 있었지만, 오늘은 고등학생 시절 그녀가 했던 머리처럼 양옆을 땋아 뒤로 묶고 있었다. 여기서는 보이지 않지만, 아침에 일어났을 때는 하지 않았던 화장도 지금은 하고 있었다.

교복이 아니라는 점을 제외하면 고등학교 때와 별반 다르지 않은 모습을 하고 있지만, 나에게는 센다이가 그때와는 다른 사람처럼 느껴졌다.

아니, 정확하게는 내가 센다이를 그때와 똑같이 보고 있지 않았다.

분명 쓰이지 않았던 오천 엔 때문일 것이다.

감정을 둘 곳을 찾지 못했다.

새로운 생활도, 지금까지와는 다른 센다이도, 내 안에서 도무지 제자리를 찾지 못해서 어떻게 다뤄야할지 알 수 없었다. 고등학생이었을 때는 오천 엔을 지불하는 행위로 대체로 정리가 되었지만, 오천 엔이 없어지며 정리되지 못한 감정은 어디에도 정착하지 못하게 되고 말았다.

교복을 입던 때로 돌아갈 수 있다면, 아무것도 생각하지 않아도 될 텐데.

아침에 뭘 입고 방에서 나가야 할지 고민할 필요도 없어진다. 끊길 것 같은 대화에 불안감을 느끼지 않아도 된다. 치마를 입으라는 소리를 센다이가 말할 일도, 스커트를 입지 않은 것에 아무 말도 안 하는 것을 내가 신경 쓸 일도 없었다.

에스컬레이터에서 내렸다.

그리고 다시 타고 위로 향했다.

시선 끝에 있는 등은 곧게 펴져 있었다.

긴 머리가 예뻐서 만지고 싶다는 생각이 들었다.

무심코 손을 뻗을 뻔하다가 숨을 내쉬었다.

아마도, 피곤한 탓이다.

잠을 잘 못 자서 머리가 제대로 작동하지 않았다.

"미야기, 이쪽이야."

센다이가 다음 에스컬레이터를 타지 않고 똑바로 걸었다. 뒤를 따라가니 이내 늘어선 전기포트가 눈에 들어왔다. 센다이가 어느 것이 좋을까, 하고 중얼거리며 전기포트 몇 개를 손에 들고 확인하기 시작했다. 그리고 나는 그런 그녀를 바라보았다.

둥근 모양이나 따르는 구멍이 길쭉한 것.

센다이가 진지하게 보고 있는 전기포트는 색도 모양도 다 달랐다. 기능도 다르겠지만, 물만 끓일 수 있으면 솔직히 상관없었다. 하지만 그녀는 진지하게 비교하고 있었다. 재촉할 생각은 없지만 좀 더 적당히 골라도 되지 않을까.

"미야기는 어느 게 좋아?"

전기포트를 비추던 눈이 나를 비췄다.

"아무거나 상관없어. 그보다 미리 안 알아봤어?"

"일단 괜찮아 보이는 걸 알아보긴 했는데."

"그럼 그걸로 하면 되겠네."

"후보가 두 개라, 골라봐."

센다이가 이거 아니면 이거, 하면서 두 개의 전기포트를 차례로 가리켰다.

"나는 어느 쪽이든 상관없어. 센다이가 마음에 드는 걸로 해."

"그렇다 해도 취향 정도는 있을 거 아냐."

"딱히 없어."

"그럼 이걸로 할까?"

그렇게 말하며 센다이가 큰 전기포트를 가리켰다. 그리고 「색은 미야기가 정해. 같이 쓰는 거니까 그 정도는 너도 도와」하며 나를 보았다.

"좋아하는 색도 딱히 없어."

물을 끓이는 기능에 색깔은 상관없었다.

흰색이든 검은색이든 빨간색이든 원하는 색으로 하면 된다. 게다가 전기포트에 관심 없는 내가 고르는 것보다는 갖고 싶은 센다이가 좋아하는 색을 선택하는 것이 나았다.

"……미야기. 우츠노미야와 쇼핑할 때도 이런 식이야?"

센다이가 한숨 섞인 목소리로 물었다.

"이런 식이라니?"

"냉랭하잖아. 너무 비협조적이다."

비난이 담긴 어조에 죄책감이 들었다.

마이카와 있다면 뭘 하더라도 조금 더 진지하게 생각할 것이다. 전기포트라면 원하는 기능을 묻거나 디자인이나 색상을 고를 수도 있었다. 더 정확히 말하면 센다이 이외의 경우라면 어떤 일도 평범하게 할 수 있었다. 하지만 상대가 센다이가 되면 다른 사람과 평범하게 할 수 있는 일을 갑자기 할 수 없었다.

—그 대신 다른 사람과는 하지 않는 일을 할 수 있지만.

"그렇게 고르기 싫어?"

센다이의 목소리에 나는 진열된 전기포트를 가만히 바라보았다. 그리고 잠시 숨을 고르고 나서 무난한 색을 입에 올렸다.

"흰색이 좋아. 전기포트 같은 느낌이니까."

"전기포트라기보단 가전제품 느낌 아니야?"

"그럼 빨간색으로 할게."

"알았어. 흰색 말이지."

일치하지 않는 의견에 색을 바꾸자, 센다이가 부자연스러울 정도로 밝은 미소를 지으며 흰색 전기포트를 손에 들고 계산대로 향했다. 어쩔 수 없이 나도 그녀를 따라가 둘이서 계산을 마쳤다.

"이걸로 쇼핑은 끝이야?"

그렇게 묻자 응, 하는 짧은 대답이 돌아왔다. 그래서 다시 왔던 길을 되돌아갈 것이라 생각했다. 하지만 센다이는 들르고 싶은 곳이 있다면서 올라가는 에스컬레이터에 탔다.

"집에 안 가?"

행선지는 말하지 않았지만, 누가 봐도 행선지가 정해진 사람처럼 거침없이 움직이는 센다이에게 물었다.

"잠깐 쇼핑하고 가게."

"갖고 싶은 거라도 있어?"

"없지만, 시간도 있으니까 상관없잖아?"

그렇게 말하며 센다이가 미소 지었다.

그녀는 상냥하게 웃고 있었지만, 내 의견에 귀를 기울일 생각은 조금도 없는 눈빛이었다.

나는 쓸데없는 노력을 쓰느니 말없이 센다이를 따라가는 것을 택했다.

점심을 먹고 쇼핑을 하고, 원하는 것이 딱히 없음에도 가게를 둘러보았다.

오늘 하는 일은 센다이를 계속 피해 다니는 것보다는 즐거웠고, 일요일을 보내는 모범적인 방법 같다는 생각도 들었다. 하지만 이것이 룸메이트로서 일반적인 거리인지는 잘 모르겠다.

“미야기, 여기.”

에스컬레이터를 내려 센다이가 이끄는 대로 걷자 인형들이 가득 쌓인 구역이 눈에 들어왔다.

“이런 거 좋아하지?”

꾸밈없는 목소리로 센다이가 물었다.

그녀에게는 내가 어떤 사람으로 보이는 걸까.

이 층에는 인형 외에도 소품이나 장난감 등 다양한 것들이 진열되어 있었는데, 센다이는 당연하다는 듯이 콕 집어서 인형 더미 앞에 나를 데려와서는 이런 걸 좋아하지 않느냐고 단정 짓는다. 센다이 안에서 내가 어떤 사람인지 묻고 싶었다.

나는 딱히 인형을 모으고 있지도, 방에 진열하고 있지도 않았다.

그래도 보는 것은 싫지 않았다.

바로 돌아갈 이유도 없었기에 나는 인형 쪽으로 다가가 몇 개를 집어 들었다가 내려놓았다. 안쪽으로 향하자 거기에도 복슬복슬한 것들이 놓여 있었다. 그중에 내 방에 놓여 있는 악어와 형태가 묘하게 비슷한 것이 보여 걸음을 멈췄다.

뭔가 하고 보니 티슈 커버였다.

그러고 보니 주방에 있는 티슈 상자에는 커버가 씌워져 있지 않았다.

나는 갈색의 티슈 커버를 집어 들었다.

"그게 뭐더라?"

옆에 있는 센다이가 내 손을 바라보았다.

"오리너구리."

"어디선가 본 적 있어. 포유류였나?"

"아마도."

기억은 희미했지만, 오리너구리는 포유류인데도 알을 낳는 특이한 동물이라는 얘기를 얼핏 들은 적이 있었다.

"미야기, 이런 거 좋아하지?"

"좋아하진 않아."

"그래도 꽤 귀엽잖아."

그렇게 말한 센다이가 내게서 오리너구리를 집어 들고 머리를 쓰다듬었다.

"그거 사올 테니까 줘."

나는 센다이가 들고 있던 오리너구리의 부리를 잡아당겼다.

"됐어. 내가 살게."

"왜?"

"이거 주방에 놓을 거잖아? 그럼 우리 두 사람 거니까 두 사람이 쓸 물건을 사는 돈으로 사야지."

센다이가 당연하다는 듯이 말하며 오리너구리의 손을 휙휙 움직였다.

"주방에 두겠다고 한 적 없어."

"아니야?"

"……아니진 않지만."

"사올게."

센다이는 내 대답을 기다리지 않고 가버렸다.

결국 나는 그녀를 따라 걸어갔고, 오리너구리도 「공용자금」으로 사게 되고 말았다.

센다이의 이런 점이 마음에 들지 않았다.

항상 내가 하려는 일을 늘 앞질러서 해버린다.

불평해도 절대로 들어주지 않는다.

"그럼 돌아갈까?"

오늘의 예정은 이것으로 끝인지, 센다이가 이번에는 정확히 집으로 돌아가는 길로 향하기 시작했다. 우리는 이곳에 올 때까지 걸린 똑같은 시간을 들여 집으로 향했다.

침묵은 별로 신경 쓰이지 않았다.

다른 곳에 들르지 않고, 별다른 잡담을 나누지도 않은 채 걸었고, 전철을 타고, 또 다시 걸어서 집에 도착했다.

사온 전기포트는 바로 개봉해 센다이가 홍차를 내렸다.

마주보고 테이블에 앉아 티슈 커버가 들어간 봉투를 센다이에게 건네받았다.

“받아.”

“센다이가 열어.”

그렇게 말하고 봉투를 밀자 그녀는 별말 없이 봉투 안에서 오리너구리를 꺼냈다. 그리고 내 근처에 있는 티슈 상자를 가리켰다.

“그거 이리 줘.”

시키는 대로 집어 티슈 상자를 건네주자 센다이가 상자가 아니라 내 손을 잡았다.

심장이 쿵 하고 울렸다.

센다이의 손에 힘이 들어갔다.

꽉 쥐어진 손이 아팠다.

센다이는 아무 말도 하지 않았다.

이럴 때, 지금까지의 그녀라면 키스를 했을 것이다.

하지만 오늘은 아무것도 하지 않았다.

당연하다.

지금까지와는 다르다.

센다이는 교복이었던 체크 스커트와는 다른 스커트를 입고 있었다. 고등학생이 아닌 그녀는 룸메이트였고, 룰에도 키스해도 된다는 룰은 없었다.

—하지만 하면 안 된다는 룰도 없었다.

"미안."

센다이가 조용히 말하고는 내 손을 뗐다.

티슈 상자가 그녀에게 넘어가고 커버가 씌워졌다.

키스에 관한 명확한 룰은 없었고, 금지하는 룰이 있다고 해도 센다이는 어기고 싶으면 아무렇지도 않게 룰을 어긴다. 그런데도 오늘은 아무것도 하지 않는 것이 룰인 것처럼 행동한다.

센다이의 이런 점이 싫었다.

"자, 다 됐다."

그리 크지 않은 테이블 위, 센다이가 오리너구리 커버가 씌워진 티슈를 놓았다.

◇ ◇ ◇

테이블 위에는 토스트와 스크램블 에그가 올라간 접시와 오렌지 주스.

아침식사다운 메뉴가 놓여 있고, 맞은편에는 센다이가 앉아 있었다.

공부를 할 때도 식사를 할 때도 계속 옆에 있던 센다이가 맞은편에 있는 것이 아직 익숙하지 않았다.

하지만 앞으로 일주일.

어쩌면 한 달 정도 걸릴지도 모르지만, 같이 밥을 먹다

보면 센다이가 내 앞에 있는 것에 익숙해질 것이다.

나는 토스트에 버터와 잼을 발랐다. 그리고 색이 있는 음료가 담긴 유리잔을 바라보았다.

"센다이, 왜 오렌지 주스야?"

"사이다가 좋았어?"

"홍차일 줄 알았어."

먹는 것도 마시는 것도 뭐든 상관없었다.

원하는 것이 있는 것은 아니었다.

아침 식사를 준비한 것은 센다이였고, 불평할 만한 일이 있는 것도 아니었다. 하지만 어제 일부러 전기포트를 사러 갔는데도 그것을 쓰지 않고, 오렌지 주스가 테이블에 놓여 있는 것이 아주 조금 불만스러울 뿐이다.

"미야기가 아침에 홍차를 마시고 싶다면 내일부터는 홍차로 할게."

나는 센다이를 바라보았다.

눈이 마주쳤지만, 외면당하지는 않았다.

그 사실에 안심했다.

아침부터 불쾌한 기분을 느끼고 싶지는 않았으니까.

"홍차든 뭐든 상관없는데, 전기프트는?"

"지금 쓰라고?"

"안 쓸 거였으면 굳이 사러 갈 필요도 없었잖아."

"당장 안 쓸 거라고 해도 필요한 거였고, 쇼핑도 재밌었잖아."

"그런 말이 아니잖아."

나는 토스트를 베어 먹고 오렌지 주스를 마셨다. 센다이도 버터와 잼을 바른 토스트를 먹었다.

"그런 말이야. 그보다 미야기, 다 먹으면 학교 갈 거지?"

전기포트를 언제 사용할지 확답을 주지 않은 채, 센다이가 이야기를 바꿨다.

"갈 건데."

"급해?"

"딱히."

"그렇구나."

이야기는 거기서 끊겼고, 센다이의 다음 행동은 알 수 없었다. 굳이 물어보는 것도 그녀의 생활에 너무 간섭하는 것 같아 묻지 못하는 사이, 접시도 잔도 비었다.

"센다이. 내가 설거지할게."

테이블 위에서 2인분의 접시와 잔을 치우며 그렇게 통보했다.

"됐어. 내가 할게."

"아침 식사 준비했잖아."

"그럼 미야기에게 맡길게."

그렇게 말하고 센다이가 방으로 돌아갔다. 나도 설거지를 빨리 끝내고 한번 방으로 갔다. 서두르는 것은 아니지만 대학까지 나름대로 시간이 걸리니 여유 있게 준비했다.

옷매무새를 가다듬고 거울을 바라보았다.

역시 교복이 있었으면 좋겠다.

매일 아침 뭘 입을지 고민하는 것은 귀찮았다. 교복 하나로 모든 것이 해결되던 과거의 내 자신이 부럽게 느껴졌다. 하아, 하고 숨을 내쉬었다. 가방을 들고 문을 열자 화장을 마친 센다이가 공용 공간에 있었다.

"다녀올게."

의자에 앉아 있는 그녀에게 말을 걸었다. 그대로 현관으로 향하려고 하자, 일어선 센다이가 팔을 잡아왔다.

"미야기, 잠깐만."

"왜?"

"얼굴 좀 빌려줘."

"얼굴?"

"화장 해줄게."

센다이가 빙긋 웃었다.

평소보다 꽤 기분이 좋아 보이는 그녀의 제안은, 역시나 평범한 것은 아니었다.

"……안 해도 돼. 늦겠어."

"아까는 안 급하다고 했잖아."

"급한 건 아니지만, 여유가 많은 것도 아니야."

"립스틱 정도는 바르는 게 어때? 입술 다 텄어. 그 정도 시간은 있지?"

센다이의 엄지손가락이 입술에 닿았다.

손가락 끝이 가볍게 눌리고, 감촉을 확인하듯 부드럽게 어루만진다.

센다이의 손가락은 싫지 않았다.

오랜만에 입술에 느껴지는 손끝이 기분 좋았다.

"미야기, 괜찮아?"

손끝이 떨어지고, 그렇게 물어온다.

"그렇게 트진 않았어."

아까 거울을 봤을 때 입술은 트지 않았다.

"텄다니까. 금방 끝나니까 앉아봐."

팔을 잡아당기는 힘에 반사적으로 손을 뻗었다.

센다이가 나에게 했던 것처럼 그녀의 입술에 엄지손가락을 꾹 눌렀다. 손끝에 힘을 주고 입술을 닦자 그녀의 입술에 묻어 있던 립스틱이 늘어나며 내 손가락에 묻었다.

"잠깐, 미야기."

평소보다 조금 낮은 목소리로 이름을 부른 센다이가 내 팔을 세게 잡았다.

"그거 고치고 나면 센다이도 시간 없을 거 아냐."

"바보 아냐?"

센다이가 어이없다는 투로 말했고, 「내일은 시간 있어?」라고 덧붙였다.

"없어."

나는 센다이의 손을 뿌리치고 그녀에게 등을 돌렸다.

"시간 내. 예쁘게 해줄게."

"안 해도 돼."

"해 준다니까."

"됐다고."

"화장 정도는 하게 해줄 수 있잖아. 하여간 미야기는 쪼잔하다니까."

"시끄러워. 이제 갈 거야."

오리너구리 커버가 씌워진 티슈는 수납장 위에 놓여 있었다. 하지만 티슈는 뽑지 않고 다이닝 키친을 나와 세면대로 향했다. 거울 앞, 물을 틀기 전에 가방을 아래에 내려놓았다.

엄지손가락을 바라보았다.

센다이의 입술과 같은 색으로 물들어 있었다.

거울을 보니 입술이 트지 않은 내 얼굴이 비쳤다.

역시 거짓말이었네.

나는 살짝 물든 엄지를 움직이려다 멈추고, 검지로 입술을 만졌다.

손가락 끝이 매끄럽게 움직여 입술 끝에 닿았다.

엄지가 움찔거렸다.

그녀의 부드러운 입술이 머리에 떠올라 황급히 손을 씻

었다.

벅벅 소리가 나도록 세게.

손가락 끝의 오염을 꼼꼼하게 닦아낸 뒤 집을 나섰다.

전철을 타고 적지 않은 시간을 들여 대학으로 향했다.

좀 더 가까웠으면 좋겠지만 어쩔 수 없다.

정문을 지나 대학 안으로 들어갔다.

어울리지 않는다는 생각밖에 들지 않는 대학은, 새로운 집과 마찬가지로 아직 내 자리가 되지 못했다. 마이카 외에도 만나면 대화를 나눌 만한 상대도 생겼지만, 아직 즐겁다고 느끼는 단계에는 이르지 못했다. 그리고 귀찮은 일도 많았다.

그중 최고로 귀찮은 건 수강 신청이었다.

스스로 들어야 할 강의를 정하고 스케줄을 짜야 한다.

졸업하기 위해 필요한 학점을 생각하고 스케줄을 짜는 것은 너무나도 번거로웠다. 센다이가 같은 대학이었다면 내 몫까지 생각해줬을 것 같지만, 그녀는 다른 대학에 다니고 있었다.

나는 강의실에 들어가서 안을 둘러보았다.

당연하지만 센다이는 없었다.

자리에 앉아 책상에 철푸덕 엎드리자, 쿵 하고 무언가를 놓는 소리가 들려왔다. 이어서 「시오리」하고 이름을 부르는 소리에 고개를 들자 마이카가 있었다.

"잠 못 잤어?"

그 말과 함께 마이카가 옆에 앉았다. 처음에는 교복을 입지 않은 마이카의 모습이 낯설었지만, 지금은 익숙해졌다. 고등학교 때는 하지 않았던 옅은 화장도 내 안에서 마이카를 구성하는 일부가 되고 있었다.

"아니, 잘 잤어. 그보다 어제는 미안했어."

토요일에도 마이카에게는 전화로 미안하다고 말했었다.

그래도 오늘도 사과했다.

센다이에게는 약속이 없다고 했지만, 일요일은 마이카와 만나기로 약속한 날이었다. 우선시해야 할 선약을 거절하고 나중에 생긴 예정을 집어넣은 것에 죄책감이 들었다.

"상관은 없는데. 어제 뭐 샀는데?"

같이 사는 사람과 공동으로 쓸 물건을 사러 가게 됐어.

마이카에게는 그렇게 말하고 센다이와 쇼핑을 다녀왔다.

"전기포트. 물 끓일 게 없었거든."

"이제 와서?"

"좀 정신이 없어서 못 사러 갔었어."

"같이 사는 사람은 친척이지?"

"응."

센다이가 룸메이트라는 사실은 말하지 않았다.

마이카에게 말할 기회가 없었던 것은 아니지만, 센다이에 대해 어떻게 설명해야 할지 알 수 없어서 결국 친척과 살고 있다고 말해 버렸다.

언젠가는 사실을 말해야 한다고 생각한다. 하지만 상대가 센다이라고 하면 룸 셰어를 하게 된 경위를 설명해달라고 할 것이 분명하다. 하지만 나는 그것에 대한 답을 갖고 있지 않았다.

“그 사람, 좀 예민한 편이야?”

“왜?”

“친구도 집에 못 부르게 하니까, 좀 예민한 분인가 싶어서.”

친척이 아닌 센다이와 사는 집에 마이카가 놀러 오면 일이 번거로워질 것 같았다.

그래서 대학에 들어가자마자 「친구는 집에 부르지 않는다」라는 룰을 임시방편으로 만들어 마이카에게 알렸다. 거짓말이 쌓이는 것이 마음이 걸리긴 했지만, 지금 상황에서 룸메이트가 센다이라는 것을 알릴 수는 없었다.

“음, 평범한 사람이야. 아마도.”

“평범한 사람이라. 뭐, 상관은 없지만.”

뭔가 말하고 싶은 것 같은 얼굴이었지만, 마이카는 더 이상 캐묻지 않았다.

그녀는 언제나 상냥하다.

나는 고등학교 때부터 마이카에게 기대기만 했고, 대학생이 되어도 그녀에게 기대고 있었다.

“그러고 보니 어제 시오리가 안 놀아줘서 귀 뚫었어.”

"귀?"

마이카의 목소리에 그녀의 귀를 보자 작은 은색 귀걸이가 달려 있었다.

"직접 뚫었어?"

생각지도 못했던 마이카의 행동에 무심코 묻자 「응」이라는 답이 돌아왔다.

마이카는 딱히 더 화려해졌다거나 사귀는 친구가 달라지지는 않았다. 그래도 멋을 부리게 된 것은 사실이다. 화장도 그렇지만, 고등학교 때와는 달랐다.

환경이 바뀌고 마이카도 바뀐다. 센다이는 변하지 않았지만, 내 앞에 없을 때의 센다이는 바뀌었을지도 모른다. 그렇게 생각하니 나만 뒤처진 것 같은 기분이 들었다.

"의외로 잘 어울린다."

귀걸이를 보며 말하자 마이카가 보란 듯이 눈썹을 찡그린다.

"의외라는 말은 빼."

농담이라고 하고, 어디서 샀는지 이런저런 이야기를 나누고 있는데 강의실 문이 열렸다. 조금 무섭게 생긴 교수님이 들어오면서 강의가 시작되었다.

대학에 들어가면 귀걸이를 할 것처럼 보였던 센다이는 귀걸이를 하지 않았고, 마이카가 하고 있었다. 그 사실이 조금 이상하게 느껴졌다.

언젠가 센다이도 귀걸이를 하게 될까.

모르겠다.

고등학생 때부터 잘 이해할 수 없었던 그녀는 대학생이 되면서 더더욱 알 수 없게 되었다. 나는 대학에 있는 센다이에 대해 아무것도 모른다.

지금까지는 센다이에게서 친구의 이름을 들으면 바로 얼굴이 떠올랐다. 수업 이야기를 들으면 선생님의 얼굴이 떠올랐다. 학교 안에서도 그녀의 대부분의 모습을 상상할 수 있었지만, 지금은 아무것도 떠오르지 않았다.

이 시간에 센다이가 무엇을 하고 있을지.

메시지만 한 통 보내면 그것을 알 수 있었다.

하지만 그 풍경은 상상이 가지 않는다.

나는 그런 점에 불만을 느끼고 있었다. 그리고 그런 시시한 것을 불만이라고 생각하는 나 자신에게 불만을 느끼고 있었다.

마음에 안 든다.

지켜야 할 룰을 지키고 있는 센다이도, 나 자신도.

나는 엄지손가락을 바라보았다.

그리고 그 손끝으로 입술을 쓰다듬었다.

제3화
미야기와 나 사이의 벽

미야기에게 손을 뻗었다.

검은 머리를 만지고 손가락으로 빗었다.

그대로 볼을 쓰다듬고, 손가락으로 입술 위를 매만진다.

미야기는 싫어하진 않지만, 반응도 하지 않았다.

늘 이것도 아니고 이것도 아니라고 불평하는 주제에 오늘은 얌전했다. 얼굴을 가까이하자 곤란하다는 듯 눈을 감는 것이 꽤 솔직하다고 생각했다.

입술을 맞추고 혀를 넣었다.

내 어깨를 누르거나 혀를 깨물지도 않았다. 갑자기 적극적으로 나와도 놀라겠지만, 싫어하지 않는 미야기도 어딘가 오싹했다. 하지만 본인에게 그런 말을 하면 무조건 화를 낼 것 같아서 지금은 마음속에만 담아두었다.

몇 번 키스를 하고 나서 목덜미에 입술을 눌렀다. 흔적은 남기지 않고 입술을 미끄러뜨리자 미야기가 작게 숨을 내쉬었다. 그녀의 넥타이를 풀어 떼어냈다. 블라우스 단추도 하나, 둘 풀어나가며 천천히 가슴을 벌렸다.

하얀 속옷과 부드러워 보이는 피부.

단추는 전부 풀어버렸다.

손을 뻗어 속옷까지 닿으면 숨겨져 있는 부분을 드러낼 수 있었다.

심장이 쿵 하고 울렸다.

가슴에 손을 뻗으려다 멈추고, 머리를 만졌다. 쇄골 위에 키스를 떨어뜨리자 미야기가 내 어깨를 꽉 잡았다. 미야기의 체온이 내 입술에서도, 그녀의 손에서도 전해졌지만, 따뜻한지 차가운지 알 수 없었다. 옆구리에 손을 가져가 꽉 눌렀다. 미야기가 싫다거나 하지 말라는 말을 하지 않아서, 블라우스를 벗기고 그대로 밀어 넘어뜨렸다.

알고 있다.

이것은 꿈이다.

여름 방학이나 겨울 방학.

그 사이에 있었던 일.

여러 과거가 뒤섞인 꿈이다.

입고 있는 것은 질리도록 입었던 교복이고, 현실의 우리는 더 이상 그걸 입지 않는다. 그리고 이런 꿈은 이곳에 오기 전에 여러 번 꾸었고, 이곳에 온 뒤에도 여러 번 꾸었다.

빨리 일어나는 편이 낫다.

하지만 조금 더 꿈속에 있고 싶었다.

미야기의 어깨에 이를 세우고 가볍게 물었다.

부드럽고, 체온도 느껴졌다.

하지만 선명한 동시에 모든 것이 흐릿했다. 눈에 비치고 있는 것은 미야기이고, 감촉도 분명 미야기일 텐데, 어느 정도로 부드러운지도 잘 모르겠고, 어느 정도로 뜨거운지도 잘 모르겠다. 감각이 모두 하나가 되어 녹아내렸다.

"미야기."

불러도 대답이 없었다.

목소리가 듣고 싶어서 가슴을 가리고 있는 속옷을 건드렸다.

그래도 미야기는 묵묵부답이었다.

손으로 만져도, 입술로 만져도 한마디도 하지 않았다. 부자연스러울 정도로 조용한 그녀에게서 선명한 듯하면서도 애매한 감촉만이 전해졌다.

기억에 남을 만큼 제대로 만져본 적은 없지만, 내 손 밑의 튀어나온 부분이 부드럽다는 것만은 알 수 있었다. 기억이 만들어낸 꿈은 모르는 부분을 편리하게 채워준다.

스커트를 벗겼다.

미야기는 역시 싫어하지 않았다.

갈비뼈 아래 부드러운 배에 손을 대고 허리뼈를 쓰다듬었다.

손에 속옷이 닿자, 잠시 망설였다.

꿈이라는 것을 알면서도, 이 뒤로 나아가도 될지 망설여졌다.

센다이, 하고 애원하듯 부르는 목소리에 손을 움직였다.

마침내 들린 목소리는 내가 모르는 목소리였다. 이런 상황에서 미야기가 이런 반응을 할 리 없었고, 그녀는 이렇게 솔직하지도 않았다. 불평을 늘어놓는 일은 있어도, 애원하는 목소리로 나를 부르지는 않는다는 것 정도는 알고 있었다.

잘 알고 있지만, 속옷 안으로 천천히 손을 집어넣었다.

그리고.

그리고—.

그리고——.

내 손은 전자음을 울리는 스마트폰에 닿았다.

"……그렇겠지."

깊은 한숨을 내쉬며 알람을 껐다.

스마트폰을 놓고 벽에 손을 가져갔다.

침대 옆, 이 벽 너머에 미야기가 있다.

아마 그게 문제일 것이다.

지금의 나와 미야기의 거리는 너무 가까웠다.

해도 되는 것과 해선 안 되는 것을 구분할 이성은 있지만, 꿈은 제어할 수 없었다.

함께 살기 시작한 지금, 꿈에서 본 것과 같은 행동을 미야기에게 해서는 안 된다는 것을 분명히 이해하고 있었다. 다만 그런 일을 아예 하고 싶지 않느냐 묻는다면 거짓말이다. 내 손이 닿는 범위에 미야기가 있으니 이런 꿈을 꾸는 것이라 생각했다.

"……최악이네, 정말."

이것은 좋은 꿈이 아니었다.

미야기도, 벽 너머에 이런 꿈을 꾸는 인간이 있다는 것은 꿈에도 모를 것이다.

그래서일까, 굉장히 나쁜 꿈을 꾼 것 같은 기분이 들어 스스로를 저주하고 싶어졌다.

몸을 일으키고 다시 침대에 누웠다.

이 방에서 나가고 싶지 않았다.

하지만 대학에는 가야 한다.

4월도 중반을 넘기고, 수강 신청도 끝나고, 스케줄이 정해져서 겨우 대학생다운 생활이 시작되었다. 벌써부터 땡땡이치는 습관을 들일 수는 없었다.

나는 한 번 더 잤다고 해도 될 정도의 시간을 뒹굴고 나서야 결심을 마쳤다. 침대에서 기어 나와 서랍을 열었다.

공용 공간에서 입기에 잠옷은 너무 헐렁했다. 시간이 지나면 잠옷 차림이라 해도 신경 쓰이지 않을지도 모르지만, 그때가 오기 전까지는 좀 더 제대로 된 모습을 갖추고 싶었다.

미야기의 집에 머물렀을 때의 일이 떠올랐다.

그때 나는 미야기에게서 스웨트셔츠를 빌렸다. 룸 셰어

를 하고 있는 이 상황을 생각하면 그것도 나쁘지 않았다. 잠옷을 입지 않고 미야기처럼 스웨트셔츠를 입어버리면 굳이 옷을 갈아입을 필요가 없을 것 같았다.

나는 조만간 잠옷용 스웨트셔츠를 사야겠다고 생각하며 서랍장에서 블라우스와 스커트를 꺼냈다. 옷을 갈아입고 방을 나가자 미야기가 아침을 준비하고 있었다.

저녁을 같이 먹을 때는 둘이 함께 만들기로 정했지만, 아침은 누가 만들지 정하지 않았다. 대부분은 일찍 일어난 쪽이 만들고, 만들지 않은 쪽이 설거지를 하는 식이다. 어느새 그런 룰이 되어 있었다.

미야기는 요리를 잘하는 편은 아니지만, 내가 아닌 누군가가 만든 식사라는 것만으로도 맛있게 느껴졌다.

"좋은 아침."

나는 미야기의 등에 말을 걸었다.

"좋은 아침."

좋은 아침이라고 하면 좋은 아침이라는 말이 돌아오고, 누군가가 아침을 만들고 있는 아침은 나쁘지 않았다.

—꿈을 꾸지만 않는다면.

원해서 꾸는 꿈은 아니라 해도, 그런 꿈을 꾼 날은 어색했다. 미야기의 얼굴을 똑바로 보기 힘들었고, 어떤 얼굴을 하고 그녀와 지내면 좋을지 알 수 없었다. 여기 오기 전— 고등학교 3학년 때는 학교는 같아도 반이 달랐고, 만나지 않으려고 하면 방과 후까지 마주치지 않을 수 있었기에 그나마 지금보다 나은 기분으르 미야기와 만날 수 있었다.

하지만 지금은 그때와 다르다.

문을 열면 미야기가 있다. 아침부터 방과 후까지에 해당하는 시간을, 미야기를 만나지 않고 지내는 것은 불가능에 가까웠다.

"뭐 만들어?"

마음이 어수선하다고 해서 계속 침묵하고 있는 것도 불편했기에, 프라이팬을 보고 있는 미야기에게 말을 걸었다. 하지만 대답이 없었다.

"미야기?"

이름을 불러 봐도 역시 아무 말도 하지 않는 그녀를 보니 아침 식사가 걱정되었다.

지금의 나는 별로 좋은 얼굴은 아닐 테니 가능하면 미야기에게 가까이 가고 싶지 않았다. 그래도 신경이 쓰여 그녀에게 다가가 보자, 계란 프라이와 스크램블 에그의 중간 지점에 있는 무언가가 프라이팬 위에 올려져 있었다.

"노른자가 터졌어?"

미야기에게 묻자, 중얼거리듯 작은 목소리가 들려왔다.

"멋대로 터졌어."

미야기가 내 쪽을 바라보았다.

"계란 프라이든 스크램블 에그든 배에 들어가면 똑같으

니 상관없잖아?"

"그렇긴 하지만."

목소리와 함께 미야기의 시선이 느껴졌지만, 나는 그녀와 눈을 마주칠 수 없었다.

"세수 좀 하고 올게."

미야기를 등지고 세면실로 향했다. 뒤에서 응, 하는 짧은 대답이 들려왔다.

숨을 들이마시고 내쉬고, 또 한 번 들이마셨다.

평소 무의식적으로 하는 일을 의식적으로 하는 것만으로도 마음이 조금 가라앉았다.

세수를 마치고, 다시 숨을 들이마시고 내쉬었다.

요즘 꾸는 그런 꿈들은, 현실에 없었던 부분의 비중이 점점 커지고 있었다. 이대로 꿈을 꾸는 횟수가 늘어나면 현실에 없는 일만으로 꿈이 구성되는 날이 올지도 모른다.

더는 생각하면 안 될 것 같았다.

나는 아까 꾼 꿈을 최대한 머리 구석으로 밀어 넣었다. 잊어버릴 수는 없겠지만, 최대한 신경 쓰지 않으려 애썼다.

두 손으로 뺨을 한 번 때리고 다이닝 키친으로 돌아갔다.

"밥 다 됐어."

미야기의 목소리에 테이블을 바라보자 접시와 오렌지 주스가 놓여 있었다. 계란은 스크램블 에그에 가까운 형태로, 노른자와 흰자가 섞여 있었다. 빵에 더해 소시지도 놓여 있고, 하나 같이 먹음직스럽게 구워져 있었다.

의자에 앉자, 맞은편에서 「잘 먹겠습니다」라는 소리가 들려왔다. 나도 마찬가지로 「잘 먹겠습니다」라고 말하고 나서 스크램블 에그 같은 무언가를 먹었다.

함께 밥을 먹는다는 룰은 내가 생각하지 못했던 방식으로 이뤄지고 있었다. 저녁이라도 같이 먹을 수 있으면 좋겠다는 기분으로 말한 것인데, 미야기는 아침에도 함께 식사를 해주었다.

"요즘도 책 사?"

아직은 미야기와 눈을 마주칠 수 없어 적당한 화제를 찾아 입을 열었다.

"사."

"그럼 만화나 소설 좀 빌려줘. 뭔가 재미있는 걸로."

"아무거나 괜찮아?"

"재미만 있으면."

버터와 잼을 바른 토스트를 베어 먹고 미야기의 손을 바라보았다. 포크가 비엔나를 찌르고, 입가로 이동한다.

"빌려주는 건 상관없는데, 센다이가 재미있을지 어떨지는 모르잖아."

미야기의 불만스러운 목소리가 들려와 시선이 올라갔다.

순간 눈이 마주치고, 아주 조금 고동이 빨라졌다.

책을 고른다는 구실이 있으면 방에 들여보내 줄지도 모

른다는 생각이 들었다.

"그럼 직접 고를게."

오늘은 그다지 미야기에게 가까이 가고 싶지 않은 날이었다.

하지만 그렇다고 해서 가까이 가고 싶은 마음이 아예 없는 것은 아니었다. 방안이 어떻게 되어 있는지도 궁금했고, 어떤 책이 늘어났는지도 궁금했다.

"……내가 골라서 줄게."

그렇게 말한 미야기는 토스트를 한 입 베어 물었다.

계단을 올라가서 3층.

복도를 걸어 현관 앞, 열쇠를 꺼냈다.

대학 수업이 끝나고 나면 아침에 불만스러운 얼굴을 했던 미야기와 헤어진 이 집으로 돌아온다. 그런 하루하루에는 익숙해졌지만, 문을 여는 순간은 아직도 조금 두근거린다. 가족과 살던 집에서는 느껴본 적 없는 감정이었다.

열쇠를 열고 들어가자 현관도 복도도 어둠에 싸여 있었다. 불을 켜고 발밑을 바라보았다. 미야기가 신발을 놓는 공간이 비어 있었다. 그녀가 아직 돌아오지 않았음을 알 수 있었다. 그래도 일단 「다녀왔습니다」라고 소리 내어 말하지만, 대답은 없었다.

아주 조금 실망했다.

다녀왔다고 말하면 어서 와라는 소리가 돌아왔으면 좋겠다.

아침에 꾼 꿈의 기억은 대학에 가 있는 동안 희미해졌다. 미야기가 항상 먼저 돌아와 있는 것은 아니었지만, 지금이라면 그녀의 눈을 보고 이야기할 수 있을 것 같았다. 그래서 집에 있어주면 좋겠다고 생각했다.

"뭐, 딱히 할 말도 없지만."

나는 혼잣말처럼 중얼거리며 신발을 벗었다.

미야기에게서 늦어진다는 연락은 없었다. 그것은 함께 식사를 한다는 뜻이었고, 나는 저녁 메뉴를 고민하며 집 안으로 들어갔다. 역시 아무도 없었다.

"다녀왔습니다."

이번에는 아무도 없다는 것을 알고 다이닝 키친을 향해 중얼거렸다. 그리고 그대로 내 방에 들어가려다가, 테이블 위에 쌓여 있는 것들에 시선이 갔다.

"책이야?"

가까이 다가가서 보니 쌓여 있는 것은 예상대로 책이었다. 여기서 룸 셰어를 시작하기 전, 미야기의 방에서 읽었던 순정 만화의 다음 권 몇 권, 그리고 나도 이름을 들어본 적이 있는 소년 만화가 몇 권 놓여 있었다.

빌려는 주겠지만 본인이 골라서 준다는 게 이런 뜻이었나.

아침에 나보다 늦게 나간 미야기가 남겨둔 것을 보며 작게 한숨을 내쉬고, 가방을 그녀가 항상 앉아 있는 의자 위에 놓아두었다. 없다는 것을 알면서도 미야기의 방문을 노크해보았다. 똑똑, 하는 소리만 울릴 뿐 안에서 목소리가 들려오지는 않았다.

"미야기."

문에 대고 불러보았다.

당연하지만 대답은 없었다.

손바닥을 문에 딱 붙였다.

나와 미야기의 거리는 옛날보다 가깝지만, 옛날보다 멀었다. 만질 수 있을 정도로 가까운 곳에 있지만, 옛날 같으면 들어갈 수 있었던 곳에 들어갈 수 없게 되었다.

이 손 너머는 다른 세계였다.

출입이 허용되지 않는 세계이자, 언제 들어갈 수 있을지 모르는 세계.

이 문 건너편으로 가고 싶었다.

내가 준 검은 고양이 인형이 전과 다름없이 책장에 있는지 확인하고 싶었고, 악어의 등에서 티슈가 자라나 있는지 확인하고 싶었다. 그 방에 있던 무엇이 있고, 무엇이 없어졌는지 알고 싶었다.

지금 나와 건너편을 가르는 것은 얇지는 않지만 두껍지도 않은 판자 한 장뿐이다.

이 손을 조금만 움직이면 문을 열 수 있고, 안으로 들어갈 수도 있었다.

간단한 일이었다.

룰을 어기면 알고 싶은 것을 지금 바로 알 수 있었다. 안에 들어갔다고 해도, 아무것도 만지지 않고 바로 나오면 미야기에게 들키지도 않을 것이다.

룰은 어겨도 들키지만 않으면 어기지 않은 것이나 다름없었다.

미야기가 눈치채지 못한다면, 내 잘못은 처음부터 없었던 일이 된다.

하지만, 만약 내가 룰을 어긴다면, 그것을 미야기에게 들키길 바라는 마음도 있었다.

룰을 어기면, 상대의 말을 하나 들어야 한다.

그런 약속을 했기 때문에, 내가 룰을 어기면 룸 셰어를 하기 전처럼 미야기가 나에게 명령을 하게 된다. 정확하게 말하면 명령은 아니고, 전과 같지도 않겠지만, 전과 비슷한 일이 생길 것이다.

"……안 되지. 남의 방에 멋대로 들어가면."

룰을 어긴다 해도, 멋대로 방에 들어가는 것은 해서는 안 될 행동이었다. 걸리면 벌칙을 받고 말고 할 새도 없이 미야기는 이 집에서 나가 버릴 것이다.

문에 이마를 붙였다.

탁, 하는 작은 소리가 나며 이마가 조금 차가워졌다.

문에 입술을 대고 폐 속의 공기를 전부 다 내뿜었다.

"대체 뭘 하는 건지."

그런 꿈을 꾼 탓에 오늘은 기분이 좀 이상했다. 다녀왔어라는 말에 어서 와라는 말이 돌아오지 않아 실망했지만, 미야기가 없어서 다행일지도 모른다. 그녀가 있었다면 별로 좋은 일이 벌어지진 않았을 것 같았다.

"미야기는 바보."

문에 투정을 부리듯 말하고 등을 돌렸다.

테이블 위에서 4권이라고 적힌 순정 만화를 한 권 집어 들고 의자에 앉았다.

팔랑팔랑 넘겨 훑어보지만, 이전 권의 스토리가 선명하게 떠오르지 않았다. 애매한 기억을 보완하고 싶었다. 하지만 3권은 문 한 장을 사이에 둔 건너편에 있어서 지금은 가져올 수 없었다.

바로 코앞에 있는데 멀게 느껴져서 조금 기분이 가라앉았다.

나는 순정 만화를 테이블에 돌려놓고, 1권부터 놓여 있는 소년 만화를 읽기로 했다. 손에 쥔 책을 펼쳐서 한 장, 두 장 읽어 나갔다. 기억나지 않는 스토리를 따라가는 것보다는 재미있었지만, 읽을 책을 직접 고를 수 있었던 과거가 머릿속에 아른거려 집중이 되지 않았다.

그럼에도 2권까지 읽고 3권을 손에 들었다. 반쯤 읽었을 때「다녀왔습니다」라는 소리가 들려와 고개를 들었다.

“어서 와.”

“방에서 읽으면 되잖아.”

미야기가 내가 읽던 만화 표지를 보며 말했다.

“어서 와라는 말을 듣고 싶지 않을까 해서.”

“방에서 읽어도 말할 수 있잖아.”

“여기 있으면 바로 말할 수 있어서 좋잖아.”

미야기는 좋다고도 나쁘다고드 말하지 않았다. 귀찮다는 얼굴로 냉장고에서 사이다를 꺼내 잔에 따른다. 그리고 투명한 액체를 한 모금 마시고는 테이블에 잔을 내려놓았다.

그녀가 나를 보고, 눈이 마주쳤다.

아침처럼 시선을 피하지 않고 미야기를 바라보았다.

“센다이. 그거 재밌어?”

미야기는 만화라고는 언급하지 않았지만, 재미있냐고 물을 만한 것은 손에 들고 있는 만화 이외에는 없었다.

“그럭저럭.”

“다 읽으면 알려줘. 가져갈게.”

그렇게 말한 미야기가 방으로 돌아가려 했다. 나는 순간적으로 아까 훑어만 보고 거의 읽지 않았던 순정 만화를 집어 들었다.

“잠깐만, 미야기. 이거 1권부터 있어?”

“있는데.”

"그럼 빌려줘. 앞 내용 잊어버렸어."

기억 속에 파묻힌 만화 줄거리에는 별로 관심이 없었다. 잊었다 해도 전혀 상관없었고, 읽는다면 바로 전 권부터 읽어도 그만이었다. 일부러 1권부터 찾아 읽을 정도는 아니었다. 그래도 내가 하고 싶은 행동의 명분은 된다.

"가져올 테니까, 여기서 기다려."

"책, 직접 가져갈 테니까 같이 가자."

"뭐?"

"방에 들여보내 줘."

나는 일어나서 미야기 옆에 섰다.

"……싫어."

미야기가 잠깐 생각하더니 입을 열었다.

"왜?"

"센다이, 이상한 짓 할 것 같으니까."

미야기의 말에 오늘 꾼 꿈이 생각났다.

그녀가 말하는 「이상한 짓」이 어떤 것인지는 쉽게 상상할 수 있었다.

그리고 내가 꾼 꿈은 아마 미야기가 말하는 「이상한 짓」보다 더한 내용일 것 같아서, 조금 심장이 지끈거렸다. 하지만 미야기의 방에 들어가고 싶은 것은 그런 짓을 하고 싶어서가 아니었다. 이곳에 오기 전까지는 싫다는 말없이 드나들 수 있었던 「그녀의 장소」가 지금 어떻게 되어 있는지 알고 싶을 뿐이었다.

음흉한 속셈이 있는 것은 아니다.

그래, 아마 없을 것이다.

애매한 감정이 얼굴에 드러났다. 하지만 감정을 정확하게 전할 필요는 없었기에 미야기의 말은 일단 부정했다.

"안 해. 날 뭐라고 생각하는 거야."

"……룸메이트."

옳지 않은 답을 돌려준 나에게 옳은 답이 돌아왔다.

미야기의 말대로 우리는 룸메이트다.

그리고 둘이서 평온하게 4년을 살기 위해서는 평범한 룸메이트로 남는 것이 맞다고 생각한다.

하지만 오늘까지 미야기와 지내며, 룸메이트라는 관계를 선택한 것이 과연 옳았는지 하는 의문이 들기 시작했다. 룸메이트라는 관계에 얽매여 미야기를 만지지도 못하는 지금의 환경에 의문이 들었다.

"뭐야?"

미야기가 아무 말도 하지 않는 나를 수상쩍은 얼굴로 바라보았다.

졸업식 날, 나는 미야기를 이곳으로 데려오기 위해 룸메이트라는 새로운 관계를 준비했다. 그때는 그것이 최선이었고, 그 이상의 대답은 없었다.

"미야기의 룸메이트라는 건 뭔가 이상한 느낌이야."

스스로를 설득시키듯이 애매하게 웃으며 말하자, 미야기가 미간에 주름을 잡았다.

"센다이가 룸메이트가 될 수 있다고 했잖아. 책임지고 제대로 룸메이트답게 굴어."

"알았어, 알았어."

되도록 감정이 실리지 않은 목소리로 말했다.

"책은 금방 가져올 테니까 센다이는 여기서 기다려."

"됐어."

"됐다니, 뭐가?"

"책은 이제 됐고, 밥이나 하자."

나는 미야기 방이 아닌 냉장고 앞으로 갔다.

"빠르지 않아?"

"배고파."

뒤에서 들려오는 목소리에 적당한 이유를 입에 담았다. 그리고 냉장고의 내용물을 보면서 미야기에게 무엇이 먹고 싶은지 물었다.

◇◇◇

열리지 않는 공간에 발을 들여놓지 못한 채 시간은 흘러갔고, 입학식이 있던 4월도 거의 끝나갔다.

연휴가 다가오는데 내 계획은 거의 백지 상태였다.

가족에게서 온 연락은 없었다.

그런 것은 예상했던 일이었기에 신경 쓰지 않았고, 돌아오라는 말을 들어도 기분만 상할 뿐이었다. 부모가 내 귀성을 원하지 않는다는 것은 이제 와서 슬퍼할 일이 아니었다. 애초에 돌아갈 생각도 없었으니 오히려 더 편하게 느껴졌다.

그래서 내 골든위크에 집에 간다는 선택지는 없었고, 정해진 것은 아무데도 가지 않는다는 예정뿐이었다. 쉬는 날만 있어도 할 일이 없으니 시간이 남아돌았다.

나는 그 남은 시간의 일부를 미야기와 함께 쓰고 싶었다.

꿈을 꾸고 나서 며칠이 지난 지금도 미야기의 연휴 일정을 자세히 묻지 못했지만, 그녀가 나와 마찬가지로 집에 돌아가지 않는다는 것은 파악하고 있었다.

문제는 이야기가 거기서 더는 진전되지 않는다는 점이었다.

연휴에 들어간 뒤 심심하니까 같이 놀자, 라고 말하는 정도는 할 수 있겠지만, 미야기가 순순히 「응」이라고 말해줄 것 같지는 않았다.

나는 후우, 하고 숨을 내쉬었다.

교단 위에 있는 교수님을 바라보았다.

슬라이드가 차례차례 넘어갔다.

강의실에 울리는 교수님의 목소리를 들으며 오늘 아침

먹은 계란 프라이를 떠올렸다.

미야기가 만든 그것은 이번에는 멋대로 노른자가 터지지 않았는지 모양 좋게 잘 만들어져 있었다. 그래서인지 미야기는 평소보다 기분이 좋아 보였지만, 내 쓸데없는 말 한 마디로 인해 상황이 달라지고 말았다.

—머리 모양에 대해 쓸데없이 간섭하지 않는 건데.

긁어 부스럼 만들지 말라는 말이 정답이라는 것은 잘 알고 있다. 하지만 사람이 늘 옳은 일만 하며 살 수 있는 것은 아니다. 오늘 아침의 머리 모양 이야기도 그렇지만, 요즘의 나는 닿을 수 없는 미야기를 건드리고 싶어서, 쓸데없는 한마디를 덧붙여서 그녀의 기분을 상하게 만들고는 했다.

덕분에 하려고 했던 골든위크 이야기를 하지 못한 채 집을 나왔다.

아르바이트도 구하지 못하고, 뭐 하나 되는 일이 없었다.

하아, 하고 한숨을 쉬고 슬라이드를 바라보았다.

대학에서는 해야 할 일은 진지하게 임한다.

인간관계는 적당히 유지.

우수한 성적일 필요는 없었지만, 4년 뒤에 대학을 졸업해서 괜찮은 기업에 들어가고 싶다는 생각은 있었다. 지금은 미야기를 생각할 시간이 아니었다. 필기를 잘 하지 않는 교수님이니 진지하게 듣지 않으면 강의 내용을 이해할 수 없을 것이다.

골든위크에 대한 생각을 머릿속에서 쫓아냈다.

그리고 교수님의 목소리에 집중했다.

고등학교와 달리 90분짜리 강의는 길었다.

노트에 펜으로 필기를 했다.

30분, 40분 시간은 흘러가고, 90분을 채우기 조금 전에 강의가 끝났다.

"하즈키."

노트를 닫자 이름을 부르는 소리가 들렸다. 고개를 드니 대학에 와서 사귄 친구 중 한 명인 미오가 한 칸 앞자리에서 나를 보고 있었다.

"좋은 소식이 있어."

고등학교 때와 같은 인간관계는 원하지 않았기에 교우관계를 넓히려는 노력은 굳이 하지 않았다. 그래도 친구는 몇 명 생겨서 빈 시간을 소소한 잡담으로 때우는 정도는 가능했다.

"좋은 소식?"

"응. 그러니까 그런 지루한 표정 하지 말고 웃는 얼굴로 들어봐."

"웃는 얼굴로 들을지 어떨지는 무슨 이야기냐에 따라 다르겠지."

내가 그렇게 말하자 미오가 나 대신 빙긋 웃었다.

"하즈키, 알바 찾고 있었지? 그래서 좋은 알바 자리 소개해주려고."

활기찬 목소리가 울렸다.

확실히 아르바이트를 찾고 있다는 이야기를 미오에게 한 적이 있었다.

생활에 필요한 돈은 부모님이 대주고 있었기에 아르바이트를 하지 않아도 살아갈 수는 있었다. 하지만 돈은 필요했다.

나는 대학을 졸업한 뒤에도 집에 돌아갈 생각이 없었다.

여기서 나름대로 괜찮은 직장을 찾고 싶지만, 잘 안될 수도 있고 새로운 집을 찾게 될 수도 있었다. 여러 「그럴 수도」가 겹칠 가능성까지 생각하면 돈은 있는 편이 좋았다. 그래서 부모님이 돈을 대주시는 대학생 때 아르바이트를 해서 돈을 모을 생각이었다.

"어떤 아르바이트인데?"

미오에게 묻자 그녀는 활짝 웃으며 대답했다.

"과외."

둘이서 강의실을 나오며 「미오, 너 과외해?」라고 물었다.

"내가 과외를 할 타입으로 보여?"

"안 보여."

내가 과거에 알고 지낸 사람 중에서도 꽤 예쁜 외모를 갖고 있는 미오는 안경을 쓰고 가만히만 있으면 「미인 과외 선생님」으로 보일지도 모른다. 그리고 쿨한 미인 같은 외모와는 달리 붙임성도 좋고 거리도 좋다. 하지만 그녀는 안경을 쓰지도 않고, 사물을 깊이 생각하지 않는 면이 있었다. 좋게 말하면 결단력이 있지만, 나쁘게 말하면 생각이 없고 매사 대충이었다. 미오가 과외를 한다면 즐겁기는 할 것 같지만 절대 성적이 오를 것 같지는 않았다.

"즉답이라니. 뭐, 됐어. 관심 있으면 소개해줄게."

가벼운 목소리로 미오가 말했다.

"학생을?"

"아니, 학생을 어떻게 소개해. 소개하는 건 내 선배. 과외할 사람을 찾고 있거든."

미오의 말에 미야기에게 공부를 알려주었던 기억이 떠올랐다.

전적으로 내 힘만 있었던 것은 아니었겠지만, 둘이 함께 공부한 이후로 그녀의 성적은 올랐다. 그것만으로 과외에 적합하다고 할 수는 없었지만, 공부를 가르치는 일은 나름대로 즐거운 기억으로 남아 있었다.

"그냥 얘기만 들어도 괜찮아?"

"괜찮아, 괜찮아."

정말 괜찮은지 모르겠는 밝은 목소리가 복도에 울려 퍼졌다.

"그럼 그 선배라는 사람 소개해줘."

할지 안 할지는 모르겠다.

하지만 관심은 있었다.

미오의 선배가 어떤 사람인지는 모르겠지만, 이야기 정도는 들어보고 싶었다.

"오케이. 연락해볼게."

발랄한 목소리와 함께 미오가 스마트폰을 꺼냈다. 그리고 선배와 몇 번 메시지를 주고받는가 싶더니 고개를 들었다.

"지금 바쁜가 봐. 시간나면 직접 얘기하고 싶다는데 연락처 알려줘도 돼?"

"응."

그렇게 대답하자 미오가 순식간에 이야기를 진행시켜 나갔고, 곧 선배의 연락처가 내 스마트폰에 등록되었다. 그리고 3시간 정도 후에 전화를 한다는 이야기가 전해졌다. 이어서 미오가 선배에 대한 이야기를 줄줄이 늘어놓았다. 선배가 여자라는 것과 3학년이라는 것, 그 외에 몇 개의 개인 정보가 내 머릿속에 들어왔다. 하지만 오후 강의가 끝난 뒤에도 선배에게서 연락은 오지 않았고, 집에 가는 전철을 탄 뒤에도, 현관 앞에 도착한 뒤에도 선배에게서 연락이 오는 일은 없었다.

나는 열쇠를 꺼내 현관을 열었다.

불이 켜져 있었고, 발밑을 보자 미야기의 신발이 있었다.

오늘은 그녀가 더 빨리 도착한 모양이었다.

신발을 벗고 안으로 들어가자 방에 들어가 있을 거라고 생각했던 미야기가 냉장고 앞에 있었다.

"다녀왔어."

나는 미야기의 등에 말을 걸었다.

"어서 와."

장을 보고 왔는지, 그 옆에 식재료가 든 봉지가 놓여 있었다.

"센다이. 오늘 저녁 뭐 할 거야?"

"미야기는 먹고 싶은 거 있어?"

"도리아."

냉장고에 식재료를 다 담은 미야기가 나를 바라보았다.

"도리아는 만들어 본 적이 없는데. 다른 건 없어?"

"먹고 싶은 거 있냐고 물어본 건 센다이잖아."

"물어봤을 뿐이지 만들어주겠다고는 안 했어. 애초에 도리아 재료는 사왔고?"

"무슨 재료가 필요한지 몰라서 안 샀어."

"그럼 못하지."

레시피를 검색해본 뒤 냉장고 안을 확인해보았지만, 역시 도리아의 재료가 될 만한 것은 들어 있지 않았다.

"그렇게 먹고 싶으면 지금 도리아 먹으러 갈래?"

나는 현실적인 제안을 내놓았다.

"오늘은 됐어. 장도 봐왔으니까 다른 거 만들자."

예상대로 쌀쌀맞은 목소리가 돌아왔다.

가끔은 둘이서 나가고 싶었지만, 미야기에게 그럴 마음은 없어 보였다.

"내일은?"

대답을 기대하지는 않았지만 일단 물어보았다.

"……상관은 없지만."

예상과는 다른 대답이 들려와 그녀를 바라보았다.

어디로 갈래?

몇 시로 할까?

어느 쪽을 먼저 물을까 고민하다가, 어디로 갈지 물어보려던 참에 스마트폰이 울렸다.

"미야기. 미안한데, 잠깐만."

가방에서 울리는 스마트폰을 꺼냈다.

화면을 보자 미오에게 들었던 선배의 이름이 떠 있었다. 아무래도 약속을 잊지는 않은 모양이었다. 전화를 받자 조금 낮고 차분한 목소리와 함께 용건이 전해졌다. 그리고 5분도 지나지 않아 전화가 끊겼고, 나는 미야기에게 사과했다.

"미안. 내일 볼일이 생겼어. 도리아는 모레 먹어도 될까?"

"볼일이라니?"

전화가 오기 전보다 더 냉담한 목소리가 들려왔다.

"알바 자리 소개해줄 사람을 만나게 됐거든."

"—센다이, 알바해?"

도리아가 아닌 볼일에 관심을 보이더니, 이번에는 아르바이트에 흥미를 보였다. 미야기가 목소리와 똑같은 냉담한 눈으로 나를 뚫어지게 바라보았다.

"할 생각이야. 돈을 모으려고."

숨기고 있던 것은 아니지만, 아르바이트를 할 생각이라는 사실은 미야기에게 전하지 않았다. 그 이유는 단순하다. 미야기에게 말할 기회가 없었기 때문이다. 애초에 미야기라는 인간은 내가 중요한 이야기를 하기도 전에 저기압이 되거나 내 앞에서 자취를 감춰버리는 생물이었다.

"돈이라면 고등학교 때 줬던 거 있잖아."

미야기의 목소리가 더욱 싸늘해졌다.

"그러니까 그건 내 돈이 아니라니까."

"센다이 돈이 아니더라도 그냥 써."

그렇게 말하며 미야기가 내 다리를 걷어찼다.

정강이 근처, 강하지 않고 가볍게 찬 것이지만 나는 엄살을 부리며 그녀를 바라보았다.

최근의 미야기는 온순해서 나를 차거나 물어뜯는 일은 없었기에, 마치 옛날로 돌아간 것 같은 기분이 들었다. 하지만 지금 당한 일이 기뻐할 일이 아니라는 것은 알았다.

나는 미야기에게서 물러나 늘 앉던 의자에 걸터앉았다.

"센다이, 약속 어기는 거야?"

냉장고 앞에 선 채 미야기가 불만스러운 얼굴로 말했다.

"미안."

손을 모아 사과했다.

도리아는 도망치지 않지만, 바빠 보이는 선배는 내일을 놓치면 다음에는 또 언제 만날 수 있을지 알 수 없었다. 아르바이트는 대학생이 되면 하고 싶은 일 중 하나이기도 했으니 도리아를 먹으러 가는 일은 모레로 미루고 싶었다. 하지만 미야기는 「알았어」라고 말하지 않았다. 말도 없고 다가오지도 않는다.

"도리아, 꼭 내일이 아니면 안 돼?"

선배보다 도리아를 우선해야 할지도 모른다.

나는 고민하면서 미야기를 바라보았다.

"……모레도 좋지만, 벌칙이야."

"뭐?"

"저번에 룰 정했잖아. 약속 어기면 벌칙 받기로."

반쯤 체념한 목소리로 묻자, 정한 기억도 없는 룰을 미야기가 꺼내들었다.

"아니지. 벌칙이 적용되는 건 둘이 정한 룰을 어겼을 때고, 그냥 한 약속은 별개지."

"아까 둘이 같이 먹기로 결정했으니까, 룰 같은 거잖아."

"미야기, 하는 말이 앞뒤가 안 맞는데."

둘이 살기 위해 정한 룰에 「사소한 약속」까지 포함시키는 것은 과한 처사였다. 하지만 미야기는 물러설 생각이 없는지

테이블 앞까지 와서 노골적으로 언짢은 목소리로 말했다.

“벌칙은 둘이서 정한 룰을 어겼을 때뿐, 이라는 말도 하지 않았잖아? 그렇다면 아까 정한 걸 지키지 않는 센다이가 벌칙을 받는다 해도 이상하지 않다고 생각하는데.”

말했는지 여부로 따지자면, 벌칙은 둘이서 정한 룰을 어겼을 때「만」 적용된다고는 하지 않았다. 그렇다고 해서 미야기의 논리가 정당하다는 뜻은 아니었다. 불합리했다.

말하고 있는 본인도 본인의 말이 합리적이진 않다는 것을 알고 있을 것이다. 하지만 미야기는 내가 이 불합리한 벌칙을 받아들일 거라 생각하고 말하고 있었다.

나는 작게 한숨을 내쉬었다.

“그럼 이번에는 그런 걸로 해. 벌칙은 뭔데?”

“아직 안 정했어.”

“그렇게 천천히 결정할 일이야?”

“천천히 생각해도 상관없잖아. 벌칙의 기한도 안 정했으니까.”

역시 불길한 예감이 들었다.

한없이 시간을 준다면 미야기는 분명 말도 안 되는 말을 꺼낼 것이 분명하다.

“내일까지 정해.”

“싫어.”

미야기가 단호하게 말했다.

"싫은 게 아니라 정할 마음이 없는 것뿐이겠지. 됐어. 마음대로 해도 되니까 정해지면 알려줘."

그녀의 말을 따르는 것은 익숙했다.

벌칙을 받아도 상관없었다.

말도 안 되는 명령을 듣는 것도 익숙했다.

그러니까 이건 나쁜 일이 아니다.

그렇게 생각하고 몸을 일으켰다.

"그래서 미야기, 오늘 저녁은 어쩔 거야?"

나는 그녀에게 물었다.

제4화
센다이가 잊지 않았으면 하는 것

책장에 있는 검은 고양이를 손에 들고 침대에 누웠다.

이제 자도 될 시간이지만 잠이 오지 않았다.

나는 검은 고양이의 머리를 쓰다듬었다.

이곳에 온 이후로 한 번도 약속을 어기지 않았던 센다이가 오늘 처음으로 약속을 어겼다. 그래서 나는 센다이에게 명령할 수 있는 권리를 얻었다. 엄밀히 말하면 명령은 아니다. 센다이가 내 말 하나를 들어야 하는 권리였고, 강제로 손에 넣은 권리였다. 룰을 확대 해석해 얻어낸 것이니 정당한 수단으로 얻었다고 할 순 없었다.

가슴 위에 검은 고양이를 놓았다.

벌칙에는 횟수가 있었다.

상대방의 말을 듣는 것은 한 번.

아마 센다이는 어지간히 까다로운 부탁이 아닌 한 들어줄 것이다. 지금까지도 내 명령의 대부분을 받아들이고 따라주었다. 발을 핥으라면 핥아줄 것이고 키스를 해달라고 하면 키스를 해줄 것이다.

하지만 말을 들어주는 것은 한 번뿐이다.

그리고 어떤 이유에서인지 이곳에 온 후 센다이는 한 번도 룰을 어기지 않았기에, 다음에 또 언제 이 권리를 손에 넣을 수 있을지는 모른다. 그렇게 생각하면 센다이에게 무슨 부탁을 해야 할지 고민이 됐다. 강제적으로 얻은 권리인데, 아무리 고민해도 센다이에게 시키고 싶은 벌칙이 떠오르지 않았다.

고등학생이었던 내가 했던 명령을 다시 떠올려보았다.

별로 좋은 명령은 하지 않았다.

룸메이트가 된 지금, 고등학생이었을 때와 똑같이 할 수는 없었고, 고등학생 때와 똑같아야 할 이유도 없었다.

분명 그게 더 나을 것이다.

나는 가슴 위의 검은 고양이를 벽에 턱 붙였다.

코끝이 닿자마자 바로 떼어냈다.

벌칙 따위는 그냥 놀이일 뿐이다.

진지하게 고민할 일이 아니다.

좀 더 부담없이, 적당히 써도 되는 것이다.

알고 있음에도, 센다이가 갑자기 내가 모르는 아르바이트 이야기를 꺼낸 탓에 가볍게도 적당히도 생각할 수 없게 되었다.

검은 고양이를 벽면에 두고 불을 껐다.

등을 웅크리고 눈을 감았다.

아르바이트를 할 생각이라면 빨리 알려줬다면 좋았을

텐데.

그 후 센다이에게 들어보니 아르바이트는 과외였고, 아직 할지 말지는 결정하지 않았다고 했지만, 아마 그녀는 과외를 하기로 결정할 것이다.

한숨 같은 건 쉬지 않으려 했지만 한숨이 나왔다.

과외를 시작하면 나에게 공부를 알려줬을 때처럼 센다이가 누군가에게 공부를 알려줄 것이다.

그 목소리로, 그 거리에서, 단둘이.

나와 했던 것처럼 공부 이외의 일을 할 거라고는 생각하지 않지만, 별로 유쾌한 기분은 아니었다.

대학에 들어간 이후 내가 모르는 센다이가 늘어나고 있었다. 그녀는 대학에 대해 별로 이야기하지 않았기에 지금 센다이의 50퍼센트 정도는 내가 모르는 센다이였다. 대부분의 일은 물어보면 알려주겠지만, 알게 된다 해도 고등학교 때만큼 선명하게 알 수 없다고 생각하자 듣고 싶지 않았다. 거기에 아르바이트라는 또 새로운 것이 더해진다고 생각하니 머리가 지끈거렸다.

검은 고양이를 이불 속으로 끌어당겼다.

요즘 겨우 잘 수 있게 됐는데, 王 잠을 못 잘 것 같아서 검은 고양이를 세어보았다.

한 마리, 두 마리, 세 마리.

양 대신 검은 고양이 인형이 폴짝폴짝 뛰며 울타리를 넘어갔다.

그 사이에 아르바이트를 하고 있는 센다이의 모습이 떠올랐다.

과외를 시작하면 다시 룰을 어기기만 하는 센다이로 돌아갈 것 같았다. 그녀가 룰을 어기면 벌칙이라는 명분을 들어 또 명령할 수 있겠지만, 아르바이트를 우선시하는 것에는 화가 났다. 나와의 약속이 첫 번째가 될 필요는 없겠지만, 잊혀지는 것은 달갑지 않았다.

센다이가 약속을 잊지 않게 될 무언가.

벌칙은 그런 게 좋을지도 모른다.

나는 울타리를 뛰어넘는 고양이를 세면서 그런 무언가에 대해 고민했다. 그것이 무엇인지는 모르겠지만, 계속 생각하고 있으니 머리가 흐릿해졌다.

고양이가 300마리를 넘어가고, 400마리가 되기 전.

나는 센다이에게 무엇을 시킬지 채 생각하기도 전에 잠이 들었다.

그리고 알람이 울리기 5분 전에 잠에서 깼다.

공용 공간에서 센다이가 준비한 아침을 먹었다.

그녀는 벌칙에 대해 아무 말도 하지 않았다.

오늘은 늦을 거라는, 어제도 들은 달갑지 않은 정보를 다시 한번 남기고 집을 나섰다. 나도 식기를 정리하고 옷을 챙겨 입고 집을 나섰다.

아르바이트가 정해지지 않는다면 좋을 텐데.

전철에 몸을 싣고 센다이의 불행을 바란다.

룸메이트라면 「아르바이트가 정해지면 좋겠다」라고 말해야 하겠지만, 차마 그 말이 나오지 않았다. 센다이에게 「룸메이트답게 굴어」라고 말한 것은 나인데, 나 자신이 룸메이트답게 굴지 못한다는 사실에 실망했다.

전철에서 내려 대학에 도착한 뒤에도 기분은 가라앉아 있었다.

강의실에 들어가 마이카를 발견하고 옆에 앉았다.

"좋은 아침."

말을 걸자 좋은 아침이라는 대답이 되돌아왔다.

"시오리, 또 오랜만에 졸려 보이는 얼굴이네."

마이카의 외모는 대학에 들어온 뒤로 바뀌었지만, 속은 변하지 않았다. 여전히 상냥하고, 관찰력이 좋았다.

"책을 읽는데 멈출 수가 없어서."

센다이를 생각하느라 잠을 설쳤다는 말은 할 수 없었다.

나는 의자 등에 몸을 기대고 마이카를 바라보았다.

오늘은 나보다 더 긴 머리를 하나로 묶고 있어 귀에 달린 작은 장식이 눈에 띄었다.

"귀걸이, 직접 뚫은 거지?"

물어보자 「응」이라고 대답한다.

"아팠어?"

을 다 먹은 지금도 주지 못하고 있었다.

방안을 서성이다가 책장 앞에서 한숨을 내쉬었다.

검은 고양이가 나를 바라보고 있었다.

어쩔까.

조금 고민하다가, 방을 나와 공용 공간으로 갔다.

센다이는 방에 있는지 모습은 보이지 않았다.

수납장 위에 앉아 있는 오리너구리를 손에 들고, 여기에 온 후 처음으로 센다이의 방문을 노크했다.

똑똑똑 세 번 노크한 순간.

안에서 「지금 열게」라는 센다이의 목소리가 들려오고 문이 열렸다.

"미야기, 왜? 무슨 일 있어?"

조금 당황한 표정을 지은 센다이가 나를 바라보았다.

당연하다.

룸 셰어를 하고 있지만, 우리 사이의 거리는 멀어서 서로의 방에 들어간 적도 없었다.

"……들여보내줘. 벌칙을 줄 거니까."

"지금부터?"

센다이가 조금 수상쩍은 표정을 지으며 내가 들고 있는 종이봉투와 오리너구리를 바라보았다.

"지금부터. 그렇게 오래 안 걸릴 거야. 방에 들이는 게 싫다면 밖으로 나와."

방을 나가기 전에 본 시계는 아홉 시를 조금 넘긴 시각이었기에 자기에는 좀 이르다. 늦었다고 거절당할 만한 시간은 아니었다.

지금 하려는 벌칙은 간단하다면 간단한 것이었다.

장소는 공용 공간이라도 상관없었다.

센다이에게 심한 짓을 하려는 것도 아니고, 이 종이봉투 안의 내용물만 쓸 뿐이다.

시간도 많이 걸리지 않는다.

사소한 일이니 센다이라면 쉽게 해줄 것이다.

"내 방에서 해."

센다이는 공용 공간을 고르지 않고 「들어와」라며 문을 크게 열어주었다. 나는 실례한다고 말해야 할지 말지 조금 고민하다가, 결국 아무 말 없이 그녀를 따라 안으로 들어갔다.

침대에 테이블.

책장.

처음 들어가는 센다이의 방은 과거 그녀의 방과 달랐다. 책장은 작고 책도 적었다. 침대도 다르게 되어 있었다. 고등학생이었을 때도 센다이의 방에 익숙해질 정도로 간 적은 없었지만, 새로운 이 방은 그녀의 방처럼 느껴지지 않았다. 위화감으로 가슴속이 술렁거렸다.

"적당히 앉아."

센다이가 침대를 등받이 삼아 바닥에 앉았다.

나는 어디에 앉을까 망설이다가 그녀 옆에 앉았다.

"그래서 미야기. 그 오리너구리는 뭐야?"

내가 안고 있는 티슈 커버의 머리를 센다이가 툭 쳤다.

"티슈."

"그건 보면 알아. 벌칙으로 쓰려고?"

"아마도."

"아마도라니. 남한테 대체 뭘 시키려고?"

"이게 벌칙이야."

나는 가져온 종이봉투를 센다이에게 건네고 오리너구리를 테이블 위에 놓았다.

"이게 뭔데?"

"안에 봐도 돼."

그렇게 말하자 센다이가 종이봉투를 열었다.

"미야기, 이거."

센다이가 평소보다 낮은 목소리를 내며 눈썹을 찌푸렸다. 그리고 종이봉투 안의 물건들을 탁자 위에 늘어놓았다.

피어서.

소독액.

화장솜.

그것은 모두 귀를 뚫기 위한 도구들이었다. 센다이가 한숨을 내쉬었다.

"……이건 아니지. 미야기의 말을 하나 듣겠다고 약속하긴 했지만, 뭐든 다 들어주겠다는 뜻은 아니야."

"하지만 귀를 뚫는 건 안 된다는 룰은 안 만들었잖아?"

"만들지는 않았지만, 평범하게 생각해서 몸에 계속 흔적이 남을 만한 상처를 입히는 벌칙은 당연히 안 되지."

화를 내지는 않았지만 목소리에는 황당함이 담겨 있었다. 하지만 센다이가 이런 반응을 보일 것은 예상하고 있었다.

나는 테이블 위에서 피어서를 집어 센다이에게 강제로 건네주었다.

"안 되지 않아. 귀 뚫어줘."

"미야기가 괜찮다 해도 난 싫어."

"센다이가 좋은지 싫은지는 아무 상관없어. 귀를 뚫는 건 나니까."

"……뭐?"

"왜 그런 표정이야. 그거, 내 귀를 뚫기 위한 거야. 센다이가 그걸 써서 내 귀를 뚫어줘."

센다이의 귀에 귀걸이를 하고 싶다고 해도 무조건 거절할 것을 알고 있었기에, 그렇게 되어도 약속을 붙잡아둘 수 있는 방법을 떠올렸다.

답은 금방 찾았다.

자신에게 약속을 붙잡아두면 된다.

내 몸이라면 내 마음대로 할 수 있었다.

센다이도 자신의 귀에 귀걸이를 하라는 명령이 아니라면 말을 들어줄 것이다.

"벌칙인데, 내가 해야 하는 거 아냐?"

"맞아. 그러니까 내 말을 들어. 이걸 써서 내 귀에 귀걸이를 할 구멍을 뚫기만 하면 돼. 간단하잖아."

나는 센다이에게 건넨 피어서를 가리켰다.

"그 벌칙, 좀 이상하지 않아?"

"이상하지 않아."

"미야기, 귀걸이 하고 싶었어?"

"하고 싶지 않아. 아픈 것도 싫고, 귀걸이 같은 건 관심 없어."

사실은 해도 안 해도 상관없는 것이지만, 하고 싶지 않다는 인상을 강하게 심었다.

"그럼 귀걸이를 왜 하는데?"

"센다이가 약속을 잊지 않게 하려고."

"무슨 소린지 모르겠는데…… 무슨 말이야?"

과외를 시작하면 쉽게 바꿀 수 없는 일정이 생긴다. 그것은 아르바이트를 하지 않는 나라도 알 수 있는 사실이었다. 그리고 나와의 약속은 쉽게 바꿀 수 있는 것이고 뒤로 미뤄도 되는 것이라는 것도 알고 있었다.

제멋대로라는 것은 알지만, 약속을 뒤로 미루는 것은 싫었고, 센다이가 과외를 하든 말든 나와의 약속을 잊는 것도 싫었다.

그래서 나는 내 자신을 사용해서 약속에 아주 조금의 무게를 싣는 것을 택했다.

"본인 손으로 다른 사람 몸에 구멍을 뚫으면 오늘 일을 잊지 않겠지. 나를 볼 때마다 나하고 한 약속을 떠올려."

기억할 수 있는 양에는 한계가 있고, 일어난 모든 일을 계속 기억할 수는 없었다. 하지만 인상적인 행위를 하면 기억은 오래 남는다. 그렇다면 귀걸이랑 나와의 약속을 세트로 만들면 된다. 귀에 구멍을 뚫는다는 인상적인 행위에 약속을 붙이면 쉽게 잊혀지지 않을 것이다.

그러니 귀걸이는 센다이가 내 귀에 직접 달아야 한다.

"그리고 센다이는 약속을 어긴 걸 떠올리고 반성해."

"미야기. 진심으로 하는 말이야?"

"진심이야."

단언했다.

하지만 센다이는 피어서를 쓰려 하지 않았다.

"직접 뚫어. 싫어하는 미야기한테 강제로 귀를 뚫는 것 같아서 싫어."

"안 돼. 센다이는 귀걸이를 하고 싶지 않은 내 귀에 구멍을 뚫고 후회해야 해. 미안하다고 생각하면서."

센다이의 죄책감이 조금이라도 더 커지길 바랐다.

싫다는 나에게 강제로 귀를 뚫어 귀걸이를 달았다.

그런 강렬한 기억을 새기고 싶었다.

"난 이거 써본 적 없어."

센다이가 한숨 섞인 말로 피어서의 패키지를 열었다. 그리고 안에서 설명서를 꺼내 읽기 시작했다.

"센다이, 이바라키 같은 애들한테 해준 적 없어?"

"없어. 다들 직접 뚫었고, 미야기가 처음이야."

여러 번 해본 행위가 아니라는 것에 안심했다.

처음이라면 더욱 기억에 남는 행위가 될 것이다.

나는 일단 센다이에게 절차를 설명했다.

소독을 하고, 표시를 한다.

설명서에 쓰여 있는 것과 거의 같겠지만, 대충 조사해온 것을 알려주었다.

"먼저 소독부터지."

센다이가 내 머리를 귀 뒤로 넘기고 순서에 따라 소독을 하고, 확인하듯 귓불을 잡아당겼다.

"만지면 소독한 의미가 없잖아."

센다이의 팔을 찰싹 때렸지만, 그녀는 손을 놔주지 않았다. 나는 귀를 계속 만지고 있는 그녀에게 「간지러우니까 그만해」라고 말하며 다시 한번 팔을 때렸다.

"구멍을 뚫기 전에 지금 미야기의 귀를 충분히 만져두려고."

그렇게 말한 센다이가 귓불을 만지던 손을 움직였다. 손끝이 귓바퀴 뒤를 어루만지고 목덜미를 훑었다.

간지러움이 강해졌다.

손끝뿐이던 것이 손바닥까지 목에 밀착되자 체온이 전해졌다. 센다이와의 거리가 가까워진 느낌에 나는 그녀의 어깨를 밀어냈다.

“다시 소독해.”

“알았어.”

센다이가 젖은 화장솜으로 내 귀를 닦고 펜을 들었다.

소독액 때문인지 귀가 시원한 기분이었다.

“어디에 뚫어줄까?”

그런 질문에 「어디든 상관없어」라고 대답했다.

“그럼 내가 알아서 결정할게.”

센다이가 조금 고민하더니 펜으로 내 귓불에 표시를 했다. 그리고 피어서를 집어 들었다.

“……미야기, 정말 괜찮아?”

“괜찮아.”

아프겠지.

분명 아플 것이다.

마이카는 생각보다 아프지 않았다고 했지만, 굵은 바늘이 귓불을 관통하면 아프지 않을 리가 없었다. 게다가 얼마나 아플지 예상할 수 없어서 더 무서웠다.

나는 눈을 질끈 감았다.

하지만 아무리 기다려도 통증은 오지 않았다.

"센다이, 아직이야?"

눈을 뜨고 물었다.

"아니, 정말 내가 해도 될까 싶어서."

"하라고 했잖아."

"정말 뚫는다?"

드물게 불안한 목소리로 센다이가 재차 확인했다.

"센다이, 끈질겨. 빨리 해."

무서우니까, 라는 말은 조용히 삼켰다.

"그럼, 한다."

그녀의 말과 함께 피어서가 귀에 닿았다.

눈을 감고 손을 꽉 쥐자 달칵, 하는 제법 큰 소리가 고막을 울리며 귀에 통증이 느껴졌다. 하지만 아픔은 한순간에 지나갔고, 생각보다 심하지 않았다. 그보다는 귓불이 얼얼한 느낌이 더 강했다.

"이쪽도 뚫을게."

화장솜이 닿고 또 귀가 시원해진다.

이번에는 눈을 뜨고 센다이를 바라보았다.

한다, 라는 목소리가 들리고, 아까 들렸던 달칵 하는 소리가 다시 울리며 통증이 번졌다.

센다이가 숨을 내쉬고 테이블 위에 다 쓴 피어서를 내려

두었다.

“괜찮아?”

그렇게 물어보며 귀걸이를 한 니 귀를 소독해주었다.

“엄청 아팠어. 지금도 귀가 얼얼해.”

그다지 심하지 않았던 통증을 과장해서 전하고 귀를 만져보았다. 손가락에 작고 둥근 것이 닿았고, 귀 뒤에도 지금까지 없었던 것이 있었다.

“볼래?”

센다이에게 손거울을 건네 받아 내 귀를 비췄다.

작은 은색의 장식.

마이카와 커플은 아니지만, 비슷한 귀걸이가 달려 있었다. 지금까지 없던 장식 때문인지 자신이 평소와 달라 보였다.

“이상한 느낌이야.”

귀를 한 번 더 만지고 거울에서 시선을 떼자, 나를 보고 있었던 센다이와 눈이 마주쳤다.

“잘 어울려.”

미소와 함께 진심으로 하는 말인지 알 수 없는 말이 들려왔다.

센다이는 가끔 거짓말인지 사실인지 알 수 없는 말을 했다.

그래서 내 귀걸이를 보고 말한 「잘 어울려」라는 말이 사실인지 아닌지는 알 수 없었다.

미소는 진심을 감추는 것으로만 보여서 믿을 수 없었고, 나에게 귀걸이는 어울리지 않았다. 거울 속의 나도 어울리지 않는다고 말하는 것 같았다.

센다이에게 돌려줄 말이 떠오르지 않아 귀걸이를 만지며 손끝을 바라보았다.

"피가 조금은 날 줄 알았는데."

귀걸이를 한 지 얼마 안 된 귀를 만져도 손가락에 피는 묻어 있지 않았다. 이유는 잘 모르겠지만, 귀에 구멍을 내도 피는 거의 나지 않는 모양이다.

"혹시 이 오리너구리, 피 났을 때 쓰려고 가져온 거였어?"

센다이가 테이블 위에서 등에 티슈가 자란 오리너구리를 집어 들며 머리를 톡톡 두드렸다.

"일단은."

귀를 뚫는 방법을 조사했을 때도 피는 거의 나오지 않는다고 적혀 있었고, 마이카도 거의 나오지 않았다고 했다. 그래도 여차 할 때 쓰기 위해 티슈를 가져왔지만 의미는 없었던 모양이었다.

"미야기는 겁도 많고 걱정도 많지."

센다이가 오리너구리의 손을 까딱거리며 말했다.

나는 그 작은 손을 가볍게 때렸다.

"겁도 없고 걱정도 없어."

"구멍을 뚫을 때 움찔거렸잖아."

"센다이가 더 불안해보였으면서."

"뭐, 그렇지. 잘못 뚫으면 위험하니까."

센다이의 시선이 오리너구리에서 내 귀로 옮겨갔다.

그리고 입을 다물어 버렸다.

"왜 갑자기 입을 다물어?"

"귀 만져 봐도 돼?"

허락하지 않았는데도 손이 뻗어와 나는 그 손을 때렸다.

"안 돼. 귀걸이 하고 바로 만지는 건 안 좋대."

"미야기는 아까 만졌으면서."

"나중에 소독할 거니까 괜찮아."

"어차피 소독할 거면 내가 만져도 상관없지?"

"상관있어. 애초에 왜 센다이가 만질 필요가 있어?"

"귀걸이가 잘 되어 있는지 보고 싶기도 하고, 구멍에 손만 안 닿으면 조금 만지는 건 괜찮잖아."

"확인하지 않아도 잘 뚫렸고 아무 문제없으니까 센다이는 안 봐도 되고 만질 필요도 없어."

만져서 확인할 필요도 없었다.

거울을 보기만 해도 잘 뚫렸다는 것을 알 수 있었다.

확인하고 싶다는 말은 안 좋은 일을 하기 위한 구실이라는 생각밖에 들지 않았다. 언제나 센다이는 방심하면 이상한 짓을 하니까.

"미야기, 그거 알아?"

귀를 만지는 것은 포기했는지, 센다이가 유난히 상냥한 목소리로 말했다.

"뭐야?"

"귀걸이는 구멍을 뚫을 때보다 뚫은 뒤가 더 아프대."

"찾아봤고, 다 알아."

"그렇구나."

센다이가 오리너구리를 바닥이 놓고 내 오른손을 잡았다. 반사적으로 오른팔을 당기자 상당한 힘으로 마주 당겨졌고, 곧 귓불보다 더 위에 따뜻한 것이 닿았다.

손목에 센다이의 손가락이 파고들었다.

조금 아팠다.

하지만 그것보다도 귀가 더 신경 쓰였다. 닿아 있는 것은 센다이의 입술로, 오랜만에 느끼는 감촉은 조금 간지럽고 기분 좋았다.

입술이 떨어지더니, 이번에는 강하게 누른다.

아까보다도 고동이 빨라졌다.

센다이 때문이었다.

나는 왼손으로 센다이의 어깨를 힘껏 밀었다.

"갑자기 이상한 짓 하지 마. 균 들어가잖아."

귀가 뜨거웠다.

손가락 끝으로 센다이가 닿은 부분을 쓰다듬었다.

"귀걸이 안 한 곳이니까 상관없잖아. 게다가 이상한 짓이 아니라, 아프지 않게 해주는 주술이야."

센다이가 과거에 한번 들어 본 적 있는 말을 꺼냈다.

올바른 답을 적게 되는 주술.

그녀는 그렇게 말하며 내 몸의 일부를 입술로 만지는 「주술」을 걸었다. 하지만 그것은 대학에 합격하는 방법이라며 그녀가 멋대로 만든 것이었다.

"그런 걸로 통증이 사라지진 않아."

엄살을 부릴 일은 아니었지만 귀에는 여전히 통증이 남아 있었다.

"즉효성 있는 주문은 아니야."

"센다이, 아무 말이나 하는 것 좀 하지 마."

"내 주술, 효과 있는 거 알지?"

대학에 합격했으니 나는 여기에 있었다.

다만 합격이 정말 센다이가 건 주술의 효과였는지는 알 수 없었다. 아니, 단순히 생각하면 주술 때문은 아니다. 내가 공부를 했기 때문이다. 그리고 센다이가 공부를 알려주었기 때문이다. 주술이라고 칭한 키스와는 관계가 없었다.

"주술이라고 하면서 본인이 하고 싶은 걸 하는 것뿐이잖아."

"그럼 미야기가 하고 싶은 건?"

"센다이가 하고 싶지 않은 거."

"주술을 걸고 싶지 않아. —라고 내가 말하면, 미야기가 주술을 걸어준다는 뜻?"

"그런 말이 아니야."

"그렇다면 얌전히 받아."

센다이가 잡고 있던 내 손을 잡아당겼다. 몸이 기울어지고, 손목에 붙어 있던 그녀의 손을 억지로 떼어냈다.

"잠깐, 센다이."

떼어냈다 생각했는데, 손이 내 어깨를 잡았다.

센다이가 다가와 귀 위쪽에 입술을 눌렀다.

이곳에 온 이후로 제일 거리가 가까웠다.

같이 살게 되면서부터 이렇게 내 몸의 일부에 센다이의 입술이 붙은 적은 없었고, 그렇게 되지 않도록 노력했다. 더 말하자면 룸메이트다운 위치를 찾기 위해 노력했다. 하지만 지금은 그러한 노력이 무색하게 느껴질 만큼 센다이가 가까이 있었고, 내게 닿아 있었다.

"미야기."

귓가에서 이름을 불렀다.

숨결이 닿아 간지러웠다.

입술이 다시 눌리고, 그 부위가 따뜻해졌다.

너무 가깝다.

떨어지는 편이 좋았다.

하지만 센다이를 아까처럼 밀어낼 수가 없었다.

입술과는 다른 것이 닿았다. 그것은 혀끝이었고, 귀가

축축해졌다. 말 그대로 귀걸이에는 닿지 않았다.

혀가 움직이자 소름이 돋았다.

간지럽고 불쾌했다.

피부 표면을 핥듯이 혀로 훑자 숨이 목에 탁 막혔다. 기분 좋다는 감각이 불쾌하다는 감각을 밀어내려 하자, 나는 숨을 크게 내뱉으며 그녀의 어깨를 밀었다.

"잠깐, 센다이. 떨어져."

양손에 힘을 주자, 힘을 준만큼 센다이가 떨어졌다. 룸메이트라고 하기에는 여전히 조금 가까운 것 같지만, 귀에 키스를 할 수 있는 거리는 벗어났다. 나는 그녀의 근처에 놓여 있던 오리너구리에서 티슈를 한 장 집어 들어 귀를 닦았다. 그리고 오리너구리로 센다이의 허벅지를 때렸다.

"아야."

센다이가 엄살을 부렸다.

"이상한 짓 하지 말라고 했잖아. 애초에 룸메이트는 이런 짓 안 해."

"룸메이트도 주술 정도는 걸잖아."

"이런 주술은 안 걸어. 센다이, 제대로 룸메이트답게 굴어."

"하지만 미야기가—."

센다이가 무어라 말하려다 멈췄다.

"내가, 뭐?"

"……귀를 뚫어달라는 소리를 하니까."

“말은 했지만, 그 이상을 하라고 하지는 않았어.”

나는 센다이를 다시 오리너구리로 때렸다.

“아파.”

“귀 뚫은 내가 더 아파. 소독 다시 해.”

센다이에게 화장품과 소독액을 건네주었다. 그녀는 말없이 그것을 받아들고는, 화장솜에 소독액을 적셔 귀걸이 위에서 눌렀다.

이내 두 귀가 닦이고, 화장솜이 떨어졌다.

젖은 귀는 서늘했다.

센다이의 입술과도 혀와도 다르다.

그녀가 만졌을 때는 더 뜨겁고—.

나는 막 소독한 귀를 만지려다 손을 꽉 쥐었다.

“이제 방으로 갈 거야.”

피어서 와 소독액, 화장솜.

전부 종이봉투에 넣고, 그것을 들고 몸을 일으켰다.

하지만 센다이에게 옷이 잡혀 방을 나갈 수 없었다.

“미야기.”

“뭐야?”

“아까도 말했지만 귀걸이 잘 어울려. 귀여워.”

옷을 잡아당기던 손이 떨어졌다.

“빈말은 안 해도 돼. 이런 건 디자인이랑은 별로 상관없는 거잖아.”

피어서에 달린 귀걸이는 뚫린 구멍을 안정시키기 위한 것으로, 디자인보다는 재질로 고른 것이었다. 의료용 스테인리스로 만들어진 그것은 센다이가 귀엽다고 할 정도로 잘 만들어진 디자인은 아니라고 생각했다.

"정말 귀엽다고 생각하는데."

"그런 말 필요 없어."

센다이에게 등을 돌렸다.

한 걸음, 두 걸음 나아간 지점에서 다시 목소리가 들려왔다.

"잠깐만. 이건?"

뒤돌아보니, 센다이가 오리너구리 커버가 달린 티슈를 들고 있었다.

"그건 센다이 방에 놔둬."

"티슈라면 이미 있는데."

나는 그녀가 있는 곳까지 다시 돌아갔다. 센다이에게 오리너구리를 받아들고, 티슈에서 커버를 떼어내고 커버 쪽을 센다이에게 내밀었다.

"받아."

"내 방 티슈에 씌우라는 거야?"

"무언가 붙어 있는 편이 나으니까. 안 쓸 거면 다시 여기 씌우고."

"씌워둘 테니까 빌려줘."

센다이가 내게서 티슈 커버를 받고「그리고 하나 더」라고 덧붙였다.

"뭐?"

"골든위크, 비는 날 있어?"

전혀 예상치 못한 질문이 날아왔다. 하지만 머릿속의 달력을 넘길 것도 없이 바로 대답할 수 있었다.

"있지만, 절대 싫어."

"아직 아무 말도 안 했는데."

"어차피 같이 나가자는 거겠지."

"뭐, 그렇긴 한데."

"다른 거라면 생각해볼게."

센다이와는 취미가 맞지 않았다. 물론 그녀의 취미가 뭔지 정확히는 모르지만, 어울리는 친구도 대학도 다른 우리들은 겹치는 부분이 거의 없었다. 보고 싶은 영화도 다르다. 밖에 나가는 것보다는 같이 집에 있는 편이 나았다.

"그럼 좀 비워둬. 뭔가 생각해둘게."

센다이가 티슈라는 토대를 빼앗겨 축 늘어진 오리너구리의 머리를 찰싹찰싹 때리며 말했다.

"알았어."

그녀에게 다시 한번 등을 돌렸다.

문을 열자 잘 자, 라는 소리가 들렸고, 나는「잘 자」라고 대답했다.

제5화
미야기를 확인하고 싶다

그날 이후로.

내가 미야기의 귀에 귀걸이를 한 날 이후로 그녀는 내 방에 오게 되었다. —그렇다고 해도 아직 두 번뿐이지만.

첫 번째는 내가 만화를 빌려달라고 부탁했을 때였고, 미야기가 이 방까지 가져왔다가 바로 돌아갔다. 두 번째는 오늘로, 저녁을 먹는 도중에 사전을 빌려달라고 했더니 방으로 가져다주었다.

사전은 내 방에도 있었다.

굳이 빌릴 필요는 없었지만, 미야기가 또 방까지 가져다주는지 시험해보고 싶었다. 미야기도 사전이 단지 구실에 불과하다는 것을 눈치챘을 것이다. 그럼에도 그녀는 내 방에 와서 지금은 옆에 앉아 있었다.

골든위크에 들어가서 한가하니까.

연휴 동안 시간을 비워달라고 했으니까.

둘 중 하나에 해당할지도 모르고, 둘 다 아닐지도 모르지만, 어쨌든 미야기는 잠시 옆에 앉아 나에게 빌려준 자신의 만화를 읽고 있었다.

나는 읽던 만화를 덮고 티슈에 씌운 오리너구리의 손을 잡았다.

오랜 시간 내 지정석은 미야기의 옆이었고, 미야기의 지정석은 내 옆이었는데, 지금은 좀 마음이 불편했다. 이곳에 온 이후로 거리가 있었던 탓일지도 모른다.

대화라도 좀 하면 마음이 편해질 것 같은데, 대화할 만한 화제가 떠오르지 않았다. 미야기는 만화를 읽고 있으니 무리해서 뭔가를 말할 필요는 없었다. 말을 하면 시끄럽다는 소리를 들을 것 같기도 했다. 가만히 있는 편이 낫다는 건 알고 있지만, 옆에 미야기가 있으면 이야기를 하고 싶었다.

오리너구리의 손을 떼고 다시 잡았다.

체온이 없는 손은 작고 푹신해서 별다른 느낌이 없었다.

피치 못하게 공용 공간에서 내 방으로 이사하게 된 오리너구리는, 앞으로도 미야기가 이 방에 온다는 메시지 같은 것일지도 모른다고 생각했다. 그렇지 않으면 내 방 티슈 상자에 커버가 달려 있든 없든 상관하지 않았을 것이다. 하지만 지금까지 내 방에 오려고 하지 않았던 미야기가 왜 오려고 생각했는지는 모르겠다.

나는 오리너구리의 손을 계속 주물럭거렸다.

"센다이, 그거 마음에 들어?"

계속 조용하던 옆에서 목소리가 들려와 오리너구리에서

미야기에게로 시선을 옮기자, 만화를 보고 있었을 그녀가 나를 보고 있었다.

"그거라니?"

"오리너구리. 아까부터 계속 단지고 있길래. 마음에 든 건가 해서."

"뭐, 그럭저럭."

그렇게 대답하고 오리너구리의 머리를 툭툭 쳤다. 티슈 커버를 갖고 놀던 것을 미야기에게 보인 게 신경 쓰여서 그런 것은 아니었지만, 딱히 손을 둘 곳이 없어 읽고 있던 만화를 펼쳤다. 침대를 등받이 삼아 기대고 한 장, 두 장 페이지를 넘기는데, 다섯 페이지째에 미야기의 목소리가 들려왔다.

"……과외 알바는 언제부터야?"

나는 막 펼친 만화를 닫고 옆을 바라보았다.

선배에게 과외에 대한 이야기를 듣고 나는 그 자리에서 아르바이트를 하기로 결심했다.

"연휴 끝난 뒤로 바로. 미야기는 아르바이트 안 해?"

"안 해."

"동아리라도 들어갈 생각이야?"

"관심 없어. 센다이야말로 동아리 안 들어?"

"안 들어가. 그 시간에 다른 일을 하고 싶어."

대학에 들어와서 만난 친구들은 하나같이 저 동아리가

좋다느니 이 동아리가 좋다느니 하는 이야기를 했다. 대학이라는 말과 세트 판매되는 것처럼 자주 들렸다. 하즈키는 어떻게 할 거냐는 질문도 받았다. 하지만 나는 교우관계를 넓히고 싶은 것도 아니었고, 모여서까지 하고 싶은 것도 없었다. 그것보다는 아르바이트에 시간을 쓰는 것이 더 의미 있었다. 미야기가 집에 있다면 같이 밥을 먹는 데 시간을 쓰고 싶기도 했다.

"센다이는 대학에 들어가면 동아리에 들어가거나 소개팅에 가거나, 전형적인 대학생처럼 보낼 줄 알았는데."

"내가 그런 타입으로 보여?"

"……센다이가 이바라키가 읽는 잡지를 보거나 같이 놀러다니길래, 대학에서도 그럴 줄 알았어."

"그렇구나."

"골든위크 때도 친구들이랑 놀러 갈 것 같았고."

"안 놀아. 집에 있을 거야."

"왜 집에 있어?"

무척 진지한 얼굴로 미야기가 물어보았다.

"왜냐니…… 글쎄."

미야기가 있기 때문에 집에 있는 것뿐이다.

그것뿐이지만, 곰곰히 생각하면 그 대답은 이상하다. 나랑 미야기는 같이 나가서 노는 사이도 아니고, 적극적으로 시간을 공유하는 사이도 아니었다. 내가 일방적으로 함께 나가고 싶어 하거나 시간을 공유하고 싶어 할 뿐이다. 미야기는 그런 나에게 가끔씩 맞춰주는 것이고.

나는 나오려던 한숨을 삼켰다.

"미야기는 연휴 중에 집에 안 돌아갈 거지?"

그녀의 귀를 뚫어주던 날, 연휴 중에 빈 날이 있냐고 물었다.

하지만 예정이 있는지는 묻지 못했다.

"전에도 말했지만 안 돌아가."

"고향 친구들은 안 만나?"

"골든위크 때는 안 만나."

"그럼, 예정 없는 거지?"

"마이카랑 만날 거야."

역시나.

무심코 그 말이 튀어나올 뻔했다.

예정이 있다면 무조건 우츠노미야.

그렇게 생각하고 있었기에, 한숨이 나왔다.

"우츠노미야랑 나갈 거면 나랑도 나가자."

"마이카랑 갈 거니까 됐어. 어차피 센다이랑은 취미가 안 맞잖아."

얼마 전 나와는 절대로 나가지 않겠다고 말한 미야기가 이번에도 단호하게 대답했다.

우츠노미야라면 나가겠지만, 나와는 나가고 싶지 않다.

이런 대답은 마음에 들지 않았다.

재미도 없고, 위도 쓰라렸다.

"그렇긴 하지."

취미는 맞지 않지만, 같이 보고 싶은 것은 있었다.

지금은 머리에 가려 보이지 않지만, 미야기는 내가 달아 준 귀걸이를 하고 있었다. 하지만 그 귀걸이는 내가 고른 것이 아니다. 가능하면 내가 고른 귀걸이를 했으면 좋겠다. 내게 약속을 상기시키기 위한 거라면, 내가 고른 귀걸이로 하고 싶었다. 미야기에게 더 어울리는 귀걸이를 함께 찾으러 가고 싶었다.

하지만 귀걸이를 같이 보러 가주지 않을 거라는 것도 알고 있었다.

"미야기, 생일 언제야?"

생일에 선물을 해줘도 안 받아주겠지만, 일단 물어보았다.

"갑자기 왜?"

"생일을 모르는구나 싶어서."

"9월."

"그건 전에 들었어. 9월 며칠?"

펜던트를 받았을 때 미야기의 생일이 9월이라는 것을 알았다. 하지만 그 이상은 모른다.

"……지금은 말하고 싶지 않아."

안 좋은 예감이라도 들었는지 미야기가 미간을 찌푸렸다.

"그럼 조만간 알려줘."

"마음이 내키면."

무뚝뚝하게 말한 미야기가 만화에 시선을 떨어뜨렸다.

당연하다는 듯이 옆에 앉아 놓고는 차갑다고 생각했다.

"지금 하고 있는 귀걸이, 미야기가 고른 거야?"

"마이카랑 같이 샀어."

오늘의 미야기에게서는 재미없는 정보밖에 나오지 않았다.

이야기를 하고 싶었지만, 하고 싶었던 것은 더 재미있는 이야기였다. 알고 싶지 않았던 것을 들으려고 말을 건 것이 아니었다.

"머리, 귀 뒤로 넘겨줘."

만화에서 고개를 들지 않는 미야기의 머리를 잡아당겼다.

"왜?"

"귀걸이가 안 보여."

"보여줄 필요 없잖아."

"나한테 보여주려고 한 거잖아, 귀걸이."

"지금은 아무 약속도 안 했어."

"골든위크엔 비워두기로 약속했잖아."

그건 아마 귀걸이로 묶어둘 만한 약속은 아니었다.

하지만 귀걸이를 하고 있는지 확인하고 싶었다.

귀걸이 구멍이 안정될 때까지는 하고 있어야 하기 때문에 아마 지금도 끼고 있을 것이다. 그렇다 해도 미야기의 귀에, 내가 뚫어준 구멍에, 귀걸이가 달려 있는 것을 보고 싶었다.

아직 고등학생 시절, 미야기가 펜던트를 확인하고 싶어 했던 마음이 이제는 이해가 갔다. 나도 마찬가지로 미야기의 귀걸이를 확인하고 싶었다.

“귀걸이 좀 보여줘.”

미야기의 오른쪽 귀에 손을 뻗었다. 불만이 잔뜩 담긴 표정을 하고 있지만, 미야기는 도망치지 않았다. 나는 그녀의 검은 머리를 귀 뒤로 넘겼다.

은빛 귀걸이가 눈에 들어왔다.

내가 달아준 그것은 미야기가 내 것이라는 표시처럼 보였다. 그런 종류의 물건이 아니라는 것은 알지만, 미야기가 나에게 귀걸이 구멍을 뚫어달라고 부탁했고, 미야기의 귀에 내가 직접 구멍을 뚫어 귀걸이를 달아줬다는 사실이 겹쳐 더 특별하게 느껴졌다.

귀걸이에 손을 뻗으려다 멈췄다.

만지고 싶지만, 막 구멍을 뚫은 그곳을 만지는 것은 아직 좋지 않았기에 주저했다.

“이제 됐지?”

미야기가 귀 뒤로 넘겼던 머리를 되돌리려고 했고, 나는 그 손을 잡았다. 그리고 귀걸이를 한 날처럼 귀에 입술을 가져갔다.

미야기도 과거에 비슷한 일을 나에게 했다.
펜던트에 키스를 해왔고, 몇 번이나 만졌다.
"센다이!"
미야기의 목소리가 가까이에서 들렸다.
귀걸이에 닿지 않게 조심하며 혀를 움직였다.
연골에 혀끝을 갖다 댄다.
조금 차갑고, 조금 단단하다.
내 체온을 옮기듯이 눌렀다.
미야기의 어깨가 작게 떨렸다.
어느 사이에 잡았는지 그녀의 손이 내 팔을 세게 잡았다.
다시 한번 귀에 키스를 했다.
한 번, 두 번.
세 번째는 귀걸이 위에 키스를 했다.
"거긴 아파서 싫어."
미야기가 나를 밀었다.
얌전히 떨어져서 얼굴을 보자 별로 아파 보이지 않았다.
"아프지 않은 곳으로 할게."
귀 위쪽을 입술로 가볍게 만졌다.
미야기가 또 나를 밀었다.
"센다이, 떨어져."
입술을 세게 밀어붙이고 싶어, 라고 말하자 미야기의 손이 턱 근처에 닿았다. 그리고 그대로 강하게 딜려나며 몸이 조금 떨어졌다. 난폭한 손을 잡고 불평을 하려는데, 미야기에게 끌려가며 귓불이 뜨거워졌다.

아팠다.

아주.

딱딱한 것 사이에 귓불이 끼어 있었다.

그것은 미야기의 치아로, 요컨대 나는 물린 것이다. 그녀는 이럴 때 봐주지 않았다. 지금도 있는 힘껏 힘을 주고 있어서 귀가 아프고 뜨거웠다. 내가 한 일에 대한 항의치고는 지나치게 거칠었다. 귀가 뜯겨 나간다 해도 이상하지 않을 정도였다.

감각이 사라졌다.

미야기가 했던 것처럼 그녀를 밀어내야 한다고 생각했다.

알고 있었다.

나는 이상하다.

미야기의 등 뒤로 팔을 감았다.

그녀를 끌어당겨 껴안았다.

귀를 물고 있던 힘이 사라지고, 통증이 사라졌다.

품 안에 미야기가 있었다. 아주, 굉장히 가까운 곳에 있었다. 딱 붙은 부분에서 체온이 전해지니 더 가까워지고 싶다는 생각이 들었다. 하지만 지금 이상으로는 가까워질 수 없었다. 내가 다가가고 싶은 만큼 몸이 밀려났다.

"뭐야. 더 물어 달라는 거야?"

미야기가 화를 내며 말했다.

"그렇다면?"

"역시 센다이는 변태지?"

더 이상 밀 필요도 없는데 미야기가 내 어깨를 밀어 거리를 벌렸다. 그리고 오리너구리 등에서 티슈를 한 장 집어 자신의 귀를 닦았다.

"센다이, 너도 귀 닦아."

미야기가 나에게 오리너구리를 꾹 밀었다.

내 귀까지 신경 써 주는 것은 기쁘지만, 그런 걸 신경 쓸 거라면 처음부터 물지 말아 줬으면 좋겠다.

나는 감각이 반쯤 사라진 귀에 손을 갖다 대고, 티슈를 한 장 뽑았다. 불평을 받아줄 리 없으니 본인에게는 말하지 않고 조용히 귀를 닦았다.

"연휴 중에는 뭐해?"

미야기가 불쑥 물어보았다.

바로 방으로 돌아갈 줄 알았는데, 그녀는 옆에 계속 앉아 있었다. 하지만 내 쪽을 보지는 않았다.

"미야기는 뭐 하고 싶어?"

"왜 나한테 물어봐. 센다이가 생각해둔다고 했잖아."

"미야기의 의견을 듣고 싶어."

"……그럼, 저거."

그렇게 말하고 미야기가 테이블 위를 가리켰다.

"태블릿?"

이사 전에는 있던 것이 없는 방에는, 지금까지 없었던 것이 있기도 했다. 그 중 하나가 테이블 위에 있는 태블릿으로, TV가 없는 집에서 TV를 대신하고 있었다.

"응. 저걸로 영화 같은 거 보고 싶어."

나쁘지 않았다.

반대로 아무데도 나가지 않고 할 수 있는 일은 그 정도밖에 떠오르지 않았다.

"내 방으로도 괜찮아?"

"괜찮긴 한데, 이상한 짓은 하지 마."

"안 해."

"아까 했잖아."

"안 한다고 약속할게."

내가 단언하자 미야기가 내 쪽을 바라보았다.

다시 한번 미야기의 귀 뒤로 머리를 넘기고 귀걸이를 바라보았다.

귀걸이는 미야기라는 인간의 형태를 내가 바꿨다는 증거였다.

그것은 아주 작은 변화로, 작은 액세서리를 더한 것에 지나지 않았고, 깨닫지 못하는 사람도 있을지 것 같은 변화였다. 그래도 나에게 그것은 매우 인상적인 사건이었다.

나라는 존재가 미야기의 형태에 영향을 미쳤다.

영구히 남는 형태로.

어떤 약속이라도 잊을 리가 없었다.

"센다이. 약속 어기지 마."

"괜찮아. 안 어겨."

나는 귀걸이를 가볍게 만지고 나서 미야기의 귀를 머리카락으로 가렸다.

약속을 기억시키는 것뿐이라면 종이에 써서 주거나 내 방의 문에 붙여 두는 방법도 있었을 텐데, 미야기는 그렇게 하지 않고 일부러 귀걸이와 묶는 방법을 택했다. 그러니 약속은 어기지 않을 것이다.

하지만 룰을 어겨서 또 다른 명령을 듣고 싶다는 마음도 있었다.

이런 생각을 하고 있다는 것을 미야기에게는 절대로 말하지 않을 거지만, 그런 상상을 해버리는 내가 있었다.

다만 방금 한 약속은 어기지 않을 것이다.

이상한 짓을 하지 않는다는 약속에는 「내 방에서 영화를 본다」라는 약속도 포함되어 있을 테니까. 미야기는 말하지 않았지만, 나는 그렇게 생각하고 있었다.

"미야기. 영화 뭐 볼지 생각해 둬."

나는 오리너구리의 머리를 툭 치며 말했다.

◇ ◇ ◇

날씨가 안 좋았다.

덧붙이자면, 아침부터 폭우가 쏟아지고 있었다.

세상 대부분의 사람들은 연휴 중에 폭우가 쏟아지면 불평을 할 것이라고 생각한다. 하지만 집에서 보내는 나와는 관계가 없었다. 문제가 있다면 태블릿이 비추고 있는 영화가 재미없다는 것뿐이다.

"재밌어?"

옆에서 진지하게 화면을 보고 있는 미야기에게 물었다.

"응."

"어느 부분이?"

"음, 여러모로."

미야기가 대답이라 할 수 없는 대답을 했다.

태블릿에서는 이해할 수 없는 캐릭터가 돌아다니고 있었다. 그리고 미야기는 그것을 계속 보고 있었다. 말을 걸어도 내 쪽을 바라보지 않았다.

태블릿으로 영화 보기.

연휴를 보내는 방법으로 미야기가 제안한 것은, 공통점이 적은 우리에게 가장 타당한 것이었다. 하지만 공통점이 적은 우리는 보고 싶은 영화가 겹치지 않았다. 어느 영화를 볼 것인지는 미야기에게 맡겼기 때문에 불만은 없었다.

선택권을 미야기에게 준 것은 나다.

그래도 조금은 참견을 할 걸 그랬다.

게임 원작인 것 같은 영화는 처음에는 재미있었지만 중간부터 이해할 수 없는 이야기가 되었다. 내가 게임을 안 해서 그렇게 느끼는 것인지는 모르겠지만, 별로 재미가 없었다.

"미야기, 재미있는 장면이 어디야?"

어깨가 닿을 정도로 가까운 장소에 있는 미야기를 쿡 찔렀다.

미야기는 아무 말도 하지 않고, 반응도 하지 않았다.

그런 부분도 재미없었다.

솔직히 말하면, 이 상태에 질렸다.

지루하다.

여기가 내 방이라 다행이라고 생각했다. 영화관이었다면 재미없다는 이유로 말을 걸 수는 없었을 테니까.

"있잖아, 미야기."

자신의 방이라는 이점을 살려 한 번 더 찌르자, 미야기가 태블릿에 손을 뻗어 흐르던 영상을 정지시켰다.

"센다이, 아까부터 시끄러워. 영화 안 봐도 되니까 조용히 있어."

영화를 멈춘 손으로 내 어깨를 밀어냈다.

세게는 아니고 살짝 민 것을 보면 화가 난 것은 아닌 것 같았다. 다만 목소리도 좀 낮고 귀찮아하는 얼굴이었다. 방해받는 것이 싫을 정도로 영화가 재미있는 것은 좋은 일이었지만, 미야기가 재미있을수록 나는 재미없어지니 균형이 맞지 않았다. 그녀와 공유하는 시간을 「즐거움」으로 가득 채우는 것은 생각보다 어려운 일이었다.

"뭐 마실래? 가져올게."

나는 기분 전환 삼아 몸을 일으켰다.

"……사이다."

평이한 목소리가 돌아왔다.

"알았어. 계속 보고 있어."

방을 나와 찬장을 열었다. 잔을 꺼내고 숨을 내쉬었다.

영화 선택권을 가져와서 제일 무서운 공포 영화를 골라 미야기를 겁먹게 해주는 건데. 밤에 혼자 방에 있지 못하게 만드는 건데. 미야기가 순순히 공포 영화를 봐줄 리는 없겠지만, 그런 생각이 들었다.

"……뭐, 실제로 그랬으면 물리거나 발로 차이거나 둘 중 하나였겠지."

나는 냉장고에서 오렌지 주스와 사이다를 꺼내 잔에 따랐다. 두 잔을 그대로 들고 갈까 망설이다가 쟁반에 올려놓고 방으로 돌아갔다.

태블릿 옆에 투명한 액체가 담긴 유리잔과 주황색 액체가 담긴 유리잔을 놓았다.

"고마워."

나를 기다리고 있었는지, 미야기가 재생 버튼을 누르고 다시 움직이기 시작한 화면을 바라보았다.

나는 옆에 앉아서 화면 말고 미야기를 보았다.

후드티에 데님 팬츠.

날씨가 안 좋아 쌀쌀한지 꽤 다뜻하게 입고 있었다. 추위를 많이 타는 미야기다웠다. 티셔츠에 롱스커트라는 나와는 대조적이라는 생각이 들었다.

머리 모양은 평소와 같이 변함없었다.

그래서 오늘도 귀는 보이지 않았다.

모처럼 귀걸이를 했는데 미야기는 귀를 드러내지 않았다. 귀걸이를 보이게 해달라고 해도 말을 듣지 않았다. 부끄러워서 그런 걸 수도 있고 아닐 수도 있다. 이유는 잘 모르겠지만, 숨겨져 있으면 더 보고 싶어졌다.

나는 태블릿만 보는 미야기에게 손을 뻗었다.

귀를 가리고 있는 머리를 만졌다.

금세 미야기가 성가시다는 듯 내 손을 쳐낸다. 하지만 다시 한번 머리를 만져 귀 뒤로 넘겼다.

귀걸이가 보이고, 미야기가 계속 흘러가던 영화를 또 멈췄다.

"방해하지 마."

미야기 목소리에 대답하지 않고 목덜미를 만졌다.

손가락 끝을 미끄러뜨리자 미야기가 얼굴을 찌푸렸다.
“센다이, 좀 떨어져.”
내 어깨를 힘껏 밀고, 그 사이에 오리너구리를 놓았다.
“영화 끝날 때까지 티슈 넘어서 여기 손대지 마.”
미야기가 시시한 소리를 했다.
입을 다물고 있자, 미야기가 일시정지를 풀어 화면이 다시 움직이기 시작했다. 이 이상 기분 상하게 만들면 더 귀찮은 일이 생길 것 같아 오렌지 주스에 손을 뻗고 반쯤 마신 뒤 테이블에 내려놓았다.
“있잖아, 미야기.”
대답이 없을 걸 알면서도 불러보았다.
시선은 화면에 고정된 채로, 나를 보지 않는다.
“키스하고 싶어.”
이상한 짓은 하지 않겠다고 미야기와 약속했다.
나는 키스를 이상한 짓이라고 생각하지 않지만, 아마도 미야기에게 있어서는 이상한 짓으로 분류될 것이니 실행에는 옮기지 않았다. 물어보았을 뿐이다. 분명 말로 꺼내는 것 정도라면 용서받을 수 있지 않을까.
“미야기.”
나를 보지 않는 그녀를 다시 한번 불렀다.
“왜 센다이와 키스해야 하는데?”
화면을 응시한 채 미야기가 언짢은 목소리로 말했다.

"예전에는 했잖아."

"지금은 예전이랑 달라. 룸메이트잖아."

미야기가 나를 바라보았다.

그녀의 말은 재미있지는 않았지만 틀리지도 않았다.

나는 오리너구리를 침대 위에 놓고 미야기에게 어깨를 붙이고 몸을 기댔다.

"센다이, 무거워."

무뚝뚝한 목소리가 들려왔지만, 밀어내지는 않았다.

"미야기는 키스하기 싫어?"

"하기 싫어."

"그럴 줄 알았어."

"그럼 묻지 마."

미야기의 시선이 화면으로 돌아갔다.

태블릿에서 시끄러운 소리가 계속 들려와서 거슬렸다.

"미야기, 명령해봐. 지금이라면 뭐든 들어줄게."

"안 할 거고, 안 들어줘도 괜찮아."

미야기는 내가 하는 말은 일단 부정하고 본다. 하지만 오늘은 그 사실에 마음이 놓였다. 귀걸이를 해도 미야기는 미야기 그대로였다.

바뀌었으면 하는 것도 있지만, 바뀌는 것에 불안감도 있었다. 너무 깊이 파고들어 미야기가 이 집에서 나가 버리지 않을까 생각하면 무섭다. 그래서 지금은 내가 하고 싶은 것을 하나하나 부정해주는 미야기에게 안심했다 부정당하지 않으면 제어가 안 된다. 한도 끝도 없이 나아가고 싶어진다.

"센다이, 영화 볼 생각 없지?"

미야기가 나를 밀어냈다.

모처럼 오리너구리를 침대 위에 올렸는데, 다시 바닥에 내려놓을 수 있을 만큼 거리가 벌어졌다.

"보고 싶긴 한데, 영화가 재미없어."

나는 태블릿 전원을 껐다.

"아직 보고 있었는데."

"다른 영화 보자. 공포 영화 같은 거."

"절대로 싫어."

미야기가 불만을 숨기지 않고 나를 노려보았다. 그리고 내게 손대지 말라며 자신이 먼저 말해놓고 내게 손을 뻗어왔다. 오리너구리라는 경계선은 없지만, 오리너구리가 있던 장소를 뛰어넘어 티셔츠의 가슴 부분을 잡아챘다. 그대로 주저 없이 끌어당기기에 나는 미야기의 손을 잡았다.

"그렇게 잡으면 옷 늘어나."

비싼 것은 아니지만 늘어나는 것은 싫었다. 하지만 미야기는 들렸을 내 목소리를 무시하고 옷을 더 잡아당겼다. 옷이 늘어나는 게 싫은 나는 미야기에게 기울어졌다.

"미야기, 놔줘."

티셔츠를 잡은 채 손가락을 떼려 하지만 떨어지지 않았다. 미야기의 얼굴이 가까워지고, 목덜미에 숨결이 닿았다. 나도 모르게 어깨가 움찔 떨렸다. 얼굴이 더 가까워지고 목덜미에 따뜻한 것이 닿았다.

닿은 것은 입술이었다. 강하게 빨린다.

바늘을 찌르는 느낌까지는 아니지만, 날카로운 통증이 번졌다.

혀끝이 닿아 온기가 전해졌다.

미야기는 떨어지지 않았다.

너무 가까웠다.

들릴 리 없는 내 심장 소리가 들렸다.

방금까지 흐르던 영화 소리보다 더 시끄러웠다.

입술이 더 눌리며 더 세게 빨렸다.

피부를 지나 몸속 깊이 아릿한 통증이 퍼져 나갔다.

분명 자국이 남을 것이다.

이것은 좋지 않았다.

알고 있음에도, 등 뒤로 팔을 감고 싶었다. 어떻게 할까 망설이다 미야기의 머리를 쓰다듬자, 그녀는 훌쩍 내게서 떨어졌다.

더는 통증은 없었다.

목이 어떻게 되어 있는지 모르겠지만, 대충 예상은 할 수 있었다.

"바보 아냐? 미야기. 지금 거 분명 자국 남았을 텐데."
"센다이가 잘못한 거야."
못마땅하게 말한 미야기가 가만히 내 목을 바라보았다.
"그래도, 해도 되는 것과 안 되는 게 있지."
찌르는 듯한 시선에 목이 어떻게 되어 있는지는 알았지만, 손거울을 들어 확인했다.
역시나.
목구멍 옆, 목 부분에 선명한 붉은 자국이 남아 있었다.
"미야기. 적어도 안 보이는 곳에 해. 어떻게 할 거야, 이거."
"보이지 않는 곳에 하면 센다이가 반성하지 않을 거 아냐."
"반성하고 말고의 문제가 아니잖아. 눈에 띄는 장소에 흔적을 남기는 건 너무한 거 아냐?"
"연휴 중에 아무데도 안 간다며. 그럼 어디에 흔적이 있어도 상관없잖아."
"본인은 우츠노미야랑 나갈 거면서?"
"난 나가지만, 센다이는 계속 집에만 있어."
그렇게 말하고 미야기가 내 어깨를 밀었다.
"미야기도 집에 있어."
"싫어. 이미 마이카와 약속했어."
미야기의 목소리가 정수리에 꽂힌다.
짜증나, 짜증나, 짜증나.
진짜 짜증나.

거울을 다시 바라보았다.

붉은 자국이 선명하게 보였다.

그것도 눈에 띄는 곳에.

연휴 중에 집에 있겠다고는 했지만, 한 발자국도 나가지 않겠다고는 하지 않았다. 앞으로 일정이 잡힐 수도 있고, 편의점 정도라면 갈 수도 있는데. 이렇게 되면 나갈 수가 없었다. 터틀넥을 입어 가리면 되긴 하지만 계절상 그리 좋은 방법은 아니었다. 그렇다고 해서 숨기지 않고 붉은 자국을 드러내고 다니면 낯선 누군가에게 불필요한 오해를 살지도 모른다.

만약 친구라도 마주치면 반드시 무슨 말을 들을 것이다. 남자친구가 생겼다고 속이면 소개해 달라느니 사진을 보여달라느니 하는 말을 들을 게 뻔하니 함부로 말할 수도 없었다.

미야기는 정말 극단적이다.

키스는 하기 싫다면서 이런 짓은 아무렇지도 않게 했다. 보통 룸메이트의 목에 자국을 남기진 않는다. 계기를 만든 것은 나일지도 모르지만, 이런 일을 당하면 미야기가 어떤 관계를 원하는지 알 수 없게 된다.

그리고 룸메이트라는 관계를 제시한 나도 내가 어떤 관계를 원하는지 알 수 없었다. 여전히 애매모호한 채였다.

다만 함께 있고 싶었다.

한숨을 쉬며 거울을 내려놓았다.

목에 손을 대고 자국이 있는 곳을 쓰다듬었다.

"미야기."

"왜?"

죄책감 같은 건 조금도 없어 보이는 얼굴이 나를 응시했다.

나는 관자놀이를 누르며 대놓고 한숨을 내쉬었다.

"……계속 볼까?"

미야기를 금세 용서해버리는 내 자신이 어이가 없었다.

나는 내가 끈 태블릿 전원을 다시 켰다.

결국 영화는 끝까지 재미없었다.

미야기와는 역시 취미가 맞지 않았다.

하지만 대학 친구들과 약속을 잡는 것보다는, 재미없는 영화를 또 보고 싶다는 생각이 들었다. 그렇지만 나간다는 선택지를 강제로 빼앗는 행위는 결코 칭찬받을 만한 일은 아니었다.

한밤중, 미야기가 남긴 자국을 바라보았다.

그 후로 시간이 꽤 흘렀지만, 거울에는 여전히 붉은 색이 선명하게 비치고 있었다.

알고 있었다.

오늘 달았으니 오늘 사라질 리가 없다.

테이블 위에 손거울을 놓고 침대에 기대앉았다.

컨실러나 파운데이션을 쓰면 눈에 띄지 않게 할 수 있었다. 하지만 그렇게까지 하고 나가고 싶지는 않았다.

"……집에 있을 수밖에 없나."

집에 있으면 굳이 숨길 필요도 없어진다.

미야기가 남긴 자국을 신경 쓰면서 나가는 것도 번거롭고, 아직 친구와 약속을 잡지도 않았다. 연휴 동안 미야기가 계속 집에 있는 것은 아니었으니 나도 친구와 나갈까 생각했는데, 딱히 가고 싶은 장소가 있는 것도 아니고 가야 할 장소가 있는 것도 아니었다. 친구라면 연휴가 끝나고 대학에 가면 좋든 싫든 만날 수 있었다.

미야기가 우츠노미야와 놀러 가는데 나만 집에 있다는 사실에 불만이 없는 것은 아니지만, 집에서 시간을 보내는 것도 나쁜 일은 아니었다.

오늘 미야기에게 당한 일을 생각하면 불만이 커지긴 하지만.

생각해보면 고등학교 때부터 나만 심한 일을 당하는 것 같았다.

이를테면 키스마크 위에 자른 레몬을 올리면 빨리 사라지는지 시험한다는 핑계로 팔에 자국을 내거나.

이를테면 비에 젖은 교복 단추를 풀어 가슴에 키스마크를 달거나.

언제나 미야기는 제대로 된 짓을 하지 않았다.

그래도 나는 미야기와 함께 살기로 선택했고, 여기 있었다. 분명 작년의 나에게 지금의 상황을 설명해도 믿지 않았을 것이다.

손바닥으로 미야기가 남긴 자국을 꾹 눌렀다.

미야기는 가감이라는 말과는 거리가 먼 사람처럼 보이지만, 그래도 처음에는 그나마 자제하는 경우가 많았다. 지금은 주저함이 없었다.

나는 침대에서 등을 떼고 무릎을 끌어안았다.

시선이 테이블 아래에서 축 늘어져 있는 오리너구리를 향했다.

티슈가 등에서 자라난 그것은 둘이 함께 사용하려고 산 것이지만, 미야기의 것처럼 보였다. 아마도 그녀의 방에 있는 악어 티슈 커버와 비슷하기 때문일 것이다. 나는 그런 것들이 내 방에 있는 것을 자연스럽게 받아들이고 있었다. 옛날에는 방에 미야기의 물건이 늘어나는 것이 부담스러웠지만, 지금은 서랍 속에 넣어둔 미야기의 교복도 티셔츠도 내 방의 일부처럼 느껴졌다.

일어나서 서랍 위에서 액세서리 케이스를 가져왔다. 테이블 위에 놓고 미야기에게 받은 펜던트를 꺼냈다.

졸업식 날, 봉투와 맞바꿔 내 수중에 남은 펜던트가 나올 차례는 없었다.

이 펜던트를 하고 있을 때처럼 미야기에게 닿고 싶었다.

영화를 보는 미야기에게 키스하면 좋았을 것 같다는 생각이 들었다.

나는 은색 체인을 손가락에 걸었다.

달 모양의 작은 장식이 눈에 들어왔다.

체인을 손가락으로 확인하고, 작은 장식을 꽉 움켜쥐었다.

그 시절로 돌아가고 싶은 것은 아니었지만, 그 시절의 내 자신이 부러워졌다.

오리너구리를 끌어당겨 펜던트를 머리 위에 올려놓았다. 침대에 벌렁 드러누워 벽을 툭 쳤다.

큰 소리를 낸 것은 아니었기에 대답은 없었지만, 옆에서 소리가 났다. 쥐죽은 듯 고요한 한밤중, 귀를 기울이지 않아도 그것이 문을 여는 소리라는 것을 알 수 있었다.

침대에서 몸을 일으켰다.

공용 공간으로 갈지 고민했다.

딱히 할 말이 있는 것은 아니었다.

어떻게 할까 1분쯤 고민하다가 일어났다. 잠옷용 스웨트셔츠를 사두길 잘했다. 부담 없이 공용 공간으로 나갈 수 있었다.

문을 열자 불이 켜져 있었고, 냉장고 앞에 서 있는 미야기가 보였다. 그녀는 내가 겨울 방학 때 그녀 집에 묵었을 때 빌렸던 그 스웨트셔츠를 입고 있었다.

"안 자?"

테이블 바로 앞에서 말을 걸자 「잘 건데, 목말라서」라는 무뚝뚝한 목소리가 돌아왔다. 미야기가 냉장고에서 사이다를 꺼냈다. 잔에 따라 3분의 1 정도 투명한 액체를 마셨다.

"센다이는 안 자?"

미야기가 잔을 한 손에 들고 나를 바라보았다.

"나도 뭐 좀 마시려고."

공용 공간에 나온 이유가 될 만한 것을 말했다.

"오렌지 주스 꺼내줄까?"

"음, 미야기가 마시는 걸로도 괜찮아. 한 입만 줘."

"사이다인데."

"보면 알아."

"……그럼 남은 거 다 줄게."

그렇게 말하고 미야기가 나에게 와서 잔을 건네주었다.

"그렇게 많이는 필요 없는데."

목이 마른 것도 아니고 탄산을 좋아하는 것도 아니었다. 둘러댄 핑계에 반 이상 남은 사이다를 떠넘겨도 곤란하지만, 달라고 한 것은 나였다. 일단 말 그대로 한 모금 마시고 잔을 돌려주려 했다. 하지만 미야기는 받지 않았다. 어쩔 수 없이 반 정도 마시고 잔을 테이블에 놓자 미야기가 「센다이」하고 나를 불렀다.

"내일 나가?"

묻는 말에 조용히 답했다.

"누구 덕분에 나가고 싶어도 못 나가."

"흐음."

본인이 물었으면서 관심 없다는 듯이 답하고는 내가 테이블에 놓은 유리잔을 비웠다. 그리고 정리해 둘게, 라고 말하며 유리잔을 씻으러 가려고 한다.

"좀 더 대화하지 않을래?"

나는 미야기의 팔을 잡았다.

"할 말 없어."

"없어도 되잖아."

잔을 집어 테이블 위에 놓았다.

한 걸음 더 미야기에게 다가갔다.

손을 뻗어 손끝으로 입술을 건드린다.

"얘기하자며?"

미야기가 미간을 찌푸렸다. 누가 봐도 언짢은 얼굴이었지만, 도망가지는 않았다. 그래서 나는 잡은 팔을 놓았다.

"미야기가 아무 얘기나 해줘."

"센다이가 얘기하고 싶다고 했잖아."

"그랬나?"

나는 미야기의 볼을 어루만지며 손바닥을 딱 붙였다.

그녀는 내가 무엇을 하고 싶은지 알고 있을 것이고, 지금 당장 도망쳐야 한다고 생각할 것이다.

"미야기."

불러도 움직이지 않았다.

기억이 고교 시절과 이어졌다.

문화제 이후 음악 준비실로 불러냈던 때.

내가 없는 곳에서 문화제를 즐기고 있던 미야기를 불러내 그녀의 팔을 잡았다. 그리고 키스를 받기 싫다면 도망가라고 그녀에게 말했었다.

그때는 키스를 하려던 건 아니었지만, 키스를 하고 싶어져서 미야기를 만졌다.

지금과 완전히 똑같다고는 할 수 없지만, 상당히 비슷하다는 생각이 들었다.

미야기에게 얼굴을 가져갔다.

그녀는 아무 말도 하지 않았다. 하지만 눈을 감은 것도 아니어서 내가 먼저 감았다.

그리고 입술을 포갰다.

부드럽고 따뜻하다.

익숙한 입술의 감촉이었다.

그런데 오랜만에 닿아서 그런지 심장이 터질 듯이 뛰고 머리가 새하얘졌다. 단지 입술을 맞댄 것뿐인데, 숨이 막혀서 떨어졌다. 곧 다시 한번 더 키스를 하고, 이번에는 강하게 입술을 겹쳤다. 미야기의 팔을 잡았다. 그대로 끌어당기려 하자, 미야기는 내 손을 뿌리치고 어깨를 밀친다.

부족하다.

더 키스하고 싶었다.

손을 잡았다.

또 뿌리치고, 이번에는 다리를 걷어찼다.

"왜 안 도망갔어?"

미야기는 도망쳐주길 바랄 때는 도망치지 않는다. 어차피 도망칠 거라고 생각하면 선뜻 받아준다. 키스를 하기 전에 도망갔더라면 더 하고 싶다는 마음은 들지 않았을 텐데.

"……센다이가 거짓말쟁이인지 아닌지 시험했을 뿐이야. 역시 거짓말쟁이였어. 영화 보기로 약속했을 때 이상한 짓 않겠다고 했으면서."

"그건 내 방에서 하지 않겠다는 말이었어."

"센다이의 그런 점, 싫어."

미야기는 원망스러운 목소리로 말하고는 내 발목 조금 위를 아까보다 더 강하게 찼다.

"지금 그건 아팠어."

힘 조절은 한 것 같지만 꽤 강한 힘으로 차인 것에 불평하자, 또 같은 장소를 걷어찬다.

"방에 갈 거야."

미야기가 나에게 등을 돌렸다.

선언대로 방으로 향하는 그녀가 세 걸음 걸었을 때 말을 걸었다.

"미야기는 내일 뭐해?"

"마이카와 놀 거야."

"일기 예보 보니까 내일도 비 온대."

나에게 등을 돌렸던 미야기가 휙 돌아보았다.

"센다이, 역시 거짓말쟁이네. 아까 일기 예보 봤는데 맑음으로 돼 있었어."

내가 적당히 둘러댄 예보는 단칼에 부정당했다.

"그럼 잘못 봤나보네. 모레는 한가해?"

"……한가하지만."

"이 자국 때문에 아무데도 못 가게 생겼으니까, 또 영화 보자."

목덜미를 만지며 빙긋 웃었다.

미야기는 내가 나가지 못하게 만든 장본인이니 책임을 져야 한다. 남아도는 시간을 소비하는 데 도움 정도는 주지 않으면 곤란했다.

"센다이가 좋아하는 영화는 절대로 안 봐."

"그거면 충분해."

웃는 얼굴을 무너뜨리지 않고 대답하자, 미야기가 오늘 중 가장 언짢은 목소리로 「잘 자」라고 말했다.

제6화
센다이에게는 보여주고 싶지 않다

센다이는 아무것도 변하지 않았다.

한밤중에 키스를 한 다음 날에도, 오늘 아침에도, 점심을 먹은 후에도, 키스를 하기 전과 같은 얼굴과 같은 목소리로 말하고 있었다.

물론 나도 변하지 않았다.

지금까지 몇 번이나 했던 일을 오랜만에 한 것뿐이다.

지금까지 센다이에게 당한 일 중 그렇게 못 견딜 만한 것은 없었고, 이번 일도 싫은 일은 아니었다. 나도 그녀를 막지 않았으니 벌칙도 필요 없었다.

하지만 약속을 어긴 센다이가 평소와 다름없이 행동하는 것에는 불만이 있었다.

룸메이트를 하자고 한 건 센다이면서.

앞으로 영화를 함께 보기로 약속했지만, 그녀가 「아무것도 하지 않겠다」는 약속을 또 깰 것 같아 마음이 불안했다.

나는 귀에 손을 가져갔다.

손끝으로 귀걸이를 만졌다.

이 작은 장식에 약속을 어기지 않겠다는 맹세를 받을 수도 있었다. 하지만 귀는 별로 보여주고 싶지 않았다.

테이블 위에 거울을 놓고 머리를 귀 뒤로 넘겼다.

작은 스탠드 미러에 비친 귀걸이를 바라보았다.

귀걸이 구멍이 자리를 잡을 때까지는 약 한 달.

뺄 수는 없었다.

빨리 새로운 귀걸이로 바꾸고 싶은 것은 아니지만, 센다이가 어울린다든가 귀엽다든가 이상한 말을 해서 이 귀걸이가 신경 쓰였다. 그녀의 눈에서 숨겨두고 싶어졌다.

언제나 센다이는 쓸데없는 말밖에 하지 않았다.

귀 뒤로 넘겼던 머리를 돌려놓고 시계를 바라보았다.

센다이와의 약속 시간이 다가오고 있었다.

거울을 치우려다 입술에 시선이 닿았다.

그저께, 내 뺨에 닿았던 센다이의 손이 뜨거웠던 것이 생각났다. 좀처럼 감기지 않았던 눈이 무척 진지했던 것도, 닿은 입술이 부드러웠던 것도 기억의 밑바닥에서 얼굴을 내밀었다.

손가락 끝으로 입술을 쓰다듬었다.

얼마 전에도 이렇게 입술을 만진 적이 있었다.

화장을 해준다던 센다이의 입술을 닦고, 역시 오늘처럼 거울을 보고—.

내 시선은 눈앞의 거울에 고정되었고, 어느새 손끝으로 입술을 만지는 나를 발견하고 나도 모르게 거울을 손으로 덮었다.

"앗."

피부를 통해 느껴지는 차가움에 뒤늦게 후회했다. 황급히 거울에서 손을 떼자 지문이 떡하니 묻어 있었다.

"아, 정말. 이것도 전부 센다이 때문이야."

나는 일어나서 방을 나갔다.

센다이의 방 앞에 서서 숨을 들이마시고 내쉬었다. 문을 두 번 두드리자 안에서 「들어와」라는 소리가 들려왔다. 나는 다시 한번 숨을 들이마시고 내쉰 뒤 문을 열었다.

"제대로 왔네."

침대를 등받이로 삼은 센다이가 의외라는 목소리로 말했다.

"오지 않는 편이 좋았다면 방으로 갈게."

오지 말라는 뜻으로 한 말이 아니라는 것을 알면서도, 그녀에게 등을 돌렸다. 그러자 문을 닫기 전에 목소리가 들려왔다.

"얼른 들어와."

부드러운 목소리에 다시 돌아서자, 센다이가 몸을 일으키며 연한 색 스커트가 살랑였다.

그녀는 스커트를 입고 있는 경우가 많지만, 나는 거의 입지 않았다.

이곳에 온 뒤로 센다이는 그런 나에게 스커트를 입으라

고 했지만, 딱 한 번 말했을 뿐 그 이후로는 같은 말을 하지 않았다. 그녀는 항상 반응하기 어려운 말을 기분에 따라 던질 뿐이었다.

"안 올 줄 알았거든. ……그 정도면 나가지도 않고, 방으로도 와주네."

의미를 알 수 없는 질문과 함께 센다이가 내 팔을 잡았다. 그리고 나를 방으로 끌어들였다.

"나가지 않는다니?"

"모르면 됐어."

애매하게 말하며 센다이가 웃었다.

무슨 의도로 한 질문인지 궁금해서 다시 한번 물어보려 했지만, 내 말문을 막듯 센다이가 「미야기가 보고 싶은 영화로 골라」라고 말했다. 그리고 「자」라고 말하며 태블릿을 건네 왔다.

나는 어쩔 수 없이 그녀 옆에 앉았다.

몸 한쪽이 찌릿찌릿했다.

센다이 쪽에 가까운 어깨와 팔에 전기가 흐르는 느낌이 들어 진정이 되지 않았다. 피의 흐름이 느껴질 정도로 한쪽만 예민해져서, 그녀에게서 조금 떨어졌다.

"만지면 벌칙이야."

센다이와 나 사이에 오리너구리 커버가 걸린 티슈 상자를 두었다. 앞으로 볼 영화를 정하기 위해 태블릿에 시선을 떨어뜨리자 옆에서 부자연스럽게 밝은 목소리가 들려왔다.
"아마 미야기가 생각하는 벌칙은 벌칙이 안 될걸."
"그게 뭐야. 무슨 말이야?"
태블릿에서 고개를 들어 센다이를 바라보았다.
"약간의 경고. 벌칙이 나에게 더 즐거운 일이 될지도 모른다는 뜻."
"센다이가 즐거울 만한 걸 벌칙으로 할 생각은 없어."
"그건 재미없는 걸 벌칙으로 하겠다는 거야?"
"당연하지."
단언하자 센다이가 오리너구리의 머리를 툭 쳤다.
"미야기가 생각하는 즐겁지 않은 것과 내 즐겁지 않은 건 다를지도 모르지."
벌칙을 피하려는 속셈일까.
아니면 더 다른 의미가 있는 것일까. 잘은 모르겠지만, 내가 생각하는 즐겁지 않은 것이 센다이에게 즐거운 일이라면 문제였다.
지금까지 센다이는 보통은 거절할 법한 명령에도 따라주었다. 발을 핥으라고 했을 때도, 눈을 가렸을 때도 거절하지 않았다. 진지하게 벌칙을 즐기고 있는 것일지도 모른다.
"센다이 변태."
"나는 변태라는 말을 들을 소리도 행동도 안 했는데."

"지금 분명 뭔가 이상한 생각하고 있잖아. 아, 야한 거지?"

그녀는 갑자기 키스하고 싶다고 말을 꺼내고, 그것을 거절해도 그날 밤처럼 키스를 해오는 그런 사람이다. 그보다 더한 걸 생각하고 있다고 해도 이상하지 않았다.

"야한 생각 같은 건 안 해."

센다이가 보란 듯이 빙긋 웃었다.

그녀의 머릿속을 들여다볼 수 있다면 들여다보고 싶었다.

생글생글 웃는 얼굴로 이상한 생각을 하지 않는다는 말을 들어도 믿을 수 없었다.

"무조건 거짓말이야. 센다이, 색마잖아."

"그런 소리 하지 마. 내가 무슨 야한 생각만 하는 것 같잖아. 그리고 야한 생각하냐고 묻는 미야기 쪽이 더 야해. 그런 생각을 하지 않으면 그런 말 자체가 나오지도 않겠지."

"그런 생각 안 했어. 센다이는 변태, 호색한."

태블릿을 바닥에 내려두고 그 대신 오리너구리 몸통을 잡았다. 그리고 힘을 제법 실어 센다이의 팔을 때렸다. 한 번, 두 번. 푹신한 오리너구리의 몸이 센다이에게 닿자 그녀가 키득키득 웃었다.

"미안해, 다 농담이야. 영화 골라."

자, 하고 태블릿을 한 번 더 건네받는다.

나는 센다이를 가볍게 노려본 뒤, 화면에 뜬 여러 영화 제목을 살폈다.

얼마 전에는 센다이가 도중에 지루해할 만한 영화를 골라서 골치 아픈 일이 생겼다. 그래서 오늘은 그녀가 얌전히 마지막까지 봐줄 만한 것을 고르고 싶었다. 하지만 센다이가 좋아할 만한 공포 영화는 보고 싶지 않았다.

머릿속에 몇 편의 영화가 떠올랐다.

나는 그중 과거에 텔레비전에서 여러 번 방영됐고, 어른도 아이도 좋아한다고 알려진 아니메이션 영화 제목을 말했다. 그리고 「본 적 있어?」라고 물었다.

"없는데, 미야기는 본 적 있지 않아?"

"있지만, 좋아하는 영화야."

원하는 영화를 찾아서 재생했다.

옆에 있는 센다이가 신경 쓰였다.

역시 그녀와 가까운 쪽의 어깨도 팔도 찌릿찌릿했다.

센다이가 둘 사이에 있는 오리너구리를 이전과 같이 침대 위에 올려두었다.

"제대로 영화 봐."

그렇게 말하고 아주 조금 센다이에게서 떨어지자, 내가 떨어진 만큼 다가왔다. 센다이의 팔을 탁 치자 「볼게」라는 짧은 말이 돌아오며 손을 잡혔다.

가볍게 잡힌 것뿐이라 아프지는 않지만, 파직 하고 정전기가 오른 것처럼 팔이 반응했다. 무심코 손을 빼려 하자 센다이가 내 손을 강하게 잡았다.

"영화 볼 테니까 그냥 있어."

센다이가 맞는 것도 같고 틀린 것도 아닌 말을 했다.

"싫으면 놔주겠지만."

작은 소리로 덧붙였다.

뭐, 손 정도라면.

그 정도는 봐줄 수 있었다.

손을 마주 잡아주진 않겠지만, 나는 그녀의 손을 그대로 두고 태블릿에 시선을 돌렸다.

20분, 30분 시간이 지나갔다.

손은 여전히 잡힌 채 떨어지지 않았다.

센다이는 제대로 영화를 본다는 말을 지키고 있었다.

여러 번 본 영화를 선택한 것은 실패였을지도 모른다.

근처에 있는 체온 때문에 몸의 절반으로 신경이 쏠렸다.

나는 시선을 태블릿에 고정하고 영화에 의식을 돌렸다.

시간이 지나고 클라이맥스를 지나 엔딩 크레딧이 흘렀다.

센다이는 화면을 계속 보고 있었다.

중간 중간 몇 번 말을 걸긴 했지만, 지난번처럼 영화와 관련 없는 이야기는 하지 않았다. 문제가 있다면 우리 사이에 있던 거리가 거의 사라졌다는 것뿐이다.

지금 어깨와 어깨가 맞닿을 정도로 가까운 곳에 센다이가 있었다.

영화를 보기 시작했을 때는 이렇게 가깝지 않았다.

좀 더 거리가 떨어져 있었다.

"애니메이션은 거의 안 보는데. 재미있었어."

영화가 끝나자 센다이가 어깨를 탁 부딪쳤다. 팔과 팔이 찰싹 달라붙으며 닿는 부분만 감각이 날카로워진다.

센다이의 거리감이 이상했다.

영화의 감상은 이렇게 가까이 붙지 않아도 말할 수 있다. 좀 더 떨어졌으면 좋겠다는 생각이 들었다.

"그렇다면 다행이고. —언제까지 이러고 있을 거야?"

나는 잡힌 손을 들어 올렸다.

"미야기가 놔달라고 할 때까지."

"그럼 놔줘."

그렇게 말하자 손이 꽉, 하고 아플 정도로 쥐어졌다.

"센다이, 놔줘."

"그렇게 내가 만지는 게 싫어?"

붙어 있던 팔이 떨어졌다.

하지만 손은 떨어지지 않았다.

힘이 조금 풀렸을 뿐.

"왜 갑자기 그런 걸 물어봐?"

"싫다면 이유를 듣고 싶어서."

"센다이는 나 만지는 거 싫지 않아?"

센다이의 질문에 대답하지 않은 채 새로운 질문을 던지자, 그녀가 그림 같은 미소를 지으며 입을 열었다.

"싫어 보여?"

"……안 보여."

"그럼 이번에는 미야기가 대답할 차례."

재촉하듯 잡힌 손에 힘이 더 실렸다. 아플 정도는 아니지만, 대답하지 않고 도망치는 것을 허락하지 않겠다는 분위기였다.

"딱히 싫지는 않은데……."

어쩔 수 없이 대답하자 「않은데?」라며 뒷말을 재촉한다.

"싫지는 않은데, 지금은 놔줘."

닿는 것이 싫은 것도 아니고, 손 정도는 잡아도 상관없었다. 하지만 계속 손을 잡은 채로 있으면 불편했다. 영화를 보는 동안에는 태블릿에 정신을 집중시켜서 잡힌 손을 신경 쓰지 않을 수 있었지만, 영화는 끝나 버렸다.

그러니 손을 떼야 했다.

그런데 아직 손은 잡혀 있고, 심장 뒤에 뭐가 숨어 있기라도 한 것처럼 마음이 조마조마했다.

"센다이."

항의의 뜻을 담아 그녀를 불렀다.

"네네."

한숨 섞인 목소리와 함께 손이 풀렸다.

나는 자유로워진 손을 쥐었다 폈다.

몇 번 주먹을 쥐었다 펴 봐도 내 손 같은 느낌이 들지 않았다. 왠지 남의 것 같아서 가단히 손바닥을 보고 있는데, 센다이의 목소리가 들려왔다.

"영화 끝났는데 뭐 할래? 밥 먹기엔 너무 이른데."

"이제 방으로 갈래."

그렇게 말하고 일어나려는데, 센다이가 옷자락을 잡았다.

"여기 좀 더 있어."

쭉 당기자 티셔츠의 밑단이 조금 늘어났다.

이대로 억지로 일어설 수도 있겠지만, 밑단이 늘어난 티셔츠가 되는 것도 싫었다. 나는 다시 앉는 것을 택하고 센다이에게 불평했다.

"놔."

"아까 만지면 벌칙이라더니, 그건 안 해도 돼?"

"안 해. 놔줘."

"미야기 때문에 내 골든위크를 망쳤는데."

센다이가 잡고 있던 내 옷을 놓고 자신의 목덜미를 가리켰다.

손가락 끝에는 내가 남긴 붉은 자국이 있었다.

그것은 어제도 거기에 있었다. 옅어지긴 했지만 오늘도 사라지지는 않았다.

"좀 더 같이 놀아줘도 괜찮지 않아?"

거슬릴 정도의 미소를 지으며 그렇게 말한다.

"……뭘 하자는 건데?"

“그래. 미야기에게 화장을 하는 건 어때?”
“싫어.”
“좋잖아. 진짜 예쁘게 해줄게. 머리도 귀걸이가 잘 보이게 해줄게.”
센다이가 나에게 손을 뻗어와 머리를 만졌다. 그리고 그대로 머리를 귀 뒤로 넘기려고 해서 그녀의 손을 쳐냈다.
“싫어. 머리 만지지 마.”
생각보다 더 강한 목소리가 나와 스스로도 놀랐다. 센다이의 미소가 굳은 것을 보고 나는 「미안」이라고 덧붙였다.
머리를 만지는 것이 싫은 것은 아니다.
귀걸이를 보여주고 싶지 않을 뿐이다.
하지만 그 말을 입 밖에 내고 싶지는 않았다.
방의 공기가 반쯤 얼어붙어 버려서 반응하기가 곤란했다. 어떻게 하면 좋을지 몰라서 일어서려고 하자, 센다이가 밝은 목소리로 말했다.
“머리는 안 만질 테니까 화장하게 해줘. 옅게라도 괜찮으니까.”
센다이가 배려하고 있다는 것을 알기 때문에 거절하기 어려웠다. 그렇다고 해도 화장은 하고 싶지 않았다.
나는 무릎을 꿇고 타협안을 입에 올렸다.
“다른 걸로 해.”
“그럼 잠깐 옷 갈아입는 인형이 돼 줘.”

"옷을 갈아입는다니, 센다이 옷을 입으라는 거야?"
"맞아. 미야기에게 어울릴 만한 걸 빌려줄 테니까 입어봐."
"왜 늘 그런 이상한 소리만 하는 거야."
모든 걸 다 거부하고 싶은 것은 아니지만, 센다이의 제안은 받아들이기 어려운 것들뿐이었다. 좀 더 평범한 말을 해주면 좋을 텐데.
"아니면 미야기가 하고 싶은 걸 해도 괜찮아. 뭔가 있어?"
"……없어."
"그럼 상관없지? 하고 싶은 게 없으면 화장이나 옷 갈아입히기 중 하나를 골라."
그녀의 장난감이 되고 싶지는 않았지만, 어느 쪽도 싫다는 선택지는 없는 것 같았다. 새로운 선택지를 늘리기 위해 내가 하고 싶은 일을 생각해보았지만, 이 방에서 하고 싶은 일은 떠오르지 않았다.
마이카였다면 왠지 모르게 대화가 이어졌을 것이고, 이런저런 잡담을 하며 시간을 때울 수 있었을 것이다. 하지만 센다이와는 왠지 모르게 대화가 이어질 만한 공통점도 없고, 이럴 때 뭘 하면 좋을지도 모르겠다.
확실한 건 화장을 한 모습도 센다이의 옷을 입은 모습도 그녀에게는 보여주고 싶지 않다는 것이었다. 어느 쪽을 선택해도 센다이는 분명 무슨 소릴 할 테니 보여주고 싶지 않았다.

"미야기가 못 고르겠다면 내가 고를게."

"둘 중 하나를 골라야 한다면, 옷을 빌려줘."

화장을 고르면 센다이가 얼굴을 만질 것이고, 머리도 만질 것이 틀림없다. 귀를 만질 수도 있었다. 그렇게 생각하면 옷을 빌리는 것이 나을 것 같았다.

—옷을 갈아입는 인형이 되고 싶지는 않았지만.

애초에 센다이와 나는 스타일이 다르다.

스커트든 바지든 허리가 맞을지도 걱정이고, 지퍼가 닫히지 않으면 초라해질 뿐이다. 얼굴형도 다르고, 그녀의 옷이 어울릴 거라는 생각은 들지 않았다.

"그럼 옷 입는 걸로. 미야기, 이쪽 봐봐."

센다이가 무릎을 끌어안고 있는 내 팔을 잡아당겼다.

"어느 쪽을 향해도 상관없잖아. 빨리 옷이나 꺼내."

"됐으니까 돌아봐봐."

팔을 계속 당겨와 나는 마지못해 몸의 방향을 바꿨다.

"일단 옷부터 벗어."

그렇게 말한 센다이가 아무렇지도 않게 내 티셔츠 옷자락을 잡았다. 그리고 그대로 옷자락을 걷어 올리려 했다.

"잠깐만."

나는 황급히 그녀의 손을 붙잡았다.

"응?"

"뭐가 『응?』 이야. 내가 벗을 테니까 나가 있어. 옷 먼저 꺼내."

"옷은 미야기가 입고 있는 걸 벗어야 줄 거야. 그리고 나가라니, 여기 내 방인데."

틀린 건 센다이 같은데, 왠지 내가 잘못한 것처럼 나를 바라본다.

아무리 생각해도 그녀의 주장은 이상했다. 물론 여기는 센다이의 방이지만, 보통은 갈아입을 옷을 준비하기 전에 입고 있는 옷을 벗으라는 말은 하지 않는다.

"센다이 방이라는 건 상관없어. 옷 먼저 줘."

손을 내밀어 재촉했지만, 센다이는 옷을 건네주기는커녕 나에게 다가와 티셔츠 자락 안으로 손을 슬쩍 집어넣었다.

그녀의 손바닥이 내 옆구리를 쓰다듬었다.

스윽, 손이 몸 위를 움직여 갈비뼈에 닿았다.

간지러워서, 불필요한 행동만 하는 그녀의 손을 티셔츠 위에서 붙잡았다.

"센다이, 역시 야한 생각만 하고 있잖아."

"야한 생각 안 해. 빨리 벗어. 벗지 않으면 못 입잖아."

"절대 안 벗어. 옷 먼저 준비하고, 옷을 다 갈아입을 때까지 밖에 있어."

"안 돼. 내 앞에서 옷 갈아입는 게 싫으면 화장으로 해. 그렇다면 옷을 벗을 필요 없잖아."

답은 처음부터 정해져 있었다.

센다이는 언제나 그런 식이다.

선택지를 준비하면서도 선택하게 해주지 않는다.

"센다이, 짜증나."

지나치게 가까이에 있는 그녀를 노려보자, 옆구리에 붙어 있던 손이 옷 속에서 빠져나갔다.

"미야기, 다시 고르게 해줄게. 화장과 옷 갈아입기, 어느 쪽이 좋아?"

"……센다이가 원하는 대로 해."

"그럼 화장을 하자."

그렇게 말한 센다이가 작지 않은 크기의 케이스를 가지고 왔다. 그리고 내 앞에 다시 앉더니 머리는 되도록 안 만질게, 라는 말을 덧붙였다.

정면에서 센다이가 조심스럽게 헤어밴드를 꺼냈다.

"미야기, 미안해. 방해되니까 머리 좀 만질게."

최대한 만지지 않겠다고 했던 머리를 결국 가장 먼저 만진다. 헤어밴드로 앞머리를 올리고, 귀에 있는 머리도 넘겨서 결국 귀걸이가 보였다.

마음에 들지 않았다.

화장을 한다면 머리가 방해될 테니 이렇게 될 거라는 예상은 했다. 거절하고 이 방에서 나가도 되지만, 그렇게 하지 않았으니 자업자득이다. 알고 있음에도 미간에 주름이 잡혔다.

“화장 한번 해보고 싶었거든.”

들뜬 목소리가 들려왔다.

나와는 달리 센다이는 상당히 기분이 좋아 보였다.

“그럼 베이스부터.”

케이스에서 작은 용기를 꺼내 크림 같은 것을 이마나 코 위에 얹는다. 얼굴을 만지지 않고서는 화장을 할 수 없으니 당연하지만, 센다이가 가까웠다. 그럼에도 눈이 마주칠 듯 마주치지 않았다. 그녀는 진지한 눈으로 내 얼굴 위에 얹은 베이스를 펴서 발랐다.

가만히 있기 어려웠다.

어떻게 해야 할지 몰라 눈을 감자 기다렸다는 듯이 눈 주위에도 베이스를 칠해온다.

“다음은 파운데이션.”

일부러 설명해주는 이유는 모르겠지만, 그런 선언과 함께 케이스에서 뭔가를 꺼내는지 달그락달그락 소리가 들렸다. 그리고 얼굴에 파운데이션 같은 것이 발렸다.

도화지라도 된 기분이었다.

베이스라거나 파운데이션이라는 그럴싸한 이름만 붙었을 뿐, 결국 얼굴에 물감을 칠하는 것과 별반 다르지 않다는 생각이 들었다.

잠자코 앉아만 있으니 편하다면 편하지만, 할 일이 없으니 재미는 없었다. 말을 하려고 하면 말하지 말라고 하고,

얼굴이 신경 쓰여서 만지려고 하면 만지지 말라고 했다.

뭐라도 하려고 하면 제지를 당하니 불만이 쌓여갔다. 잠시 후 센다이의 손이 멈춰 나는 눈을 떴다.

"이제 됐지?"

그렇게 말하자, 진지한 얼굴로 나를 보고 있던 센다이와 눈이 마주쳤다.

"이제부터야. 지금까지 한 건 준비지, 준비."

"질렸어. 가만히 있어야 해서 지루해."

나는 케이스 안에서 뭔가를 꺼내려는 센다이의 손을 잡았다.

"미야기, 조금 참아."

"싫어."

"싫다고만 하지 말고. 앞으로 10분이면 되니까 얼굴 좀 빌려 줘."

"그럼 5분."

그렇게 말하고 손을 떼자 센다이가 작게 신음했다. 그리고 내 얼굴을 빤히 보더니 케이스에서 뭔가를 꺼내 눈을 감으라느니 뜨라느니 지시를 내린다. 결국 눈썹과 눈을 만지는 사이 5분이 지났고, 나는 다시 한번 「이제 됐지?」라고 말했다.

"5분은 너무 짧아서 못 끝내."

센다이가 불만스럽게 말했다.

"그래도 5분이라고 약속했잖아."

"그럼 앞으로 볼터치랑 립스틱 두 개만 할게. 금방 끝나."

좋다고 하지도 않았는데, 센다이가 케이스 안에서 볼터치 같은 것과 립스틱을 꺼내 테이블 위에 놓았다.

말다툼을 해도 피곤할 뿐이고, 이제 와서 방으로 돌아가도 얼굴은 여전히 도화지일 것이다.

"그 두 개만 하고 꼭 끝내겠다고 약속해."

귀걸이에 맹세하라는 말은 안했지만, 센다이가 내 귀를 힐끔 보더니 「알았어」라고 말했다. 그리고 볼터치를 손에 들고 붓보다 더 커다란 브러시로 내 볼을 쓸었다.

그녀가 내게 하는 일은 마치 얼굴에 새로운 얼굴을 그리는 것 같았다. 미술 성적과 연관이 있을 법한 손놀림이었고, 나와는 맞지 않는다. 미술 성적은 별로 좋지 않았다.

"립스틱은 직접 바를게."

센다이가 그렇게 말했다.

하지만 닿은 것은 립스틱이 아니라 그녀의 손끝이었다. 부드럽게 얹어진 손가락이 움직였다.

아랫입술 중앙에서 끝으로.

천천히 내 입술을 따라나갔다.

과거에도 이런 일이 여러 번 있었다.

센다이는 아무 의미도 없이 입술을 만지지 않았다.

심장이 꽉 쪼그라드는 느낌에 그녀의 팔을 밀었다.

"립스틱 바른다며."

저항 없이 손끝이 떨어지고, 센다이의 손가락 대신 립스틱이 내 입술에 달라붙었다.

제멋대로 관자놀이가 움찔거렸다.

립스틱은 별로 좋아하지 않았다. 끈적거리는 느낌이 싫어서 입술이 텄을 때만 겨우 사용한다. 지금도 입술에 발린 것을 바로 닦아 버리고 싶은 기분이 들었다. 센다이의 손을 밀어내고 싶은 욕구가 치밀었지만, 자신의 손을 꽉 잡고 참았다.

손끝이 다른 곳으로 가서 입술 이외의 장소에 끈적끈적한 것이 묻는 것은 더욱 싫었다.

잡은 손에 손톱이 파고들어 아파올 무렵, 입술에서 립스틱이 떨어졌다.

"됐어. 이제 풀어도 돼."

센다이가 헤어밴드를 가리켰다.

시키는 대로 앞머리를 올리고 있는 그것을 풀자, 손거울을 건네준다.

"감상은?"

그런 질문에 거울을 바라보았다.

비치는 건 나였다. 하지만 내가 아닌 누군가가 비친 것처럼 보였다.

입술에 시선을 옮기자, 센다이와 같은 색으로 칠해져 있었다.
별로 어울리는 느낌은 아니었다. 눈앞에 있는 센다이의 입술과 같은 색인데, 전혀 다른 것처럼 보였다.
만지면 안 된다는 걸 알면서도 손끝으로 만져보았다.
평소와 달리 입술이 끈적끈적했다.
립스틱을 바른 센다이와 키스해도 별로 신경 쓰이지 않았는데, 자신의 입술에 바르면 굉장히 끈적끈적한 느낌이 드는 것은 어째서일까.
"미야기, 감상."
다시 한번 재촉을 받고 나는 거울이 아닌 센다이를 바라보았다.
"……안색이 좋아졌어."
"틀린 말은 아닌데. 예뻐졌다고 말해줘."
"이상한 기분밖에 안 들어."
"이상한 게 아니라니까. 예쁘게 해주려고 화장한 거니까 당연히 예쁘지."
"별로 안 어울려."
"예쁘다니까, 정말."
예상했던 대로 센다이는 장난으로만 들리는 말을 했다. 진심이라면 안과에 가보라고 권하고 싶었다. 진심이 아니라면 제발 입을 다물어줬으면. 쓸데없는 말은 낯설고, 낯선 말을 계속 듣다보면 등이 가려워진다.

"혼자 할 수 있게 방법 알려줄까?"

나는 센다이에게 거울을 돌려준다.

"됐어. 안 할 거니까."

"직접 할 생각이 없다면 내가 해줘도 되는데."

"안 해줘도 돼. 이제 만족했지? 지우고 올게."

"잠깐만 모처럼 화장을 했는데, 지금 밥 먹으러 안 갈래?"

"안 가. 센다이랑은 안 나간다고 연휴 전에 말했잖아. 그리고 이건 괜찮아?"

나는 센다이의 목덜미를 만졌다.

그녀에게 붙인 자국은 아직 사라지지 않았다.

"……깜빡했다."

"아직 선명하게 남아 있어."

그 말대로 엄청 선명한 것은 아니었다.

숨기려면 숨길 수 있을 것이다. 하지만 숨기고 나가고 싶다는 말을 들어도 곤란했고, 숨기는 것도 원치 않았다. 연휴가 끝난 뒤에도 사라지지 않았으면 좋겠다는 생각이 들었다.

"그럼 관두자."

센다이가 하아, 하고 한숨을 쉬며 침대에 기댔다. 손가락 끝으로 확인할 수 있을 리가 없는데, 센다이가 손으로 목을 만졌다. 보이던 붉은 자국이 그녀의 손으로 가려졌고, 나는 그 손을 잡았다.

"뭐야?"

센다이가 놀란 얼굴로 말했다.

"움직이지 마."

"명령?"

"아니. 하지만 네 말을 듣고 화장을 해줬으니까, 내 말도 들어줘."

침대를 등받이로 삼은 센다이와 눈이 마주쳤다.

잡은 손을 잡아당겨 떼자 붉은 자국이 보였다.

센다이는 움직이지 않았다.

손끝으로 그녀의 입술을 건드렸다.

내 입술만큼 립스틱이 신경 쓰이지 않았다. 지금까지 키스를 당해도 불쾌하게 느껴진 적은 없었다.

손가락 끝을 미끄러뜨려 턱을 쓰다듬고, 붉은 자국까지 미끄러졌다.

명령을 한 것은 아니지만, 센다이는 내 손을 잡거나 막지 않았다. 목덜미에 얼굴을 가져다대고 입술로 붉은 자국을 건드리자 센다이의 목이 움직였다.

"이제 곧 연휴 끝나는데."

"알아."

그러니 눈에 띄는 곳에 흔적을 남길 생각은 없었다.

센다이의 블라우스 단추를 두 개 풀었다.

쇄골보다 약간 아래쯤.

입술을 누르고 강하게 빨아들였다.

입술에서 전해지는 센다이의 체온이 평소보다 조금 높은 것 같았다.

"미야기, 흔적 남는다니까."

어깨를 밀어서 입술을 떨어뜨렸다.

얼마 전만큼은 아니지만 붉은 자국이 나 있었다.

그래도 눈에 띄지 않는 장소이니 상관은 없을 것이다.

"센다이, 내가 만지는 건 싫지 않다며."

"이건 만지는 것 이상의 일 아니야?"

"세세하게 따지지 마."

목덜미에 얼굴을 파묻었다.

지금 막 만든 자국에 이를 세웠다.

가볍게 물고 혀로 핥는다.

센다이와의 거리가 오늘 중 가장 가까웠다.

좋은 냄새가 났다.

욕실에 놓인 그녀의 샴푸를 써도 같은 향기가 날 것 같지는 않았다. 화장을 해도 나와 센다이는 전혀 다르다. 그녀가 더 예쁘고, 머리도 좋고, 같은 일을 해도 똑같을 수는 없었다.

센다이의 목을 깨물었다.

힘을 주자 치아가 피부에 파묻혔다.

동화되는 것은 아니지만, 더 가까워진 것 같은 느낌이

들었다. 하지만 곧 센다이에게서 아프다는 소리가 들려서 무는 것을 그만두었다. 희미하게 생긴 이빨 자국을 핥고 귀 밑에 입술을 누르자 팔을 잡혔다.

"이거 혹시 벌칙이야?"

센다이가 생각났다는 얼굴로 말했다.

"아니야."

"그럼 뭔데?"

이건 명령도 아니고 벌칙도 아니다.

단지 그녀에게 계속 흔적을 남겨 두고 싶은 것뿐이다.

귀걸이 같은 것이라도 상관은 없었다. 하지만 센다이는 그것을 허락하지 않았으니 이렇게 된 것이다.

"뭐든 상관없잖아."

대학을 다니기 시작하고, 얼마 지나지 않아 과외 알바도 하고.

점점 내가 모르는 센다이가 늘어나니까.

그 안에 내 흔적이 조금 정도는 있어도 되지 않을까.

조금의 흔적이 따라다니는 정도는 허락해줘도 되지 않을까.

"상관없지 않아. 왜 그러는 거야?"

센다이가 평소라면 추궁하지 않을 것을 추궁해왔다.

하지만 몇 번을 물어본들 답하고 싶지 않았다.

센다이가 내가 모르는 곳에서 내가 모르는 일을 하고 있으니까.

그런 말을 할 수 있을 리가 없었다. 순순히 대답한다고 해도, 그걸로는 자국을 남길 이유가 되지 않는다는 말만 듣고 끝날 것이다.

나는 센다이의 체온이 강하게 느껴질 정도로 혀끝을 밀고 목덜미를 핥았다. 역시 그녀의 목은 평소보다 뜨거웠다.

귀 밑에 입을 붙이고 가볍게 빨아보았다. 자국이 났는지는 모르겠지만 혀를 움직여 귓불에 입술을 붙였다. 목덜미에 비하면 차가워서 기분 좋았다.

"잠깐 미야기. 이 이상은 안 돼."

센다이가 잡은 그대로 내 팔을 꽉 쥐었다.

그래도 귓불을 핥고 이를 세우자, 등에 팔을 감고 나를 끌어안았다.

"그거 싫어."

센다이의 몸을 가볍게 누르자 귓가에 목소리가 들렸다.

"계속할 거지? 그럼 내가 하고 싶은 것도 조금은 받아줘."

"놔줘."

내 목소리가 들렸을 텐데도, 등에 감긴 팔에는 힘이 실렸다.

"센다이, 이제 안 할 테니까 놔줘."

아까는 가볍게 밀었던 센다이의 몸을 세게 밀자, 그녀의 팔에서 풀려났다.

"미야기, 바로 달려들어서 이런 짓하는 것 좀 그만해."

센다이가 쇄골 조금 아래를 쓰다듬으며 나를 바라보았다.

"센다이에게는 듣고 싶지 않아."

거절도 없이 상대를 건드리는 것은 나뿐만이 아니다.

센다이도 나를 만지고 키스도 한다. 그것을 생각하면, 내가 뭘 해도 센다이는 불평할 수 있는 입장이 아니었다.

"미야기."

나를 부른 센다이가 하아, 하고 한숨을 내쉬었다.

"왜?"

"다음에 밥 먹으러 안 갈래?"

예상치 못한 말이 들려와 나도 모르게 「좋아」라고 말해버렸다. 가기 싫은 것은 아니지만, 이런 식으로 답을 끌어내는 것은 마음에 들지 않았다.

"그럼 약속해."

불평하기도 전에 센다이가 내 팔을 잡았다. 거리가 순식간에 좁혀지며, 머리카락 너머로 센다이의 입술이 내 귀에 닿았다.

정확하게 귀걸이 위에 키스를 한다.

"왜 바로 그런 짓을 해?"

불평을 하자 「새끼손가락 거는 대신이야」라는 가벼운 답이 돌아왔다.

"그냥 손가락 걸어."

"약속을 잊지 않기 위한 귀걸이니까 이 정도는 괜찮잖아. 제대로 맹세해 두지 않으면 약속을 잊어버릴지도 모르고."

센다이가 당연하다는 투로 한 말에 문득 위화감을 느꼈다.

"잠깐. 이상하잖아. 이 귀걸이는 내가 말한 약속을 센다이가 지키게 하려는 목적이지, 센다이가 한 약속을 내가 지키기 위한 게 아니야."

"미야기, 세세하게 따지지 마."

센다이가 내 말을 흘려 넘겼다

그리고 내가 벗은 블라우스의 단추를 채워주었다.

막간
미야기에게 말하는 어서 와 인사

한 손에는 편의점 봉지, 한 손에는 새로운 열쇠.

현관문을 열고 안으로 들어갔다.

"다녀왔습니다."

조금 큰 소리로 말했지만 대답은 없었다.

이 집에는 아무도 없기 때문에 대답이 없는 것은 당연한 일이지만, 나에게는 그것이 기쁘다. 그래서 다시 한번 「다녀왔습니다」라고 소리 내어 말해보았다.

역시 대답은 없었다.

대학에 다니기 위해 이사 왔던 이 「가족이 없는 집」은 내가 계속 갖고 싶었던 것으로, 겨우 손에 넣은 것이었다. 고등학생이었던 나는 「다녀왔습니다」에 대답이 없는 집에 살고 있었고, 그것을 받아들이고는 있었지만, 사람이 있는데 돌아오는 대답이 없는 집을 향해 내는 「다녀왔습니다」는 나 자신을 소모시키는 행위나 마찬가지였다.

부모님과의 즐거웠던 추억.

언니와의 즐거웠던 추억.

사람이 있는데도 목소리가 돌아오지 않는 집을 향해 「다녀왔습니다」라고 말할 때마다 「즐거웠던 나」가 떨어져 나갔다.

하지만 이 새 집은 나를 소모할 것이 없었다.

아무도 없는 집에 울리는 「다녀왔습니다」가 이렇게 훌륭하고 좋은 말이라는 것을 처음 알았다. 이사 오길 잘했다는 생각이 진심으로 들었다. 여기 온 후로 몇 번이고 「다녀왔습니다」라고 말했지만, 더 말하고 싶었다. 아무도 없는 이 순간을 즐기고 싶었다.

하지만 앞으로 1시간 정도— 2시를 넘기면 아무도 없는 집은 「미야기가 있는 집」이 된다.

그것은 나에게 있어서 「가족이 없는 집」으로 이사를 온 것보다 더 기쁜 일이었고, 미야기가 이사 오는 오늘을 기대하고 있었다.

"다녀왔습니다."

나는 질리지도 않고 다시 한번 작게 중얼거리며 신발을 벗었다. 현관은 가족과 살던 집보다 좁았지만 나에게는 딱 좋았다. 짧은 복도를 지나 공용 공간인 다이닝 키친으로 향했다. 냉장고에 편의점에서 사온 사이다와 보리차를 넣었다. 그리고 샌드위치와 오렌지 주스를 테이블 위에 놓고 가방도 놓았다. 그대로 의자에 앉아 다이닝 키친을 둘러보았다.

공용 공간에 놓여 있는 가구나 가전은 우리 부모님이 주신 돈으로 내가 가격과 디자인과 타협을 거쳐 골라 채운 것인데, 나쁘지 않았다. 사실은 미야기와 함께 고르고 싶었지만, 그녀는 「센다이에게 맡길게」라는 메시지와 함께 모든 것을 나에게 떠넘겼다.

뭐, 미야기답긴 하지만.

나는 방금 사온 샌드위치를 먹었다.

배는 별로 고프지 않지만, 조금 늦은 점심을 위장에 집어넣었다. 다 먹고 오렌지 주스를 마시고 있으니 스마트폰이 울려 가방에서 꺼냈다.

화면에는 우미나라는 이름이 표시되어 있고, 메시지를 확인하자 「여름에 자러 가도 돼?」라고 적혀 있었다.

이곳에 이사 온 후, 우미나에게는 몇 번이나 비슷한 메시지가 와 있었다.

새 집에 놀러 가고 싶다느니, 5월 연휴에 만나고 싶다느니.

스마트폰에 쌓여 가는 메시지는 고등학생이었던 과거와 지금을 연결하려 하고 있었지만, 내 마음을 움직이지는 못했다. 그렇다고 매정하게 거절해 관계를 끊어낼 정도도 아니었다. 그래서 고등학교 친구들에게는 고등학교 시절의 나로 돌아가 답장을 했다.

『룸메이트가 있어서 힘들 것 같아.』

무난한 답변을 보내고 스마트폰을 테이블 위에 올려놓았다.

원하는 것은 우미나의 연락이 아니었다. 가끔 오는 마리코의 메시지도 아니었다. 고등학교를 졸업하고 난 뒤로 좀처럼 메시지를 보내지 않는 미야기의 연락이었다.

하지만 소원은 닿지 않았다.

당연하다.

그녀는 아무 용건도 없이 나한테 연락하지 않는다.

나는 테이블에 엎드렸다.

그러고 보니 언니에게 딱 한 번 메시지가 온 적이 있었다.

하아, 하고 숨을 내쉬었다.

그것은 이사가 끝났는지 묻는 무의미한 메시지로, 끝났다고만 답장을 보냈다.

교류는 단절된 것이나 다름없는데, 왜 일부러 메시지를 보내왔는지도 모르겠고 알고 싶지도 않았다.

몸을 일으켜 오렌지 주스를 다 마셨다.

테이블 위의 쓰레기를 버리고 시시한 기억을 덮어씌우듯이 스마트폰에 미야기의 이름을 띄웠다.

『역시 마중 나갈까?』

이미 같은 말을 듣고 거절당했지만, 다시 한번 그런 메시지를 보냈다. 당연히 우미나나 마리코에게 메시지를 보냈을 때처럼 바로 답장이 오지는 않았다. 5분, 10분을 기다리고 나자 『혼자 갈 수 있어』라는 쌀쌀맞은 메시지가 화면에 떴다. 재미없는 대답이지만 미야기다웠고, 답장이 온 것만으로도 충분하다는 생각이 들었다.

"기다릴 수밖에 없나."

테이블 위에 스마트폰을 놓고 몸을 일으켰다.

내 방과 미야기의 방.

방은 붙어 있고 눈앞에는 두 가의 문이 있었다.

미야기가 「먼저 이사한 사람이 방을 골라」라고 해서 내가 먼저 골랐고, 남은 방이 미야기의 방이 되었다. 하지만 방의 넓이는 똑같으니 선택하는 것에 큰 의미는 없었다. 내 방과 미야기의 방이라는 구분이 생긴 것뿐이다.

나는 「내 방」의 문을 열었다.

낯선 방에는 낯선 가구가 놓여 있었다.

작은 책장과 서랍.

지금까지보다 더 저렴한 침대와 이불.

모두 심플한 것이지만, 침대는 내가 모은 돈으로 산 내 것이었다. 대학을 졸업할 때까지 4년 동안은 부모님에게 신세를 지게 된다. 내 돈으로 생활하는 것이 아니었으니 부모님과의 관계를 완전히 끊어낼 수는 없었다.

그러니까 적어도.

내가 잠잘 자리 정도는 내가 갖고 싶었다.

더 이상 가족이 사는 집에는 돌아가지 않겠다.

그 결의를 다지기 위한 것이기도 하고, 잠자는 곳이 내 것이라면 나로 있을 수 있을 것 같은 기분도 들었다.

방 안을 한 바퀴 빙 돌아 침대에 앉았다.

눈에 보이는 것들 중에는 새로 산 것뿐만이 아니라 집에서 가져온 오래된 것들도 있었다. 예를 들어 책이나 옷, 거울 같은 것은 집에서 가져왔다. 하지만 소중한 것이 하나 빠져 있었다.

—백만 엔을 모을 수 있는 저금통.

그것은 고등학교 1학년 때 산 뒤로 계속 내 방에 있던 것으로, 이 방에는 존재하지 않았다. 여는 구멍이 없는 저금통은 이 집을 계약하기 위해 캔 오프너로 열어야 했고, 여는 순간 저금통의 기능을 상실해 가져오지 않았다.

하지만 그 대신 내 룸메이트가 곧 이 집에 올 것이다.

"거짓말 같아."

방을 계약하고, 졸업식 날 봉투를 미야기에게 건넸다.

그날 미야기가 룸메이트가 되는 것을 택해줄 것이라 믿었던 것은 아니다. 내가 한 일은 거의 강요에 가까웠고, 미야기라면 거절해도 이상하지 않다고 생각했다.

나는 일어나서 방을 한 바퀴 더 돌았다.

오늘부터 미야기와 룸메이트가 된다고 생각하니 마음이 술렁거렸다.

멈춰 서서 빙글빙글 돌기도 하고, 우리에 갇힌 동물처럼 어슬렁어슬렁 돌아다니다가 다이닝 키친으로 갔다.

평소 이렇게 부산스럽게 군 적은 없었다.

미야기의 일이 되면 평소의 나로 있을 수 없게 된다.

테이블 위에 올려둔 스마트폰을 바라보았다.

미야기에게서 메시지는 오지 않았다.

돌아서서 나란히 선 두 개의 문을 바라보았다.

미야기의 방으로 다가가 문을 두드렸다.

당연하지만 대답은 없었다.

살짝 문을 열고 안을 바라보았다.

휑하니 텅 비어 있었다.

여기는 미야기의 방이지만, 가구도 박스도 도착하지 않아 아직 그녀의 것이 되지 않았다.

"미야기는 뭘 가져올까?"

일주일에 한 번 혹은 두 번. 그 이상일 때도 있었지만, 미야기의 집에 계속 드나들었으니 그녀의 방에 있던 물건들은 떠올릴 수 있었다. 하지만 그 방에서 뭘 갖고 올지는 듣지 못해, 지금 보는 이 방이 어떤 방이 될지 상상이 되지 않았다.

미야기라는 인간은 정말로 쩨쩨하다.

나에게는 아무것도 알려주지 않는다.

그 방에는 내가 몇 번이고 읽은 만화나 소설이 있고, 속권을 기대하고 있는 것들도 있었다. 하지만 그 만화나 소설들이 이 방에 들어오는지 아닌지조차 알려주지 않았다.

나는 방 안에는 들어가지 않고 문을 닫았다.

그리고 테이블 위의 스마트폰을 응시했다.

시계는 변하지 않았다.

미야기는 곧 도착한다거나, 얼마 남지 않았다거나, 그런 연락을 하지 않는다.

1분이 길었다.

60초에 불과한 1분이 100초나 200초로 느껴졌다. 누군가 시간의 개념을 비튼 게 아닐까 하는 생각밖에 들지 않았다. 방 안을 돌아다녀도 시간이 빨리 가지 않는다는 것 정도는 알고 있었다. 그래도 발은 제멋대로 움직였고, 다이닝 키친을 한 바퀴 돌고 의자에 앉아 다리를 파닥파닥 움직여도 보았다.

졸업식 날을 마지막으로 미야기와는 만나지 않았다.

그로부터 계속 오늘이라는 날을 기다려 왔으니, 이제 와서 10분, 20분 기다리는 것쯤은 아무것도 아니었다. 아무것도 아닐 텐데, 가만히 있기 어려워서 몸의 어딘가가 계속 움직였다. 늘어지는 시간이 보이는 것 같아 가만히 있기 어려웠다.

떨고 있던 다리를 멈추고 스마트폰을 바라보았다.

이 집에 부족할 것 같은 것을 인터넷에서 찾아서 머릿속에 입력해두었다. 하지만 아무리 입력해도 금방 관자놀이 근처로 주르륵 새어나왔다. 봐도 전혀 남지 않은 머리를 탁탁 때리고 심호흡을 세 번 하자 귀가 움찔 움직였다.

문이 열린 소리가 들린 것 같아 몸을 일으켰다.

현관으로 가려는데, 다이닝 키친의 문이 열리고 미야기가 나타났다.

열쇠는 보내놨으니 초인종을 누르지 않고 집에 들어온 것에 불만은 없었지만, 집에 도착한다는 것을 예고하는, 누구라도 할 수 있는 일절 하지 않은 미야기에게는 불만이 있었다. 그녀가 연락을 하지 않는 인간이라는 것을 알면서도, 역에 도착했다거나 집 앞에 도착했다는 한마디 정도는 있어도 좋지 않을까. 그런 생각이 들고 만다. 하지만 나는 그녀에게 불평하기보다 먼저 해야 할 말이 있었다.

"미야기. 어서 와."

몇 번인가 본 적이 있는 후드티에 데님 팬츠를 입은 미야기에게 미소를 짓자, 그녀는 이상한 얼굴을 했다.

"어서 와? 잘 왔어, 가 아니라?"

"이 집은 이제 미야기의 집이니까 「어서 와」가 맞아."

졸업식 날 미야기가 펜던트가 아닌 「봉투」를 선택한 순간 이미 이 집은 미야기의 집이 되었고, 내가 먼저 이사를 하게 된 날 그녀를 맞이할 말은 「어서 와」로 정해졌다.

"……다녀왔어."

부탁하지 않았음에도 그에 호응하는 말로 답해준다.

기뻤다.

방 창문에서 밖을 향해 큰 소리로 「어서 와」라고 외치고 싶을 정도로 기뻤다.

「다녀왔어」와 「어서 와」.

나는 이 두 가지가 갖춰질 날을 계속 기다리고 있었나보다.

"어서 와."

다시 한번 말하자, 또 한 번 「다녀왔어」라는 말이 돌아왔다. 나는 미야기에게 짐을 놓으라고 말한 뒤 「방 안내해줄게」라고 말했다.

"안내할 정도로 넓지 않잖아."

"그렇긴 한데, 이런 건 기분이지."

빙긋 웃으며 말하자 미야기가 바닥에 짐을 놓고 「안내하고 싶으면 그러든가」하고 평이한 목소리로 말했다.

그녀가 무뚝뚝한 것은 늘 있는 일이었기에 신경 쓰이지 않았다.

탈의실, 화장실, 욕실.

나는 그렇게 넓지 않은 집안을 안내한 뒤 다이닝 키친으로 돌아왔다.

"여기가 다이닝 키친이고, 공용 공간 안내는 끝이야. 그리고 미야기 방은 저쪽. 그 옆이 내 방이고."

"……고마워. 방에 짐 놓고 올게."

"잠깐. 우선 뭐 좀 마실래? 사이다랑 보리차 있는데."

"필요 없어."

무뚝뚝한 목소리가 돌아왔지만, 나는 아직 미야기를 놔

주고 싶지 않았다.

"오랜만에 만났으니까 얘기 좀 하지 않을래? 잘 지냈어?"

"잘 지냈어. 그런 건 보면 알잖아."

"보면 아는 것도 듣지 않으면 맞는지 아닌지 모르잖아."

"그럴지도 모르지만…… 센다이는?"

"보다시피 잘 지냈어."

웃는 얼굴로 대답하자 거기서 대화가 끊겼다.

갑자기 다이닝 키친이 조용해지고, 미야기가 불편한 얼굴로 후드티의 끈을 잡아당겨 손가락에 감았다. 오랜만의 침묵은 이제까지처럼 부드럽게 넘길 수 없었다. 나는 테이블을 손가락으로 두드리며 미야기를 바라보았다. 그녀는 손가락에 감고 있던 후드티 끈을 풀더니 나에게 등을 돌리고 「짐 놓고 올게」라고 다시 말했다.

"미야기를, 계속 기다렸어."

짐을 들고 가려는 등에 말을 걸었다.

"계속이라고 해도 얼마 안 지났잖아. 졸업식도 바로 얼마 전에 끝났는데."

돌아보지 않은 채 미야기가 말했다.

"먼저 이쪽으로 와서 길게 느껴졌어. 이삿짐, 4시쯤 온다고 했나?"

"응."

"그렇구나."

짧은 말은 금세 사라지고 다시 침묵에 휩싸였다.

공기가 정체되기 시작했고, 나는 가능한 한 밝은 목소리를 냈다.

"미야기. 오늘부터 잘 부탁해."

등을 돌리고 있던 미야기가 뒤를 돌아보았다.

그녀는 미간에 주름을 잡았고, 곧바로 자신의 손가락으로 그곳을 문지르더니 작은 목소리로 말했다.

"……잘 부탁해."

미야기가 방으로 사라졌다.

낯선 방과 낯선 미야기.

새로운 생활은 그렇게 쉽게 풀리지는 않을 것 같았지만, 미야기가 졸업식 날 선택한 것이 봉투라서 다행이라고, 진심으로 생각했다.

제7화
내가 모르는 미야기

만나서 반가워.

그런 흔한 인사를 나눈 지 30분이 지나자 콘크리트를 바른 것처럼 굳어 있던 몸이 조금 풀렸다. 선배는 과외는 생각하는 것만큼 어려운 것이 아니라고 했지만, 처음 하는 일은 어떤 것이든 긴장된다.

연휴가 지나고 예정대로 시작된 과외 아르바이트는 미야기에게 공부를 가르쳤을 때처럼은 되지 않았다.

공부와 관련 없는 이야기를 어디까지 해야 할지도 모르겠고, 어느 정도의 거리감으로 대해야 할지도 알 수 없었다. 선배님은 선생님답게 있으면 된다고 말씀하셨지만, 선생님의 이미지가 여전히 잡히지 않은 채 오늘을 맞이하게 되었다.

하나마키 키료입니다, 라고 자기소개를 한 나의 첫 학생은 중학교 3학년으로, 지금은 테이블 건너편에서 문제집을 뚫어져라 보고 있었다.

그녀의 엄마가 내준 보리차를 마셨다.

그립다.

방과 후 미야기도 나에게 보리차를 준비해주었는데.

"선생님."

하나마키가 고개를 들어 나를 바라보았다.

과외를 시작하기 전까지 들어본 적 없는 「선생님」이라는 말이 간지러워서 심장이 술렁거렸다.

"뭐 모르는 거 있어?"

테이블 위 노트에 시선을 내리자 가지런한 글씨가 빼곡히 채워져 있었다. 이 30분 만에 알게 된 것인데, 하나마키는 공부를 잘하는 편이라 과외가 꼭 필요해 보이지는 않았다. 그녀의 엄마는 고등학교 수험을 위해 공부를 알려달라고 했지만, 걱정은 없어 보였다.

"모르는 곳은 없는데, 선생님은 왜 과외를 하세요?"

남의 눈을 똑바로 바라보며 묻는 하나마키와 눈이 마주쳤다.

단발머리의 그녀는 활발해 보이는 인상이었지만, 목소리는 차분했다. 머리는 미야기와 달리 귀에 걸고 있었다. 하지만 교칙을 지키고 있음을 알 수 있는 단정한 교복 차림은 미야기와 닮아 있었다.

"음."

나는 작게 신음하며 고민했다.

돈이라고 대답할 수 있으면 편하겠지만, 선생님으로서 그 대답은 좀 거부감이 들었다.

"남에게 뭔가를 알려주는 걸 좋아해서?"

"공부 잘 가르쳤어요?"

"친구한테."

미야기를 가리키는 말로서 적당하다는 느낌은 들지 않았지만, 아르바이트 장소에서 있는 그대로 이야기할 수는 없었다. 나는 평범한 말로 얼버무리고, 이대로 「친구」에 대해 더 묻지 않도록 내가 먼저 질문을 했다.

"하나마키는 공부를 알려주는 타입? 아니면 배우는 타입?"

"저는 배우는 타입이에요. 언니한테 많이 배웠거든요."

별로 듣기 싫은 말이 들려와 보리차를 한 모금 마셨다.

훌륭한 언니와 그런대로 괜찮은 나.

어릴 때는 둘 다 부모에게 귀여움을 받았지만, 언니와의 차이가 드러나면서 부모의 애정은 언니에게로만 향하게 되었다. 그리고 부모님의 태도는 우리 자매에게 골을 만들었고, 지금도 그 골은 메워지지 않고 있었다.

뭐, 하지만.

지금은 그것조차 나름 다행이라는 생각이 들었다.

어린 시절과 다를 바 없는 가족이었다면, 미야기와 함께 살지는 못했을 테니까.

나는 잔에 남은 보리차와 함께 가족의 기억을 함께 흘려보냈다.

"지금은 언니한테 안 배워?"

"운동 특기로 기숙사가 있는 고등학교에 갔거든요."

"그렇구나."

테이블 위에 빈 잔을 놓았다.

하나마키는 밝아 보이지만 운동을 잘할 것 같지는 않았기에, 그녀의 언니가 쉽게 떠오르지는 않았다. 하지만 그런 것은 사소한 것이고, 이 방의 공기가 가벼워졌다는 사실이 더 중요했다.

긴장감이 있다는 것 자체는 그렇게 나쁜 일이 아니지만, 계속 이어지면 피곤하다.

나와 하나마키는 나이 차이가 그렇게 나지 않았다.

하지만 어디에 공통점이 있는지 알 수 없었기에, 조금 부드러워진 분위기 속에서 드문드문 의미 없는 이야기를 하며 공부를 이어갔다.

일주일에 두 번, 90분.

하나마키의 과외라는 입장에 익숙해지려면 좀 더 시간이 걸릴 것 같았다. 그래도 아주 조금 긴장이 풀릴 즈음 90분이 지나고, 과외 아르바이트가 끝났다.

그녀의 어머니께 인사를 하고 현관으로 갔다.

구두를 신고 있자, 나와 별로 키 차이가 나지 않는 하나마키가 「감사합니다」라며 고개를 숙였다. 그리고 빙긋 웃으며 나를 배웅해주었다.

그러고 보니 함께 살게 된 뒤로 미야기가 웃는 모습을

본 적이 거의 없다는 것을 깨달았다. 애초에 미야기는 내 앞에서 거의 웃지 않지만, 고등학교 때는 학교에서 웃고 있는 그녀를 볼 수 있었다. 대학이 다른 지금은 그럴 기회가 없으니, 미야기도 하나마키처럼 내 앞에서 웃어주면 좋겠다는 생각이 들었다.

긴장하며 걸어온 길을 되돌아가며 전철에 올라탔다.

집에 가는 일만 남았다고 생각하니 마음이 편했다.

하나마키는, 배우는 속도가 빨라서 손이 거의 가지 않았다.

솔직함이 부족한 미야기와는 정반대였다.

뭐, 솔직한 미야기라는 것도 좀 오싹하지만.

나는 평소와는 다른 기차에 몸을 싣고 그런 무례한 생각을 했다. 개찰구를 통과해 평소의 길을 걸었다. 3층까지 계단을 올라가서 현관을 열고 안으로 들어갔다. 미야기의 신발은 있었지만 공용 공간에 그녀의 모습은 없었다.

배에서 꼬르륵 소리가 났다.

미야기에게는 늦는다는 말을 전했으니 그녀는 이미 식사를 마쳤을 것이다. 그래도 나는 묻지 않아도 알고 있는 것을 묻기 위해 그녀의 방문을 두드렸다.

한 번, 두 번, 세 번.

미야기가 공용 공간으로 나왔고, 안을 들여다볼 새도 없이 쾅하고 문이 닫혔다.

"밥 먹었어?"

그녀가 뭔가 말하기 전에 내가 먼저 물었다.

“먹었어.”

“뭐 먹었어?”

“컵라면.”

미야기가 언짢은 목소리로 대답했다.

“제대로 만들어 먹어.”

“뭘 먹든 상관없잖아. 혼자니까. 용건이 뭐야?”

“차 끓일 건데 같이 마실래?”

그런 용건은 없었지만, 일단 그런 용건이 있는 것처럼 물어보았다. 저녁을 먹지 않았다고 하면 함께 먹자고 권유했겠지만, 먹어 버렸다면 다른 용건을 만들 수밖에 없었다.

“센다이, 밥은?”

“나중에 먹으려고.”

“먼저 먹어.”

“그럼 미야기는 차 마시고 있어.”

방으로 돌아가려는 미야기의 팔을 잡아당겨 의자에 앉혔다. 전기포트로 물을 끓이면서 냉장고를 열었다.

미야기를 따라하려는 건 아니지만, 혼자 먹을 건데 지금부터 만드는 것도 귀찮았다.

냄비에 물을 끓여 레토르트 스튜를 데우면서 미야기에게 차를 내주었다. 그리고 접시에 밥을 담고 그 위에서 완성된 스튜를 끼얹었다.

밥과 스튜는 따로 먹는 것이라고 생각했지만, 오늘은 설거지를 늘리고 싶지 않았다. 첫 아르바이트라 나름 피곤하니까, 과거에 미야기가 했던 것처럼 함께 담아 먹기로 했다.

스튜를 테이블 위에 놓고 의자에 앉자 미야기가 「센다이」라고 아무렇지도 않은 투로 나를 부르며 말을 이었다.

"……알바, 학생은 어떤 애였어?"

"착한 애였어. 평소부터 공부를 잘하는 것 같고, 예의 바르더라."

"흐음."

흥미 없는 얼굴로 미야기가 답했다.

"그리고 아주 솔직했어. 미야기랑은 달리."

일부러 그렇게 말하고 스튜를 한 입 먹었다. 꿀꺽 삼키고 미야기를 보자, 그녀는 손가락 끝으로 테이블을 톡 쳤다.

"센다이 앞에서는 솔직해질 필요 없으니까."

"미야기는 누구 앞에서 솔직해지는데?"

"센다이 말고 전부."

"그렇게 말할 줄 알았어."

솔직한 미야기는 오싹하지만, 가끔은 솔직한 미야기도 보고 싶다는 생각이 들었다.

예를 들어서 귀를 보여달라고 하면 보여주는 미야기라든가.

하나마키와는 달리, 미야기는 오늘도 귀를 숨기고 있었

다. 머리가 방해돼서, 나한테 보여주기 위해 뚫은 귀걸이를 볼 수가 없었다. 대학에서도 가리고 있을 것 같긴 하지만, 우츠노미야가 귀걸이를 보고 싶다고 하면 솔직하게 보여줄 것 같았다.

한숨이 나올 것 같아서 스튜와 함께 삼켜버렸다.

한 입 더 스튜를 먹고 나서 입을 열었다.

"미야기. 모처럼 귀걸이를 하고 있으니까 귀를 드러내는 게 어때?"

테이블 건너편, 미야기가 눈썹을 찌푸렸다.

그리고 잠깐 무언가 생각하는 얼굴을 하더니 머리를 귀 뒤로 넘겼다.

나도 모르게 숟가락을 떨어뜨릴 뻔해 접시 위에 올려놓았다.

"센다이, 약속해."

미야기가 내 옆까지 왔다.

"어떤 약속?"

"내일 센다이가 밥 해줘."

"……좋아. 뭐 먹고 싶어?"

미야기에게 손을 뻗어 약속을 맹세하는 대신 귀걸이를 만졌다.

사실은 귀에 키스를 하고 싶었지만, 지금의 미야기는 내가 알고 있는 미야기와는 좀 다른 느낌이라 몸이 움직이지 않았다.

"센다이가 원하는 걸로 해."

나는 머릿속으로 메뉴를 고민하며 「알았어」라고 대답했다.

◇ ◇ ◇

어제 한 미야기와의 약속을 지키는 것은 어렵지 않았다.

저녁을 만드는 것 정도는 대단한 일도 아니다.

하지만 메뉴가 정해지지 않았다.

나는 마트 안을 빙빙 돌며 고민했다.

미야기는 내가 좋아하는 걸 만들라고 했지만, 머릿속에 딱 떠오르는 메뉴는 없었다.

"뭘로 할까."

돼지고기, 소고기, 닭고기.

정육 코너에서 쭉 늘어선 고기를 노려보았다.

진지하게 고민할 일은 아니었다.

아마 미야기의 「센다이가 원하는 걸로 해」라는 말은 「뭐든 상관없다」와 거의 동의어일 것이다. 그래서 뭘 만들어도 상관은 없겠지만, 미야기가 못 먹는 걸 만들어도 곤란했기에 고민했다. 미야기와 보낸 시간은 그런대로 길었지만, 나는 여전히 그녀가 무엇을 좋아하고 무엇을 싫어하는지 모르고 있었다.

처음 미야기네 집에서 만든 저녁 반찬은 닭튀김이었다.

그때는 미야기의 취향은 거의 생각하지 않았기 때문에 오래 고민하지 않고 메뉴를 결정할 수 있었다.

"……닭튀김이라."

과거에 미야기가 맛있게 먹기도 했으니 무난한 메뉴이긴 했다.

나는 좀 더 기억을 더듬어보았다.

그날은 미야기에게 양배추를 자르게 했더니 손가락을 베어 그녀의 피를 핥게 되었다. 정말 미야기는 이상한 짓만 골라서 했다. 그 이후로도 나에게 피를 빨아달라고 한 사람은 없었다. 미야기만이 나에게 그런 일을 시킨다.

하아, 하고 숨을 내쉬며 샛길로 빠지려는 생각을 저녁 메뉴로 되돌렸다.

그러고 보니 미야기네 집에 있을 때 몇 번인가 레토르트 햄버그스테이크를 대접받은 적이 있었다. 한 번만 그런 것이 아니었으니 나름대로 좋아하는 것이 아닐까 생각했다.

나는 매장에 늘어선 고기 중에 다진 고기를 바구니에 넣었다. 그리고 슈퍼를 빙 돌아 양파와 빵가루를 추가하고 스마트폰을 꺼냈다. 내 안에서 햄버그스테이크의 재료는 상당히 흐릿했다. 뭔가 부족한 것 같아서 레시피를 조사하자 역시 몇 가지 부족한 것이 있었다. 알아보며 우유와 육두구를 바구니에 더 넣었다. 계란은 냉장고 안에 있었으니 사지 않고 계산대에서 계산을 마쳤다.

집에 돌아오니 현관에 미야기의 신발이 놓여 있었다. 하지만 공용 공간엔 그녀가 보이지 않아 그녀의 방 앞에서 문 너머로 햄버그스테이크를 만들겠다고 전했다. 「어서와」라는 대답은 바로 돌아왔지만 본인은 나오지 않았다.

냉장고에 양파 외의 다른 재료들을 넣어두고 조리대에 도마와 칼을 놓았다. 그리고 양파를 다져서 볶았다.

그릇에 다진 고기를 넣고 바닥을 얼음물로 식히면서 반죽했다. 소금, 후추, 육두구를 넣고 더 반죽한 뒤 볶은 양파와 우유에 적신 빵가루, 계란을 넣고 더 반죽했다. 하염없이 다진 고기를 반죽하고 있으려니 내가 뭘 만들고 있는지조차 잊을 것만 같았다.

햄버그스테이크는 겉보기엔 다진 고기를 뭉쳐서 구운 단순한 요리처럼 보이지만, 의외로 손이 많이 갔다. 재료를 섞어 반죽한 패티 믹스를 사올 걸 하는 후회가 조금 들었다. 하지만 중간에 그만둘 수도 없었고, 패티를 햄버그스테이크 형태로 다듬은 뒤 TV에서 보는 요리사처럼 두 손 사이로 던지듯 주고받으며 공기를 뺐다.

여기까지 오면 이제는 굽는 것만 남았다. 프라이팬을 따뜻하게 달구고 햄버그스테이크를 올려놓았다. 치이익 하는 소리를 들으면서 프라이팬의 드껑을 덮고 샐러드를 만들었다. 햄버그스테이크가 다 구워졌을 무렵 미야기를 부르자, 그녀가 방에서 나와 말없이 접시와 밥을 챙기기 시작했다.

미야기는 어제 갑자기 귀걸이에 맹세할 정도도 아닌 약속을 내게 하게 만들었다.

저녁은 약속까지 하면서 만들 일은 아니라고 생각했다.

햄버그스테이크를 미야기가 준비한 접시 위에 올려놓고 그녀를 바라보았다. 기쁜 것 같지도 즐거운 것 같지도 않았다. 무슨 생각으로 저녁을 만들어달라고 했는지 모르겠다.

"소스는?"

햄버그스테이크가 올라간 접시를 보면서 미야기가 말했다.

"지금부터 만들 거야."

팬에 케첩과 소스를 넣고 살짝 졸였다. 완성된 소스를 접시 위의 햄버그스테이크에 뿌리고 테이블로 옮겨 의자에 앉았다.

"잘 먹겠습니다."

미야기와 목소리가 겹쳤다.

칼이 없어서 햄버그스테이크를 젓가락으로 잘랐다.

푹신하고 부드럽게 완성된 햄버그스테이크는, 끝부분을 자르자 육즙이 흘러넘쳤다. 생각했던 것 이상으로 잘 구워진 것이 확연히 보였다. 한입 먹어보자 가게에 내고 싶을 정도로 맛있어서 스스로를 칭찬해주고 싶은 기분이었다. 하지만 미야기는 아무 말도 하지 않았다.

"맛있어?"

맞은편에서 묵묵히 햄버그스테이크를 먹고 있는 미야기에게 물었다.

"맛있어. 센다이는 햄버그스테이크 좋아해?"

"그럭저럭?"

좋으냐 싫으냐 하면 좋아하는 편이긴 하지만, 좋아한다는 이유로 만든 것은 아니었기에 애매한 대답이 되었다.

"왜 의문형이야? 좋아하는 거라 만든 거 아니야?"

"음, 아마도. 미야기는 햄버그스테이크 좋아해?"

앞으로 햄버그스테이크를 좋아하는 음식 중 하나라고 말해도 될 것 같다고 생각하며 미야기를 바라보았다.

"그럭저럭."

거짓인지 진실인지 판단할 수 없는 대답을 하며, 미야기가 햄버그스테이크를 입에 넣었다. 나도 젓가락으로 잘라서 햄버그스테이크를 계속 입으로 가져갔다.

대화가 사라지고 조용히 식사가 진행되었다.

오랜 시간을 들여 만든 햄버그스테이크는 만든 시간의 절반도 안 되어 뱃속으로 사라졌다.

"센다이, 이제 뭐할 거야?"

젓가락을 놓고 미야기가 나를 보지 않은 채 물었다.

"다음 알바에 지장 없도록 예습. 아니, 복습인가. 가르치는 애가 중학생인데, 중학교 때 공부는 오래돼서 거의 잊었거든. 한 번 더 공부하지 않으면 불안하니까.”

“성실하구나, 알바인데.”

“알바라도 성실하게 해야지.”

“흐음.”

미야기는 관심 없다는 듯이 말하고는 냉장고에서 보리차를 가져왔다. 내 앞에도 유리잔을 놔줬는데, 유리잔이 테이블에 부딪히며 나는 쾅 소리가 평소보다 커서 미야기의 기분이 별로 좋지 않다는 것을 알 수 있었다.

“고마워.”

감사 인사에 돌아오는 대답은 없었다.

그녀는 말없이 맞은편에 앉았다.

“미야기도 알바하는 게 어때?”

“안 해.”

시큰둥한 목소리가 돌아왔고, 또 다시 대화가 끊겼다.

이야기의 흐름에서 기분이 나빠진 이유는 짐작할 수 있었다.

아르바이트 이야기가 문제였을 것이다.

어제도 아르바이트 이야기를 하고 난 뒤로 미야기의 상태가 이상해졌다.

“……이거 정리하고 나서 센다이 방에 가도 돼?”

갑자기 미야기가 그런 말을 꺼냈다.

앞뒤 맥락이 없었다.

게다가 말 자체도 이상하다.

나는 이제부터 다음 아르바이트를 위해 복습을 해야 한다.

그렇게 말했다.

그러니 방에 와도 곤란하다.

"상관은 없는데."

망설임 없이 움직인 입은 내 생각과 다른 말을 미야기에게 전했다.

"그럼 치울게."

미야기가 접시와 잔을 들고 몸을 일으켰다.

이건 뭔가 이상하다.

하지만 거절할 수 없었다.

공부는 미야기가 방으로 돌아간 뒤에도 할 수 있었다.

전철 안에서도 할 수 있었다.

공용 공간에서 식기를 씻는 소리가 울렸다.

도와줄게, 라는 말 한 마디가 나오지 않았다.

미야기가 내 방에 오는 것은 처음이 아닌데도, 긴장됐다.

달그락거리는 소리가 유난히 크게 들려오더니, 곧 미야기가 내 앞까지 왔다.

"끝났어."

"방에 올 거야?"

"갈 거야."

평소라면 가는 게 싫으면 안 가, 라고 말할 것 같은데,

오늘은 그런 말을 하지 않았다. 함께 방으로 돌아오자 미야기는 당연하다는 듯이 내 옆에 앉았다. 하지만 앉기만 할 뿐 입을 다물고 있었다. 말을 꺼낼 생각이 없는지, 복잡한 표정으로 책상 위에 놓여 있던 사전을 무릎 위에 올려놓고 넘겨보고 있었다.

“뭐야, 대체?”

본인 입으로 방에 가도 되냐고 물었으면서, 와서 한마디도 하지 않는 미야기에게 말을 걸었다.

“뭐냐니?”

미야기가 사전에서 고개를 들었다.

“왜 기분이 안 좋냐고.”

“안 좋은 거 아닌데.”

분명 안 좋다.

목소리도 낮고, 나를 보려고도 하지 않는다.

본인이 이 방에 오겠다고 말한 사람 같지 않을 정도로 저기압이었다. 저녁을 먹고 있을 때부터 표정이 좋지는 않았지만, 지금은 그것과는 비교할 수 없을 정도로 표정이 어두웠다.

“볼일 있는 거 아니었어?”

그렇게 묻자, 더 낮은 목소리가 들려왔다.

“없으면 오면 안 돼?”

“못 오는 건 아니지만, 왔으면 기분 좋게 있어.”

"딱히 기분 안 나빠."

이렇게 된 미야기는 고집이 세진다.

기분이 나빠도 그것을 인정하지 않고, 이야기는 평행선인 채로 결말이 나지 않는다.

이유도 없이 그녀의 기분이 상하는 것은 드문 일이 아니지만, 스스로 내 방에 왔으니 좀 더 부드러운 태도를 보여줬으면 했다.

"기분이 나쁘지 않다면 미소 정도는 보여줘도 되지 않아?"

하나마키처럼 웃어 달라는 것은 아니지만, 웃는다고 벌은 받지는 않는다. 나는 오늘 일방적으로 선고받은 저녁을 만들어달라는 약속을 지켰고, 복습할 예정을 미루고 미야기와 함께 있으니까, 이런 부탁을 할 권리 정도는 있다고 생각한다.

"웃고 있어."

미야기가 단언했지만, 여전히 저기압이라고밖에 볼 수 없는 표정을 하고 있었다.

"안 웃잖아."

"웃어…… 대학에서."

그렇겠지, 라고 생각했다.

여기가 아닌 곳에서 미야기가 웃고 있다는 것은 알고 있었다. 고등학교 때도 학교에서 웃고 있는 미야기를 몇 번이나 본 적이 있었다. 같은 반이었던 2학년 때는 우츠노미야 앞에서 웃고 있었고, 3학년이 되어서는 복도에서 웃고 있는 미야기를 보았다. 언제나 내가 없는 곳에서 미야기는 웃고 있었다. 지금도 그때처럼 우츠노미야 앞에서 웃고 있을까 생각하니 짜증이 났다.

"지금 여기서 웃으라고."

나와 미야기는 대학이 다르다.

여기서 웃어주지 않으면 미야기의 웃는 얼굴을 예전처럼 볼 수 없었다. 이왕 볼 거라면 기분 나쁜 미야기보다는 기분 좋은 미야기 쪽이 좋았고, 가능하다면 웃었으면 좋겠다.

"재미없는데 어떻게 웃어."

"방긋 웃는 것 정도는 쉽잖아. 이렇게, 입꼬리를 올려서."

나는 미야기의 입술 끝에 손가락을 밀어 쭉 들어올렸다.

털썩, 하고 그녀의 무릎 위에서 사전이 떨어졌다.

기분이 더 나빠질 것 같았지만, 어차피 뭘 해도 좋아질 리가 없으니 상관없었다. 나는 밀어붙인 손가락으로 미야기의 얼굴에 미소를 만들었다. 억지로 올린 입꼬리와는 달리 그녀의 미간에는 주름이 잡혔다. 웃는 얼굴이라기보단 조금 우스꽝스러운 얼굴이 되었고, 미야기가 내 손목을 잡았다. 내 손가락이 얼굴에서 떨어지고, 그대로 물렸다.

뼈에 치아의 감촉이 전해질 정도로 강하게.

반사적으로 손가락을 뺐다.

하지만 물린 손가락은 돌아오지 않았다.

오히려 손가락을 빼기 전보다 더 강하게 이빨을 세워 문다.

"미야기, 아파!"

예상치 못한 아픔에 몸이 굳었다. 뼈를 부술 생각인가 싶을 정도로 강한 힘으로 물린 탓에 관자놀이까지 욱신거렸다.

"아프다니까."

인질로 잡힌 손가락을 되찾기 위해 미야기의 어깨를 두드렸지만, 손가락은 풀려나지 않았다. 웃어달라는 작은 소망은 통증으로 계속 치환되고 있었다.

미야기가 가감을 모르는 것은 늘 있는 일이었지만, 오늘은 특히 더 아팠다. 뭐가 그렇게 만든 것인지는 모르겠지만, 무식할 정도로 강하게 물어왔다.

아프고, 뜨겁고, 어지러웠다.

"미야기!"

아픔의 가감을 잊고 강하게 그녀의 어깨를 세게 때렸다. 하지만 손가락은 여전히 물려 있었다. 이번에는 그녀의 귀걸이를 만졌다. 사실은 그대로 귀걸이를 찢어버리고 싶을 정도로 손가락이 아팠지만, 가볍게 잡아당기기만 했다. 부드러운 귓불이 늘어나고, 손가락을 물고 있던 이가 느슨해졌다. 그대로 손가락을 잡아당기자 순순히 이가 떨어졌다.

"사람 손 좀 그만 먹어. 햄버그스테이크로는 부족했어?"

미야기에게 물린 손가락에는 선명한 이빨 자국이 나 있

었다.

디저트 대신 먹으려고 했다면 믿을 수 있을 정도로 아팠고, 지금도 아직 아프다.

"먹을 거면 더 맛있는 걸 먹겠지."

미야기가 평이한 목소리로 실례되는 말을 하며 티슈를 몇 장 뽑아 내 손가락을 거칠게 닦았다.

손가락이 욱신거렸다.

"웃기고 싶으면 웃고 싶어질 만한 일을 센다이가 해."

무릎에서 떨어진 사전을 책상 위로 돌려놓고 미야기가 나를 보았다.

"뭐 해도 안 웃을 것 같으니까 관둘게."

머리까지 울릴 정도로 욱신거리는 손가락을 가리키며 말했다. 미야기가 주는 통증에 익숙해졌다 해도, 미간에 주름이 잡혔다.

"그럼 처음부터 이상한 짓을 하지 않으면 되잖아."

"그러네. 웃고 싶지 않은 인간을 웃기려고 했던 내가 바보였어."

"알았으면 센다이가 대신 웃어."

미야기가 내 입술 끝에 손가락을 가져갔다. 그리고 내가 한 것처럼 입꼬리를 올리려고 했다. 볼을 끌어올리듯이 움직이는 손가락이 거칠어서 나는 그녀의 손을 확 뿌리쳤다.

"저기, 억지로 웃기려고 한 건 미안한데, 이렇게 세게 문

것도 모자라서 똑같이 하는 건 진짜 아닌 것 같거든. 이제 충분하잖아?"

"안 충분해."

미야기의 시선이 내 손가락으로 향했다.

그것은 물린 손가락으로, 불길한 예감에 손을 빼려고 하지만 늦었다. 이빨 자국이 난 손가락이 미야기에게 잡혔다.

"아파, 놔."

꽉 잡힌 손가락을 내 쪽으로 당겼다. 하지만 손가락은 빠지긴커녕 오히려 뽑아낼 듯한 기세로 끌려갔고, 나는 아픔에 져서 미야기 쪽으로 다가갔다.

"뭐 하자는 거야, 대체?"

몸이 기울어진 채로 묻지만, 미야기는 대답하지 않았다.

"하고 싶은 게 있으면 말로 해."

강하게 말하자 미야기가 손을 놔주었다.

그 대신 블라우스의 옷깃을 잡아당겼다. 미야기가 나에게 얼굴을 가까이 들이밀었고, 내뱉는 호흡이 교차하는 거리에서 딱 멈췄다.

말은 없었다.

눈이 마주치고, 이내 피한다.

미야기가 잡고 있던 블라우스의 옷깃을 놓자, 이번에는 내가 그녀의 팔을 잡았다.

"다음은?"

"다음은 없어."

무뚝뚝하게 미야기가 말해 내 손을 뿌리치고, 가까워졌던 거리만큼 다시 떨어져 나갔다.

"없으면 만들어."

"센다이는……."

나오려던 말은 금방 끊겼다.

"하고 싶은 말이 있으면 끝까지 해."

"—센다이는 해주길 바라는 「다음」이 있어?"

"있다면 어쩔 건데?"

"있다면 나한테 부탁해. 그러면 해도 좋아."

계속 욱신거리던 손가락에서 통증이 사라졌다.

미야기의 손을 잡았다.

그녀는 도망치지 않았지만, 나를 보지도 않았다.

지금 미야기가 하려고 했던 일의 다음.

생각만으로도 물렸던 손가락이 화끈거리는 기분이라 작게 숨을 내쉬었다.

"그럼 키스해줘."

나를 보려고 하지 않는 미야기에게 전했다.

"그건 부탁이 아니야."

"키스해주세요. —이거면 됐어?"

"좋아."

그렇게 말한 미야기가 나에게 다가왔다.

하지만 입술이 닿기 직전 미야기가 움직임을 멈췄다. 잡고 있던 손이 떨어지려 했다.

이럴 때의 미야기는 의욕이 없었다. 하는 일은 쓸데없는 일들뿐이고, 그런 것은 기를 쓰고 하면서 정작 중요할 때 겁을 낸다.

"부탁했으면 한다며, 약속했으니까 제대로 해."

나는 미야기가 도망치기 전에 약속을 지키라고 재촉하며 눈을 감았다.

미야기의 기척이 다가왔다.

강하게 손을 맞잡고, 입술이 닿았다.

가볍게, 체온조차 느낄 수 없을 정도로 순식간이었다.

키스를 하고 미야기가 떠났다.

눈을 뜨자 미야기가 경계하듯 내게서 살짝 거리를 벌렸다. 태도가 마음에 들지 않았다. 방금 그런 키스로 약속을 지켰다고 말하게 둘 순 없었다.

"이게 끝이야?"

물어보자 차갑게 「끝이야」이라는 말이 돌아왔다.

"다시 해."

"싫어. 센다이 이상한 생각하는 것 같아."

잡고 있던 손을 뿌리친다. 그러면서도 옆자리에서 없어지지는 않았다. 조금 멀어진 만큼 가까이 다가가도 도망치지 않고 옆에 앉아 있었다.

미야기가 평소와 달리 상태가 이상했다.
평소 같으면 길고양이처럼 털을 곤두세우며 나를 가까이 두려 하지 않았을 것이다.
"……우츠노미야는 잘 지내?"
이대로 가만히 있으면 방으로 간다면서 나가 버릴 것 같은 기분이 들어 급히 입을 열었다. 하지만 오늘의 미야기와 어떤 이야기를 하면 좋을지 알 수 없어, 몇 안 되는 공통점에서 가까스로 화제를 찾아냈다.
"잘 지내."
"여기로 데려오지 그래?"
"왜 여기에 마이카를 데려와?"
"친구잖아. 부르면 어때."
"안 불러."
예상했던 답이 돌아오자 어떻게든 찾아냈던 대화가 뚝 끊겼다.
뭐, 정말 불러도 곤란하지만.
다만 대학에서의 미야기가 어떤 느낌인지 물어보고 싶다는 생각이 들었다. 분명 그녀는 내가 모르는 미야기를 많이 알고 있을 것이다. 나 역시 우츠노미야가 모르는 미야기를 알고는 있지만, 어디서부터 어디까지가 우츠노미야가 모르는 미야기인지는 확실히 알 수 없었다.
"미야기."

대화의 실마리를 찾으면서 옆을 바라보았다.

"우츠노미야랑 키스해본 적 있어?"

미야기가 의아한 표정을 지었다.

하지만 알고 싶다는 생각이 들었다.

우츠노미야가 미야기 입술의 부드러움을 알고 있는지 궁금했다.

"센다이는 친구와 키스해?"

"안 해."

"나도 안 해."

친구와는 키스하지 않는 미야기가 지금 나와는 키스를 한다. 그것은 내가 룸메이트일지라도 친구는 아니기 때문이었다. 친구였던 적은 한 번도 없지만, 그래서 다행이라고 생각했다.

미야기의 뺨에 닿았다.

얼굴을 가까이 해도 싫어하지 않았다.

눈은 감아주지 않기에, 내가 먼저 감고 키스를 했다.

반복해서 몇 번이고, 입술의 부드러움조차 제대로 느끼지 못했던 조금 전 키스까지 포함해서 키스했다.

닫힌 입술을 열고, 혀를 넣어서 깊게.

미야기에게 키스를 했다.

비슷한 체온이 섞이고, 혀끝이 마주쳐도 그녀가 가만히 있으니 싫어하는 건 아닌 것 같았다. 사람의 몸, 친구라면 닿지 않을 부위에 닿을수록 미야기에 대해 더 알고 싶어졌다. 손가락을 물렸을 때도 혀는 닿았고 체온을 느꼈다. 그때는 아프기만 했고 전혀 기분 좋지 않았다. 하지만 지금은 너무나 기분이 좋아서 이대로 계속 키스하고 싶었다.

체중을 미야기에게 실었다.

그대로 밀어 넘어뜨리려 하자 어깨를 힘껏 밀리며 다시 거리가 멀어졌다.

"센다이."

기분이 좋지는 않지만 기분 좋은 것도 아닌 목소리로 이름을 부른다.

"왜?"

"……아르바이트 그만둬."

키스 직후에 나왔다고는 생각되지 않는 말과 함께 물린 손가락을 꽉 움켜잡는다. 통증으로 인해 올라가던 체온이 내려갔다.

"왜?"

미야기로부터 아르바이트를 그만두라는 말을 들을 이유는 없었다.

일하는 것은 나였고, 미야기에게는 폐를 끼치지 않았다. 물론 앞으로도 끼칠 예정은 없었다.

나는 미야기를 빤히 바라보았다.

하지만 그녀는 복잡한 표정을 지은 채 입을 다물고 있었다.

"지금 그만두면 폐를 끼치게 되고, 알바 자리도 꽤 마음에 들어서 그럴 순 없어."

편의점이나 음식점에서 아르바이트를 하는 것보다는 과외가 더 잘 맞았다. 무엇보다 시급이 좋았다. 짧은 시간에 아르바이트를 끝내면 집에 있을 수 있는 시간이 더 길어진다.

"그런 건 알아."

미야기가 잡고 있던 내 손가락을 놓았다.

"그럼 왜 그만두라고 했어?"

"그냥 나왔어."

중얼거리듯 말하며 미야기가 내 손을 잡았다.

역시 이상했다.

평소와 다르다.

아르바이트를 그만두라고 한 이유가 궁금했지만, 물어보면 반드시 미야기는 방으로 돌아가 버리겠지. 잡힌 손이 기분 좋아서 놓고 싶지 않았다. 그래서 나는 아무 말도 하지 않고 손을 다시 마주잡았다.

제8화
센다이가 반드시 없는 날

센다이에게는 미안한 짓을 했다고 생각한다.

반성도 하고 있었다.

하지만 손가락을 물은 지 일주일 가까이 지났는데 반창고를 하고 있는 것은 좀 이상하다는 생각이 들었다.

"그거 언제까지 붙이고 있을 거야?"

나는 센다이의 손가락에 시선을 주고 난 뒤 그녀가 준비한 토스트를 베어 먹었다. 버터와 잼을 발라 만든 그것은 달콤함과 짭짤함의 밸런스가 좋아서 아침 식사의 단골 메뉴가 되어가고 있었다.

"반창고 말이야?"

"응."

고등학생 때 닭튀김을 만들겠다고 말한 센다이에게 양배추 채썰기를 부탁받았다가 손가락을 벴다. 그때 그녀는 피가 흘러나오는 내 손가락에 조금도 귀엽지 않고 기능성만을 우선시한 투박한 반창고를 붙여주었다. 내가 문 그녀의 손가락에도 그것과 똑같은 것이 계속 감겨 있었다.

"으음."

작게 신음한 센다이가 오렌지 주스를 마셨다.

그녀가 햄버그스테이크를 만들어 주었던 날 밤, 내가 힘 조절을 하지 않고 물어버린 손가락에는 이빨 자국이 났다. 흔적이 남아도 이상하지 않다고 생각했지만, 이렇게 오랫동안 사라지지 않는 건 이상했다.

"자국은 이미 사라졌잖아?"

"글쎄."

평소와 다름없는 목소리로 말하면서도, 센다이는 나를 보지 않았다. 오늘은 가끔 있는 눈을 마주치지 않는 날이었는데, 그것이 또 나를 거슬리게 했다. 그리고 이런 사소한 일에 짜증을 내는 스스로가 한심스러웠다.

"그 반창고 좀 떼."

사실은 그녀의 손을 잡고 손가락에 감긴 반창고를 직접 떼고 싶지만, 토스트를 베어 먹으며 꾹 참았다.

그녀가 진심으로 화를 내지 않는다고 해서 뭐든 해도 되는 것은 아니다. 해도 되는 것과 안 되는 것 정도는 알고 있다. 남의 손을 잡고 강제로 뭔가를 해서는 안 된다.

"아까 막 붙인 거라 아까워."

"그거 일부러 붙이는 거야?"

"일부러? 왜 그렇게 생각해?"

센다이가 의아한 목소리로 물었다.

"깨물어서 화난 거잖아?"

목소리가 굳어져 나와, 얼버무리듯 스크램블 에그를 입에 넣었다.

센다이와의 일만은 잘 풀리지 않았다.

좀 더 평범하게 하고 싶지만, 할 수 없었다.

대학을 졸업할 때까지 함께 살 테니 마이카와 있을 때처럼 평온한 마음으로 있고 싶었다. 하지만 잘 되지 않았다. 안 된다는 걸 알고 있음에도 센다이에게는 심한 짓을 하게 되고, 함께 있으면 감정을 제어할 수 없는 경우가 많았다. 지금까지 어떤 사람과 있어도 물거나 발로 찬 적은 없었는데, 그녀에게만은 자꾸 그런 짓이 나와버린다.

"저런 일은 늘 있는 일이고, 이제 와서 화를 낼 이유가 뭐 있어."

"거짓말."

힘껏 물긴 했지만, 그런 일로 센다이가 화내지 않는다는 것쯤은 알고 있었다. 하지만 손가락에 감긴 반창고를 볼 때마다 자신이 한 일이 떠올라 가슴이 욱신거려, 하지 않아도 될 말이 입에서 나와버렸다

그렇게 세게 물지 말걸.

아르바이트를 그만두라고 말하지 말걸.

그런 생각만 계속 들었다.

아르바이트를 그만두라고 해도 그만두지 않을 거라는 것은 예상했고, 실제로도 그만두지 않았다. 센다이는 과외를

계속하고 있었고, 가끔씩 학생의 이야기를 나에게 했다.

"미야기. 아침부터 저기압으로 굴지 좀 마."

센다이가 무심한 어조로 말하며 토스트를 베어 물었다.

어떤 기준이 정해져 있는지는 모르겠지만, 그녀는 내 말에 따라줄 때와 그렇지 않을 때가 있었다.

귀걸이는 안 되고 알바도 안 된다.

뚫어달라고 해도, 그만두라고 해도 들어주지 않았다. 애초에 센다이는 내 말에 의해 바뀌지 않는다.

"기분은 안 나빠."

말에 감정은 담기지 않았다.

담담하게 전했다.

"기분「은」 안 나쁘다면 뭐가 나쁜데?"

나는 어디도 나쁘지 않았다.

나쁜 것은 센다이의 아르바이트다.

아르바이트가 과외 일이 아니었으면 좋겠다.

다른 아르바이트였다면 허락할 수 있었다.

"그냥 말이 그렇게 나온 것뿐이잖아. 말꼬리 잡지 마."

오렌지 주스를 반쯤 마시고 하지 않은 말을 물에 흘려보낸 뒤 유리잔을 테이블 위에 올려놓았다.

"참, 미야기. 알고 있겠지만 오늘 알바 있어서 늦어. 밥은 먼저 먹어."

"알았어."

바꿀 수 없는 예정이 날 심란하게 만들었다.

과외는 센다이의 달력을 채우고 나를 밀어냈다.

지난 여름, 과외는 나를 위한 단어였다.

고등학교 3학년의 길고 긴 방학, 나는 공부를 알려주겠다고 나선 센다이와 둘이서 보냈다. 과외 아르바이트로 그 여름 방학과 같은 일이 일어날 리 없다는 것은 알고 있지만, 과거엔 나만을 위한 것이었던 과외라는 말을 들을 때마다 센다이에게 묻고 싶은 것이 몇 개나 튀어나왔다.

나와 공부했을 때처럼 학생 옆에 앉아 있을까.

손을 잡기도 할까.

—친구에게는 키스하지 않는다고 했는데, 학생에게는 키스를 하는 것일까.

룸메이트가 되고 나서 궁금한 것이 몇 가지 생겼고, 마음속으로 정리되지 않는 것이 몇 가지 있었다. 그중 하나인 대학이 다르다는 사실은 어쩔 수 없는 일이라 생각하고 넘겨버릴 수 있었다. 과거나 현재의 자신과 연결해 어떤 식으로 대학에서 지내고 있을지 상상으로 채워 넣을 수 있었다. 내가 알지 못하는 센다이를 계속 받아들이지 못했지만, 지금은 그렇게 생각하고 있었다.

하지만 과외 알바는 별개다.

내 과거와 강하게 연결되어 있어서, 쉽게 떠오르는 상상을 받아들이기 어려웠다. 여름 방학이나 방과 후에 둘이서 보낸 시간을 회상하고, 학생과 나를 바꿔 생각하며, 말도 안 되는 상상이 들 때마다 열이 받았다.

아르바이트는 여러 다양한 일상 중 하나로 내가 신경 쓸 일이 아니다. 신경이 쓰인다 해도 아르바이트를 시작해 버린 이상 받아들일 수 있을 거라 생각했지만, 아니었다.

과외를 하고 있는 센다이를 상상하면, 의식이 과거로 향했다.

과외라며 나에게 공부를 가르쳐 주던 그녀와 지금 아르바이트로 과외를 하고 있는 센다이는 다르다. 같을 리가 없었다. 그런 것은 알고 있는데, 어떻게 다른지 알고 싶으면서도 알고 싶지 않았다.

이런 것은 이상하다.

센다이에게 물어 봐도 무난한 대답 밖에 돌아오지 않았다. 그것이 당연하고, 무난하지 않은 대답은 필요 없었다.

그때와 지금을 비교하는 것이 얼마나 이상한 일인지는 이해하고 있었다.

알고 있다.

하지만 신경이 쓰여서 마음이 계속 술렁거렸다.

이런 기분은 센다이가 만든 햄버그스테이크를 먹었을 때처럼 삼켜서 소화해 버리고 싶었다. 그렇게 생각하는데도, 계속 내 안에 남아 있어서 속이 좋지 않았다.

“미야기. 나 슬슬 갈게.”

접시를 비운 센다이가 잔에 남은 오렌지 주스를 다 마셨다.

“잠깐만. 반창고 떼고 가.”

“아직도 신경 쓰는 거야?”

사실은 이제 반창고 같은 것은 아무래도 상관없었다.

왠지 모르게 센다이를 붙잡고 싶을 뿐이다. 하지만 붙잡을 이유가 떠오르지 않았다.

“손가락, 어떻게 됐는지 보여줘.”

“봐봤자 그냥 손가락이야.”

센다이가 귀찮다는 투로 말하며 한숨을 내쉬었다.

그리고 반창고를 떼어냈다.

약간 불어난 손가락은 희고 깨끗해서 상처 하나 보이지 않았다.

반창고를 할 필요가 어디에도 없는 손가락이었다.

“자국 없잖아.”

“반창고를 하는 사이에 사라졌나보지.”

센다이가 적당한 말을 하며 손가락을 문질렀다. 그리고 마주치지 않았던 눈으로 나를 바라보며 피식 웃었다.

요즘 그녀는 자주 나를 보며 미소를 지었다.

하지만 그런 센다이는 진짜 센다이가 아니다. 여름 방학에 「친구놀이」라 칭하고 함께 영화를 보러 갔을 때의 미소 지은 센다이와 겹쳐보였다. 그래서인지 웃고 있는 그녀를 보고 있으면 불안한 마음이 들었다.

나는 귀걸이를 만졌다.

가능하다면 아르바이트를 그만두겠다는 약속을 받아내 귀걸이에 묶고 싶었다. 하지만 귀걸이는 그저 액세서리일 뿐 호박을 마차로 바꾸는 힘이나 소원을 들어주는 요정이 나오는 램프 같은 힘은 없었다. 일상의 작은 약속과 센다이를 맺어주는 마음의 위안 같은 것이었다. 거기에 약속을 한다 한들 절대이지는 않았다.

"미야기, 뒷정리 부탁해도 돼?"

"응."

"고마워. 오늘 대학에 빨리 가야 해서."

센다이가 일어나 방으로 돌아갔다.

나는 토스트를 베어 먹었다.

달고 짭짤하고 맛이 없었다.

오늘 돌아오면 또 맛없는 저녁을 혼자 먹어야 한다. 그런 생각을 하니 위 주변이 쓰라려서 오늘 하루가 잘 풀리지 않을 것 같은 기분이 들었다.

길었던 대학 강의가 모두 끝나고 집으로 돌아온 뒤로 나는 고민하고 있었다.

컵라면을 먹을까, 레토르트 햄버그스테이크를 먹을까.

직접 만든다는 선택지도 있었다.

몇 가지 선택지 중에서 오늘 저녁을 정하고, 레토르트

햄버그스테이크를 꺼내 데웠다. 지금 집에 있는 것은 나 혼자고 먹는 것도 나 혼자다. 일부러 만드는 것도 귀찮았다. 아침에 센다이는 아르바이트가 있어서 늦는다는 말을 남기고 집을 나갔지만, 굳이 말하지 않아도 혼자 저녁을 먹는 날이라는 것은 알고 있었다.

햄버그스테이크가 다 데워지고, 접시에 담아 밥을 준비했다. 샐러드 같은 걸 사올걸 그랬나 하는 생각이 잠시 들었지만, 혼자 먹는 저녁에 반찬 하나 늘어난다고 즐거운 시간이 되지는 않았다. 누군가와 먹는 저녁은 어떤 것이든 맛있게 느껴지지만, 혼자 먹는 저녁은 어떤 것이든 그저 그런 맛밖에 없었다. 허기진 배를 채우기 위한 것에 지나지 않는다.

젓가락을 움직여 햄버그스테이크와 밥을 위장에 집어넣었다. 센다이와 있어도 재미있는 대화가 오가지는 않지만, 혼자라면 대화는커녕 한마디도 말할 일이 없기 때문에 접시는 금세 빈다. 설거지를 하고 나자 공용 공간에 있을 필요가 없어져서 나는 방으로 돌아왔다.

책장에서 검은 고양이를 꺼내 침대에 내던졌다.

그리고 검은 고양이를 따라 침대에 뛰어들었다.

오늘은 즐거운 날은 아니었지만 그렇게 나쁘지도 않았다. 하지만 기분은 별로였다. 목욕하는 것도 귀찮고 옷 갈아입는 것도 귀찮았다. 해야 할 과제를 보는 것도 귀찮아서 검은 고양이를 끌어당겼다.

"야옹."

인형 대신 울면서 머리를 쓰다듬었다.

크리스마스 선물로 온 검은 고양이는 곁에 놔두기만 해도 마음이 진정되고, 머리를 쓰다듬으면 마음의 위안을 받을 정도의 존재가 되어 있었다. 가만히 보고 있으면 울음소리를 듣고 싶어지고, 야옹 하고 울어주면 기분이 나아질 것 같았다.

가슴 위에 검은 고양이를 두고 눈을 감았다.

졸리지 않았는데, 시야를 차단해버리자 머리에 안개가 낀 것처럼 의식이 멀어졌다.

잠시.

30분 정도.

스마트폰 알람을 설정하는 것도 귀찮아서, 눈꺼풀 너머로 방의 불빛을 느끼면서 수마에 몸을 맡겼다. 색색거리는 자신의 숨소리가 들리고, 툭 하고 검은 고양이가 떨어졌다. 어둡지만 빛이 느껴지는 어둠 속에서, 의식은 얕지도 깊지도 않은 곳을 헤맸다. 꿈을 꾸는 듯 몽롱한 상태로 잠들어 있는데 멀리서 작은 소리가 들려왔다.

똑똑똑.

그것이 조심스럽게 문을 두드리는 소리라는 것을 알고 몸을 일으켰다.

"뭐야?"

잠긴 목소리를 억지로 꺼내 문 밖을 향해 물었다.

"케이크 사왔는데 같이 먹을래?"

센다이의 밝은 목소리가 들려왔다.

"케이크?"

"응, 케이크. 문 좀 열어줘."

그런 권유에 방에서 나갔다.

문을 쾅 닫자 센다이가 내 팔을 잡았다.

"쇼트케이크랑 딸기 타르트, 그리고 레어랑 베이크드 치즈 케이크 사왔어. 먹고 싶은 거 골라."

"너무 많지 않아?"

"두 개 정도는 먹을 수 있잖아. 홍차 끓일 테니까 앉아."

먹겠다고 한 적도 없는데 센다이가 내 팔을 잡아당겨서 어쩔 수 없이 테이블 앞까지 끌려갔다.

센다이가 의자를 당기며 빙긋 웃었다. 테이블 위에 시선을 주자 하얀 상자가 올라가 있었다. 편의점이 아닌 제대로 된 가게에서 사온 케이크였다.

케이크는 싫지 않고, 배에도 여유가 있었다.

두 개를 먹을 수 있을지는 모르겠지만, 한 개는 확실하게 먹을 수 있었다.

나는 얌전히 의자에 앉아 센다이를 보았다.

"……무슨 좋은 일이라도 있었어?"

"좋은 일이 없어도 케이크는 살 수 있지. 맛있는 걸 먹으면 기분도 좋고. 미야기는 케이크 싫어해?"

"좋아하지만."

그럼 됐네. 물은 이미 끓였으니까 조금 기다려."

그렇게 말한 센다이가 홍차 잎을 넣은 찻주전자와 머그잔을 가져와 둘이 함께 샀던 전기포트로 찻주전자에 뜨거운 물을 부었다. 그리고 스마트폰을 사용해 제대로 시간을 재고 난 뒤 머그잔에 홍차를 따랐다.

"좋아하는 거 골라."

하얀 상자를 열면서 센다이가 말했다.

안을 들여다보니 아까 그녀에게 들은 케이크들이 빼곡하게 놓여 있었다. 다 먹을 수 있을지 어떨지는 몰라도, 네 개의 케이크는 전부 다 좋아하는 종류였다. 거기서 두 가지를 고른다면 고를 수 있었지만, 내가 먼저 선택하는 것은 실례인 것 같았다.

"사온 사람이 먼저 골라."

센다이에게 선택권을 건네자, 접시를 가져온 그녀가 쇼트케이크와 레어 치즈 케이크를 담아 내 앞에 놔주었다. 그것은 모두 내가 먹고 싶다고 생각한 것이었다. 아마 센다이는 내 시선을 보고 그 두 가지를 고른 것 같았다.

"센다이는 어떤 게 좋아?"

"딸기 타르트랑 베이크드 치즈 케이크."

그녀는 남은 두 케이크의 이름을 말하며 접시에 올렸다.

"사실은?"

"내가 좋아하는 걸로 사온 거니까 4개 다 좋아해."

내가 귀찮은 말을 할 것 같았는지, 적당히 둘러댄 센다이가 베이크드 치즈 케이크에 붙어 있는 필름을 떼어냈다. 그리고 「잘 먹겠습니다」라고 말하고 포크로 이등변 삼각형의 꼭짓점을 무너뜨리고 케이크를 입에 넣었다.

그것은 접시에 담아준 케이크를 잠자코 먹으라는 뜻이었고, 나도 「잘 먹겠습니다」라고 말한 뒤 쇼트케이크 필름을 벗겼다. 딸기는 마지막에 먹고 싶었기에 먼저 접시 위에 놔두고 이등변 삼각형의 꼭짓점을 베어내 한입 먹었다. 과하게 달지 않은 생크림이 혀 위에서 녹아내리면서 폭신한 스펀지와 섞여 위장으로 내려갔다.

"맛있어?"

세 입째 베이크드 치즈 케이크를 먹은 센다이가 나를 바라보았다.

"응. ……고마워."

감사의 말을 전하고 생크림이 가득 올라간 케이크를 무너뜨렸다. 포크에 꽂은 큰 덩어리를 입 안에 넣었다. 저녁을 먹은 직후라고는 믿기 어려울 만큼 생크림이 식도를 타고 술술 내려갔다.

맞은편에서는 센다이가 베이크드 치즈 케이크를 묵묵히

입에 넣고 있었다. 아르바이트 이야기는 하지 않았다. 예상치 못한 질문을 받았다거나, 요즘 중학생들이 생각하는 내용이라든가. 그런 관심 없는 이야기를 꺼내지 않았다.

아르바이트 이야기는 하든 하지 않든 마음에 들지 않았다.

케이크는 맛있지만, 위장 깊은 곳에는 소화시키지 못한 것이 계속 쌓여 있었다.

"센다이, 이리 와."

그녀를 불러 대각선 앞을 가리켰다. 센다이가 의아한 얼굴을 하면서도 일어났고, 나는 「의자째로 와」라고 덧붙였다. 그녀는 덜컹거리며 의자와 함께 내 대각선 앞으로 다가와 조용히 앉았다.

"입 벌려."

그렇게 말하고 나서 손가락으로 생크림을 퍼 올렸다. 매끄러운 크림이 손가락을 감싸고, 서늘한 감각이 전해졌다.

센다이의 미간에 얇게 주름이 졌다.

지금부터 하는 일이 별로 좋은 일이 아님을 짐작했을 것이다.

그래도 다시 한번 벌리라고 하자, 그녀는 망설임 없이 입을 열었다.

팔을 뻗어 입가에 손가락을 가져갔다.

벌어진 입에 손끝을 넣자 입술이 닫히며 첫 관절에 이가 닿았다. 미지근한 혀가 손가락에 눌리며 생크림이 녹아갔다.

센다이는 말하면 대부분의 일을 해준다.

지금도 명령이 아닌데 입을 벌리고 내 손가락을 핥고 있었다.

내 말에 따라주는 그녀를 보고 있으면 안심이 된다. 명령을 하던 때와는 다르지만, 변하지 않은 것도 있다는 생각이 들었다.

손가락을 살짝 밀어 넣었다.

저항하듯 손가락에 이를 세운다.

그래도 안쪽으로 더 깊이 밀어 넣자 손가락에 혀가 감겼다. 생크림보다 더 따뜻하고 단단한 혀가 손가락을 타고 다니는 감촉은 기분 좋으면서도 불쾌했다. 나는 손가락을 강제로 빼서 커버가 없는 티슈 상자에서 티슈를 빼서 닦았다.

"왜 핥았어?"

그렇게 묻자 내 말에 따르는 것이 당연하다는 투로 「미야기가 핥으라고 했으니까」라고 말한다.

"입을 벌리라고만 했어."

"그건 핥으라는 거잖아?"

틀린 말은 아니지만, 말하지도 않은 일을 당연하다는 듯이 하면 어떤 말이든 다 따라줄 것만 같다는 생각이 들었다.

—지금 알바를 그만두라고 하면.

생각이 무심코 입 밖으로 튀어나올 것 같아 쇼트케이크를 포크로 쿡 찔렀다. 작은 한 입 크기가 완성되었고, 그것을 입으로 가져갔다. 너무 달지도 않고 가볍고 폭신한데도, 위 속의 케이크가 무겁게 느껴졌다. 생크림도 스펀지도 납이나 쇠로 변해버린 기분이었다.

"센다이. 아까 좋은 일이 없어도 케이크를 산다고 했는데, 사실은 사온 이유가 있는 거지?"

나는 무거워진 위를 속이듯이 물었다.

"맛있는 걸 먹고 싶어서."

"정말로?"

"……미야기의 기분을 풀어주려고."

센다이가 한숨 섞인 대답으로 말을 이었다.

"지금도 별로인 것 같은데, 어떻게 하면 기분 풀어줄 거야?"

"기분 안 나빠."

"안 좋잖아. 웃으라고 하지는 않겠지만 좀 더 밝게 있어줘."

센다이는 내가 언짢을 때도 웃지 않을 때도 함께 있어주고, 이렇게 신경도 써 준다. 그래서 가끔이라면 조금 밝게 있어도 좋겠다는 생각이 들었지만, 어떻게 하면 그녀 앞에서 밝게 있을 수 있는지 모르겠다.

센다이는 상냥하다.

하지만 나는 센다이에게 상냥하게 할 수 없었고, 실험하는 듯한 행동만 하고 있었다.

"핥아줘. 그러면 기분이 좋아질지도 모르지."

생크림이 묻지 않은 손가락을 센다이를 향해 뻗자, 손을 잡고 천천히 잡아당긴다. 내 말대로 혀끝이 검지에 달라붙고, 핥아온다. 그녀의 손보다 더 뜨거운 것이 손가락을 기어서, 핥을 만한 것이 없는데도 생크림을 핥듯이 움직였다. 손가락 뿌리가 젖어들고, 손등에 입술이 짓눌렸다.

입술은 금방 떨어졌다가 다시 눌렸다. 혀끝이 달라붙고, 손목까지 핥아 올린다. 센다이의 체온이 있는 장소에 신경이 모여들어 피부의 감각이 예민해졌다. 피부 위로 혀가 움직일 때마다 소름이 돋아 어깨가 저절로 움찔했다

심장이 쪼그라들어서 반 토막이 된 것처럼 괴로웠다.

센다이의 혀가 손목에서 혈관을 더듬어 팔로 나아갔다.

다시 입술이 눌리고, 팔을 당기자 아무런 저항 없이 손이 내게 돌아왔다.

그녀의 체온이 사라진 팔이 허전했다.

케이크를 먹는 것보다 센다이를 더 만지고 싶었다.

"눈 감아."

센다이에게 말하자, 뜨여 있던 눈이 말없이 감겼다.

일어나 볼을 만졌다.

손을 미끄러뜨려서, 손가락 끝으로 입술을 머만졌다. 가운데까지 쓰다듬자 손가락을 핥아온다. 입술에서 손가락을 떼자 센다이가 내 옷을 움켜잡았다. 그대로 끌려가듯 나는 그녀의 입술에 내 입술을 맞췄다.

살짝 닿았을 뿐이라 생크림 맛은 나지 않았다.

오직 부드러움만을 느끼고 입술을 뗐다.

센다이가 눈을 뜨고, 시선이 교차했다.

뭔가 말하고 싶은 얼굴을 한 그녀가 뭔가 말하기 전에 입을 열었다.

"센다이, 밥 먹으러 가자는 약속 안 지켰지."

골든위크 중에 그녀가 귀걸이에 맹세한 약속을 꺼냈다.

"연휴 끝나고 나서 정신이 없어서."

나는 핑계를 대는 그녀를 보면서 의자에 앉았다.

"센다이가 권유한 거잖아."

"그 약속, 이번 주 일요일도 괜찮아?"

"좋아."

짧게 대답하고 티슈로 손가락을 닦자, 센다이는 아무 일도 없었다는 듯 홍차를 마셨다.

제9화
미야기의 모든 것을 알고 싶다

최근 미야기는 내 근처에 있었다.

오늘도 그렇다.

뭐, 여전히 기분은 저기압이지만.

"센다이, 꼭 이 중에서 골라야 해?"

미야기가 미간을 찌푸리며 조금 낮은 목소리로 물었다.

"다른 걸 꺼낼 수도 있지만, 스커트 말고는 안 꺼낼 거야."

함께 밥을 먹으러 가기로 약속한 일요일. 내 침대 위에는 저건 길이가 짧다, 이건 길다, 그건 색깔이 마음에 들지 않는다며 불평만 늘어놓는 미야기에 의해 걸러져서 살아남은 세 장의 스커트가 놓여 있었다.

설마 내 옷을 입겠다고 할 줄은 몰랐다.

먹으러 가는 것은 저녁이고, 그 전까지 시간을 때우려면 한 명보다는 둘이 낫겠다는 생각에 미야기에게 말을 걸었더니 「뭐 하려고?」라는 질문이 날아왔다. 그래서 화장을 하거나 옷을 입어달라고 부탁했다. 어느 한쪽을 무리하게 강요할 생각도 없었고, 싫다고 하면 포기할 생각이었다. 하지만 미야기가 옷을 입는 것을 택하더니, 또 혼자 멋대로 기분이 상해버렸다.

“가운데 걸로 하지 그래?”

눈앞의 스커트가 가엾게 느껴질 정도로 험악한 얼굴을 하고 있는 미야기에게 그렇게 물으며, 중간 기장의 플레어 스커트를 가리켰다.

“싫어.”

“그럼 아무것도 안 입고 갈래?”

“그건 그냥 변태잖아.”

“그게 싫으면 아무거나 골라. 아니면 또 다른 스커트를 꺼내도 되고.”

스커트를 고집하는 것은 아니지만, 스커트를 입은 미야기를 한동안 보지 못해 오랜만에 보고 싶었다. 그래서 조금이라도 마음이 내키면 입었으면 좋겠다고 생각했다.

“……가운데 걸로 할래. 갈아입을 테니까 나가.”

미야기가 중얼거리듯 말하고는 쫓아내듯 내 몸을 밀었다. 눈앞에서 갈아입으라는 쓸데없는 소리를 했다가는 같이 밥 먹으러 가는 약속 자체가 무산될 것 같아 나는 얌전히 내 방을 나섰다.

요즘 그녀는 지나치게 솔직하다.

다른 사람이라면 이 정도로 솔직하다고 말하지 않는다. 하지만 상대는 미야기다. 지금까지의 일을 생각하면 무서울 정도로 솔직하게 느껴졌다. 5월 같지 않은 기온이 계속 되고 있으니, 어쩌면 더위로 머리가 이상해진 걸지도 모른다.

나는 문에 등을 기댔다.

미야기가 고른 것보다 길이가 긴 스커트가 흔들렸다.

이제 곧 6월이고, 7월은 순식간에 올 것이다. 그럼 그녀는 더위로 더 이상해질지도 모른다. 아니, 이상해져도 상관없지 않을까. 반항적인 미야기도 나쁘지 않지만, 솔직한 그녀도 즐기고 싶었다.

"이제 됐어."

미야기가 들으면 걷어차여도 이상하지 않을 생각을 하고 있는데, 그녀의 목소리가 들려왔다. 나는 문을 열고 방으로 들어갔다.

살랑거리는 플레어 스커트와 언짢은 얼굴.

침대 앞에 옷을 갈아입기 전보다 기분이 더 안 좋아 보이는 미야기가 있었다.

남의 옷을 입고, 비 오는 날 지나가는 차에 흙탕물이 튀었을 때보다 더 불쾌한 표정을 지을 수 있다는 사실에 놀랐지만, 미야기는 아까 고른 가운데 스커트를 입고 있었다.

"잘 어울려. 귀여워."

생각한 것을 솔직히 전하자 평이한 목소리가 돌아왔다.

"그런 말 안 해도 돼."

"보통 감상 정도는 말하잖아. 므처럼인데 윗옷도 갈아입을래?"

그녀가 입고 있는 얇은 스웨트셔츠는 스커트와 잘 어울렸지만, 좀 더 갈아입히는 시간을 즐기고 싶었다.

"이대로도 괜찮아. 그보다 그만 가자."

붙임성 없는 목소리로 미야기가 말했다.

"그럼 어디로 갈까?"

위부터 아래까지 좋아하는 옷을 입히고, 화장도 하고, 미야기를 장난감처럼 꾸미면서 놀고 싶었지만, 오늘의 목적은 식사였다. 이 이상 기분 상할 짓을 하면 일만 더 복잡해질 것이다.

"가까운 패밀리 레스토랑도 괜찮아. 너무 먼 곳은 가기 싫어."

스커트가 신경 쓰이는지 미야기는 다리만 보고 있었다.

"알았어. 패밀리 레스토랑으로 하자."

미야기와 함께 방을 나와 현관으로 향했다.

신발을 신고 문을 열었더니 옷을 잡아당긴다.

"뭐 신으면 돼?"

미야기가 복잡한 얼굴로 나를 바라보았다.

"운동화 신어."

"알았어."

미야기가 신발장에서 운동화를 꺼내 신었다. 그녀의 전신을 보고 귀엽다, 라며 또 한 번 감상을 전하자 현관에서 밀려났다.

우리는 계단을 내려가 패밀리 레스토랑으로 향했다.

둘이서 스커트를 입고 걷다 보니 고등학교 때가 생각났다. 교복을 입고 함께 걷는 일은 거의 없었지만, 스커트를 입은 미야기가 옆에 있으니, 그 방과 후의 시절이 가까워진 것 같아 조금 그리웠다.

하지만 미야기도 같은 생각을 하고 있을 것 같지는 않았다.

그녀는 말없이 패밀리 레스토랑으로 이어지는 길을 걷고 있었다.

차가 달리는 소리, 아이들 소리.

저녁 무렵의 거리는 여러 소리로 가득해 우리 사이에 대화가 없어도 크게 어색하지 않았다. 5월치고는 기온이 높았고, 바람도 없어서 나에게는 덥게 느껴졌지만 미야기는 아무렇지도 않아 보였다. 앞으로, 더 앞으로 나아갔다. 좀 천천히 걸어도 될 텐데 걷는 속도가 빠르다.

미야기의 손을 잡고 걷는 속도를 줄이고 싶었다.

손을 뻗으려다 관뒀다.

그녀의 속도에 맞춰 걸었다.

모처럼 즐거운 기분을 느끼고 있는데, 손을 잡았다가 뿌리쳐서 기분이 상하고 싶지는 않았다. 눈 깜짝할 사이에 패밀리 레스토랑에 도착하더라도, 식사가 빨리 끝나더라도 시간은 많이 남아 있었다.

미야기가 나와 함께 시간을 보내 줄지는 모르겠지만.

"밥 먹고 나서 뭐 할 거야?"

앞서 걷는 미야기에게 물었다.

"먹고 나서 생각할래."

미야기가 썩 마음에 들지 않는 대답을 했고, 우리는 곧 패밀리 레스토랑에 들어갔다.

메뉴판을 보고 주문을 했다.

최근에 한 일이나 있었던 일에 대한 이야기를 조금 나눴다.

미야기는 대부분 듣는 쪽이었지만, 내가 물으면 산 책의 이야기나 대학 이야기를 해주었다. 대화가 활기를 띠지는 못했지만, 고등학교 때부터 활기를 띤 적은 없었으니 신경 쓰이지 않았다. 하지만 대화를 하지 않으면 식사는 금방 끝나고, 집을 나간 지 두 시간도 되지 않아 집에 돌아왔다.

"그래서, 이 다음에 뭘 할지 정했어?"

현관에서 신발을 벗고 미야기에게 물었다.

"방에 가도 돼? 스커트도 돌려주고 싶고."

"좋아."

요즘 미야기는 역시 이상하다. 기분이 안 좋아 보이는 날도 이런저런 이유를 들어 너 근처에 있었다. 오늘도 이제부터 내 방에 올 것이고, 옆에 앉아 있을 것이다.

미야기가 무슨 생각을 하는지 모르겠다.

하지만 그것이 기뻤다.

"미야기, 마실 거 필요해?"

공용 공간에서 멈춰 서서 미야기를 바라보았다.

"필요 없어."

퉁명스러운 대답을 남기고 그녀는 내 방으로 들어갔다. 불을 켜고 에어컨을 틀지 말지 고민했다. 아무리 덥다고는 하지만 아직 5월이다. 기온을 생각하면 켜도 좋을 것 같지만, 이 시기부터 에어컨을 키면 왠지 나쁜 짓을 하는 느낌이라 관뒀다.

"센다이."

침대를 의자 삼아 앉은 미야기의 부름을 받고 옆에 앉으려다 발로 차였다. 어쩔 수 없이 바닥에 앉아 미야기를 올려다보았다.

"왜?"

"발, 핥아줘."

"그 명령, 오랜만이네. 근데 이제 명령하는 거 안 하기로 했잖아."

지금 우리 사이에 오천 엔은 존재하지 않았다.

있는 것은 룸메이트라는 관계뿐이다.

"벌칙이야. 센다이, 내가 말하지 않았으면 밥 먹으러 간다는 약속 지키지 않았을 거잖아."

"약속을 지키는 게 좀 늦었을 뿐이지. 말하지 않아도 잘 지켰을 거야."

"그럼 스커트 대신."

낮은 목소리로 미야기가 말했다.

집을 떠나기 전보다 확실히 더 저기압이었다.

"스커트?"

"그래. 센다이의 말을 듣고 옷 갈아입는 인형이 됐으니까, 이번에는 센다이가 내 말을 들어."

그렇구나.

그래서 솔직하게 스커트를 입었던 건가.

지금 와서야 불평을 하면서도 미야기가 내 제안을 받아들인 의미를 깨달았다. 처음부터 발을 핥게 하려는 생각은 없었겠지만, 교환 조건이라는 명목으로 무언가를 시키려고 생각했을 것이다.

"명령해도 상관없는데, 이상한 명령은 안 들어줄 거야."

"발을 핥는 건 센다이에게 이상한 명령이 아니잖아? 몇 번이나 했고, 센다이는 내 다리 좋아하지?"

귀엽게 차려입고 귀엽지 않은 소리를 한 미야기가 내 어깨를 발로 차며 다리를 꼬았다. 치맛자락이 흔들리며 그녀의 다리에 시선이 쏠렸다. 의식이 고등학생 시절로 날아가며, 미야기의 방이 머리에 떠올랐다.

나도 모르게 그녀의 다리에 손을 뻗을 것 같아서 내 손을 꼭 잡았다. 지금 그런 짓을 하는 것은 좋지 않았다. 하지만 미야기의 태도에서 그녀가 조금도 물러서지 않을 거라는 것도 알 수 있었다.

"내가 말을 들었는데, 센다이가 안 듣는 건 이상해."

머리 꼭대기에서 미야기의 목소리가 들려와, 들키지 않게 작게 숨을 내쉬었다.

"……양말 벗기는 것부터 해?"

"응."

"알았어."

눈을 질끈 감았다가 떴다.

미야기의 양말을 벗기고, 발뒤꿈치에 손을 대고 얼굴을 가까이 했다. 과하게 하얗지 않은 건강한 발로 시야가 꽉 차고, 발등에 입술을 가져갔다.

가운데와 발가락 뿌리.

몇 번 정도 키스를 하자 「제대로 핥아」라는 단호한 목소리가 돌아왔다.

가능하면 이런 상황은 피하고 싶었다. 지금의 나에게는 발을 핥는다는 행위가 지독하게 생생하게 느껴졌다.

하지만 핥으라고 명령하는 미야기가 양보하지 않으니 어쩔 수 없었다.

검지 끝에 혀끝을 붙이고 뿌리까지 핥자, 미야기의 체온이 전해져서 내 체온까지 올라간 기분이었다. 에어컨을 틀면 좋았겠다는 후회가 밀려왔지만 지금 새삼 틀 수도 없었다.

스커트를 무릎까지 걷어 올리자 오랜만에 본 무릎에 심장이 쿵 하고 큰 소리를 냈다.

발뒤꿈치에서 발바닥까지 손을 미끄러뜨렸다.

천천히 발가락 끝까지 쓰다듬자 미야기가 「센다이」하고 언짢은 목소리로 나를 불렀다. 그건 하지 말라는 뜻이었다. 나는 발등에 키스를 하고 혀끝을 밀어붙였다. 발목까지 혀를 기어서 정강이 위에 키스를 떨어뜨렸다.

스피커라도 붙어 있는 게 아닐까 싶을 정도로 심장 소리가 요란했다.

짧게 숨을 내쉬고 들이마셨다.

혀를 대고 뼈가 있는 부분을 핥았다. 종아리에 손가락을 대고 무릎 뒤를 쓰다듬자 미야기의 다리가 움찔 튀었다. 싫어하는 것처럼 다리가 도망가려고 하기에 종아리를 강하게 잡고 뼈를 따라 핥아 올렸다. 딱딱한 구릎에 키스를 하고 나는 얼굴을 뗐다.

"계속해."

미야기가 내 어깨를 발로 찼다.

"싫어."

"왜?"

"뭐든. 이제 끝이야."

"멋대로 끝내지 마."

"발 이외를 핥아도 괜찮다면 계속할게."

"그런 명령이 아니잖아. 발을 핥아."

미야기가 언짢은 얼굴로 말하더니, 꼬고 있던 다리를 풀고 빨라는 듯이 내 허벅지 위에 올려놓았다.

일단 이성을 지키려고 노력은 했다.

하지만 더 이상은 무리였다.

이성을 잡아두던 나사의 조임이 풀리는 걸 넘어서서 빠져나가 굴러떨어지는 소리가 들렸다. 원래도 풀리기 쉬웠던 나사는 이 방의 어딘가를 데굴데굴 굴러가 발견되지 않도록 숨을 죽였다. 아니, 나 스스로 찾을 생각이 없었다. 감정을 억제하던 이성은 고정할 것을 잃고 무너져 내리고 얼음처럼 녹아내렸다. 이 더운 방에서는 형체를 잃은 이성은 원래대로 돌아가지 못할 것이다.

나는 미야기의 발을 치우고 몸을 일으켰다.

"뭐야?"

미야기의 목소리가 들려오고, 조금 망설이다가 침대에 오른쪽 무릎을 올렸다. 그녀의 어깨에 손을 얹고 가볍게 눌렀다. 알고 있었지만 그녀의 등은 침대에 붙지 않았다.

"미야기, 쓰러져 줘."

"절대로 싫어. 센다이, 이상한 생각하는 거지."

미야기와 함께 살게 된 이후로, 적은 대로 대화를 나누거나 식사를 하면서 룸메이트라는 관계를 유지해왔다. 이 관계에 불만을 품으면서도 룸메이트라는 관계를 계속 유지하고 싶다고 생각했다. ―그렇게 생각하려고 애썼다.

"부정하지는 않을게."

나에게는 계속 어두운 마음이 있었고, 미야기에게는 말할 수 없는 꿈을 꾸는 일도 있었다.

그래서 이 명령에 따르지 않겠다고 한 건데.

최근의 미야기가 이상하니까 이상한 명령을 해 오니까 이렇게 되는 거잖아.

이 어두운 마음은 미야기가 키운 것이나 마찬가지였다. 발을 핥으라는 명령을 하고 그다음은 모른 체하는 것은 비겁하다. 나는 분명히 거절했다. 그런 내 말을 무시한 미야기 잘못이다.

“센다이, 비켜.”

미야기가 강한 어조로 말했다.

“비키면 어쩔 건데?”

“방에 돌아갈 거야.”

“그럼 안 비킬 거야.”

“비켜.”

날카로운 눈빛과 낮은 목소리.

하지만 미야기는 나를 차거나 깨물지 않았다.

나를 밀치고 도망치지도 않았다.

그 모든 것을 할 수 있는데 그렇게 하지 않는 것은, 자신이 진심으로 싫어하는 짓은 하지 않을 거라는 믿음 때문일지도 모른다.

그렇다면 나는 그 믿음을 배신하고 싶지 않았다.

"—미야기."

목이 갈라졌다.

천천히, 시간을 들였다.

신뢰받는 나로 있고자 했다면, 적어도 미야기가 나를 방에 들여보내줄 때까지 기다렸다가 그녀에게 다가가야 한다고 생각했다. 하지만 언제가 될지도 모르는 날을 기다릴 수는 없었다. 나는 바람을 가르는 속도로 미야기에게 다가가고 싶었다.

"부탁이니까, 이제부터 내가 할 행동을 허락해줘."

방은 고요했고, 내 목소리만이 울렸다.

미야기와 시선이 교차했다.

나는 다시 한번 그녀의 어깨를 밀었다.

가볍게, 천천히.

단지 그것만으로도, 조금 전까지의 일이 거짓말이었던 것처럼 미야기의 등이 쉽게 침대에 닿았다.

"……앞으로 할 행동이 뭔데?"

나를 올려다보며 미야기가 탐색하듯 물었다.

"사실대로 말하면 허락해줄 거야?"

미야기의 머리를 손가락으로 쓸었다.

머리카락 한 줌을 집어 입술을 붙이려 하자 이마가 눌렸다.

"허락할 리가 없잖아."

"그렇지. 그러니까, 부탁할게."

"……나랑 센다이는 룸메이트 아냐?"
"룸메이트야. 지금까지도, 앞으로도."
"거짓말쟁이. 센다이가 하고 싶은 건 룸메이트가 하는 일이 아니잖아."
"딱히 룸메이트라도 괜찮지 않아?"
룸메이트라는 말은 같은 집에 사는 사람을 지칭하는 말이지 뭘 하는가는 무관하다. 앞으로 내가 무엇을 하든 그 관계는 변하지 않을 것이다. 궤변일 뿐이라는 것은 알고 있지만, 미야기가 룸메이트라는 말을 필요로 한다면 남겨두고 싶었다.
그녀가 허락해줄지 어떨지는 모르겠지만.
"센다이, 매번 그렇게 적당히 말하지."
"미야기도 적당히 생각해."
"싫어. 못 해."
미야기가 단언하자 대화가 끊겼다.
그녀의 손이 내 어깨에 닿고 강하게 밀었다.
허락받지 못하더라도 앞으로 나아가고 싶다는 생각이 들었다.
하지만 미야기가 진심으로 싫다면 포기하고 싶다는 생각도 들었다.
조금 망설이다가 몸을 일으키려고 하자, 미야기의 손이 떨어지고 작은 목소리가 들려왔다.

"허락 안 하면 어쩔 거야?"

그녀가 불쾌해하거나 웃지 않는 것은 참을 수 있지만, 완강하게 거절당하고 싶지는 않았고, 미움받고 싶지도 않았다.

"미야기에게 이제 절대로 이런 일은 안 해. 같이 사는 동안에도, 안 살게 되더라도. 절대로 안 해."

"절대로 안 한다고 하면서 또 어기겠지."

무슨 생각을 하고 있는지 알 수 없는 얼굴로 미야기가 나를 빤히 바라보았다.

"안 어겨. 이 귀걸이에 맹세해도 돼."

내가 이 손으로 미야기에게 달아준 표식, 은색의 작은 귀걸이를 만졌다. 특별하게만 느껴지는 그것에 입술을 붙인 다음 귓가에 속삭였다.

"약속해."

"어차피 그것도 적당한 약속이겠지. 센다이는 금방 거짓말하니까."

"적당히 말하는 것처럼 들렸어? 이건 그런 귀걸이잖아. 약속은 절대로 어기지 않아."

작은 장식에 한 번 더 키스를 하고 귓불을 가볍게 물었다.

미야기가 내 머리를 만지고, 귀에 손가락을 가져왔다. 귀걸이 같은 것은 없는데 있는 것처럼 귓불을 만지고, 그러면서도 나를 멀리하는 것처럼 천천히 어깨를 밀었다. 그것은 앞으로 하는 일을 허락하지 않겠다는 그녀의 의지였고, 나는 스스로 몸을 떨어뜨렸다.

앞으로 나아가고 싶은 나와 포기하려는 내가 여전히 있었고, 망설이고 있었다.

하지만 이 약속은 어겨서는 안 되는 약속이다.

나는 손을 뻗어 손끝으로 미야기의 귀걸이를 만졌다.

"미야기. 약속은 제대로 지킬 거야."

미련이 없는 것은 아니었다.

그래도 침대에서 내려가려는데, 「센다이」하고 부르는 소리에 미야기를 바라보았다.

시선이 교차했다.

미야기가 작게 숨을 들이마셨다.

그녀는 아무 말도 하지 않았다.

침묵을 견딜 수 없어서 「걱정 마」라며 약속을 보증하는 말을 덧붙이자, 미야기가 들리지 않을 정도로 작은 목소리로 말했다.

"……불."

"어?"

"꺼줘."

들려온 목소리는 예상치 못한 말이었고, 나는 대답하는 것도 잊고 침대에서 내려왔다. 테이블에 놓여 있던 리모콘으로 불을 끄고 취침등만 켜자 미야기가 화난 어조로 「다

꺼줘」라고 말했다. 나는 시키는 대로 취침등도 껐다.

"커튼도 쳐."

"돌아온 후에 커튼은 안 쳐서 닫혀 있어."

"빈틈이 없는지 확인해."

시키는 대로 커튼을 확인하자 약간의 틈이 있었다. 나는 다시 한번 취침등을 켜고 커튼을 닫은 후 불을 껐다. 빛이 거의 사라져서 모든 윤곽이 희미한 가운데, 조용히 미야기의 곁으로 돌아갔다.

"미야기."

대답을 하지 않는 그녀를 만지고, 몸을 가까이 붙였다.

어둠 속에 흐릿하게 보이는 머리카락을 쓰다듬고 입술을 포개자, 미야기의 손이 내 옷을 잡았다.

말은 없었다.

나는 그녀의 관자놀이에, 볼에, 귀에 몇 번의 키스를 했다.

암흑에 가까운 방에 있으니 외부 세계와 분리된 듯한 기분이 들었다. 하지만 한 걸음만 밖으로 나가면 넘칠 정도로 사람이 많다는 것도 알고 있고, 이 세계에 미야기와 단둘뿐이 아니라는 것도 알고 있었다. 하지만 이 방은 나와 미야기만의 공간으로, 그 누구도 우리를 방해할 수 없었다. 작년 여름 방학과 같은 일은 일어나지 않는다. 일어난다 해도 더 이상 중도에 멈출 생각은 없었다.

그렇게 생각했지만, 몸 아래의 미야기가 너무 조용해서

불안해졌다.

"있지, 미야기. 나는 인터폰이 울려도 안 나갈 거야. 스마트폰이 울려도 안 나갈 거고 미야기도 안 보낼 거야. 하지만 지금이라면 멈출 수 있어. 미야기는 이대로 계속해도 괜찮은 거야?"

이성이 다 녹아 버리기 전에 물었다.

"센다이, 시끄러워. 할 거면 조용히 해."

무심한 목소리와 함께 목덜미를 물렸다. 어깨 가까운 곳에 통증이 느껴졌지만, 가감을 했는지 평소처럼 소리를 지를 정도로 아프지는 않았다. 이가 살을 꽉 파고들다가 금방 떨어져나갔다. 보답으로 그녀의 턱을 가볍게 깨물자 어깨가 눌렸고, 나는 목덜미에 강하게 이를 세웠다. 미야기가 싫어하는 것처럼 나를 밀어냈다. 그녀가 움직일 때마다, 평소와 같은데도 묘하게 더 달콤하게 느껴지는 샴푸 향에 정신이 아찔했다.

어둠과 동화될 것 같은 머리카락을 만지며, 귀 모양을 더듬듯이 손가락을 움직였다. 귓불 위, 귀걸이에 혀끝을 붙이고 그대로 뼈의 감촉을 확인하듯 핥았다. 세상은 먹빛으로 물들어 모든 것이 흐릿했지만, 닿은 부분에서는 윤곽이 뚜렷이 전해졌다.

"미야기."

작게 속삭이며 귀에 혀를 넣었다.

미야기가 내 머리를 거칠게 잡아당겼지만, 힘은 세지 않았다.

"간지러워."

불만스러운 소리가 들려왔다.

"참아."

한마디만 하고 귀를 핥자 발로 차였다.

"잠깐, 미야기, 아프잖아."

"센다이가 안 멈추니까."

"멈출 리가 없잖아. 좀 얌전히 있어."

귀를 어루만지며 가볍게 물었다.

"그러니까, 간지럽—."

말이 채 끝나기도 전에 귀를 문 치아에 힘을 주자, 미야기가 숨을 삼켰다.

귀 아래에 키스를 하고 목덜미를 핥았다. 밖을 걸었고, 방도 더워서 땀을 흘렸을 텐데, 꽃의 꿀이라도 핥은 것처럼 달콤하게 느껴졌다. 샴푸 때문일 수도 있고, 감각이 고장 날 정도로 내 자신이 이상해졌기 때문일 수도 있었다.

미야기를 맛보듯이 목이 패인 곳에 혀를 가져가 약하게 물었다. 옷 위에서 옆구리를 쓰다듬고 점점 더 아래로 향했다. 스웨트셔츠 옷자락에 손을 집어넣고 옆구리에 직접 닿자, 땀에 젖은 피부에 손이 달라붙어 미야기의 체온과 호흡이 전해졌다. 좀 더 그녀를 느끼고 싶어, 손을 세게 밀어 옷을 걷어 올리고 갈비뼈를 더듬으려 하자 팔을 잡혔다.

"옷 벗기면 화낼 거야."

"괜찮아. 안 벗길게."

그렇게 말하자 내 팔을 잡고 있던 손이 풀렸다.

갈비뼈 아래쪽의 부드러운 부분을 쓰다듬었다. 느리게 손을 움직여도 미야기는 아무 말도 하지 않았지만, 어둠이 공간을 가리고 있어 표정은 알 수 없었다. 몸을 숨기고 있는 것을 빼앗기는 행위가 부끄러워서 그런 거라는 생각은 들었다. 그렇게 생각하고 싶었다.

몸의 중심, 배꼽 위를 손가락으로 지나쳐 그 위로 향했다. 스웨트셔츠가 더 이상 말려 올라가지 않게 움직여 브래지어를 만지자, 다시 한번 팔이 잡혔다.

"아까 벗기는 건 싫다고 했어."

"안 벗길 거야. 만지기만 할게."

볼에 키스를 하고 속삭이자 팔을 잡은 손이 떨어졌다.

사실 속옷도 옷도 미야기를 덮는 것을 모두 없애버리고 싶었지만, 그녀의 의사는 존중하고 싶었다.

조용히, 천천히, 속옷 위로 가슴에 닿았다.

목덜미에 키스를 하고 살며시 손을 움직였다.

부드러움보다는 가슴을 덮는 레이스나 천의 감촉이 전해졌지만, 조금 더 힘을 주자 손 아래에서 몸이 움찔 떨렸다. 스트랩에 닿고, 조용히, 부드럽게 아래로 손끝을 미끄러뜨렸다.

"……싫어."

작은 목소리가 들려와 손을 멈췄다.

"어둡고, 아무것도 안 보이고, 아무것도 안 벗겼어. 미야기를 만지고 싶은 것뿐이야."

"안 돼."

"벗기지 않아도?"

"벗기지 않아도 안 돼."

목소리는 강하지도 않고 차갑지도 않아서 진심으로 그렇게 생각하는지 아닌지 알 수 없었다.

사실 가슴도 등도 허리도.

그 밖의 모든 곳도.

미야기의 전부를 만지고 싶었고, 전부에 키스를 하고 싶었다.

그렇게 하는 것을 허락해주길 바랐다.

하지만 미야기가 원치 않는 것을 하고 싶은 것은 아니었다. 나의 욕망과 미야기의 희망은 상반되고, 그 두 가지를 저울질하면 미야기의 희망으로 기울어진다.

"……알았어."

나는 옷 안에 넣어둔 손을 밖으로 빼서 미야기의 목덜미에 올렸다. 천천히 손을 미끄러뜨려 스웨트셔츠 너머 가슴 위에 올려놓자 다시 한번 내 손을 잡아온다.

힘은 나름대로 강하고 꽉 잡혀 있었지만, 싫어하는 것 같지는 않았다. 하지만 또 안 된다는 말을 듣고 싶지는 않았다. 천천히 「해도 되는 것」와 『안 되는 것』을 찾을 수 있으면 좋겠지만, 그런 시간을 미야기가 줄 것 같지도 않았다. 나는 작게 숨을 내쉬고 나서 미야기의 목덜미에 입술을 붙이고 강하게 빨았다. 하지만 곧 등을 맞았다.

"자국 남기는 것도 싫어."

주문이 많은 미야기에게 그럼 왜 허락해준 것인지 묻고 싶어졌지만, 아마 그렇게 묻는 순간 이 시간은 끝나버릴 것이다.

"키스는 괜찮은 거지?"

일단 물어보았지만 대답은 없었다.

그것은 아마도 허락한다는 뜻일 테고, 나는 미야기의 입술을 막고 혀를 밀어넣었다. 입술의 부드러운 감촉의 안쪽, 딱딱한 치아가 닿고, 곧 미야기의 혀끝에 닿았다. 가볍게 찌르자 적극적이지는 않지만 응해주었다. 부드러우면서도 단단하고 따뜻한 그것은 약간의 움직임만으로도 내 사고를 전부 빼앗았다. 미끌거리는 혀가 얽히고, 숨 쉬는 법조차 잊게 만들었다.

어떻게 미야기만이 내 이성을 이렇게 녹일 수 있는지 모르겠다.

왜 이렇게 키스를 하고 싶은지도 모르겠다.

그래도 몸은 제멋대로 움직여서 미야기의 입술을 깨물고, 핥고, 몇 번이나 키스를 했다. 미야기의 호흡이 흐트러지고, 나의 호흡도 얕아져 갔다. 하지만 답답함보다는 서로의 체온이 섞이는 기분 좋은 감각이 더 강하게 느껴졌다. 미야기의 호흡이 짧게 끊기고, 신음 같은 희미한 소리가 섞였다. 불규칙한 호흡은 나를 흥분시켰고, 빨리 다음으로 가고 싶어 몸이 달아올랐다.

입술을 떼고 미야기의 손가락에 손가락을 감았다.

어둠 때문에 미야기가 보일 듯 말 듯해서 그런지 손의 감각이 예민해져 있었다. 그녀를 만지고 있는 것만으로도 기분이 좋았다.

볼에 입술을 붙이고 귀에 다시 키스를 했다.

감겨 있던 손가락을 풀고 스웨트셔츠 자락을 잡자 손을 꾹 눌러온다. 천천히 그녀의 손을 잡고 입술을 붙였다. 손끝에, 손등에, 손목에 키스를 하고, 스웨트셔츠를 살짝 걷어올려 부드러운 배에도 입술을 붙였다.

한 번, 두 번.

입술을 붙였다 뗐다.

조금 더 스웨트셔츠를 걷어 올리고, 갈비뼈 아래로 입술을 꾹 눌렀다.

살짝 이를 세우자 미야기의 몸이 작게 튀어오르며 내 머리를 잡는다.

혀끝을 대고 천천히 미끄러뜨리며, 다시 키스를 했다.

이 허락받은 행위가 끝나고 다시 키스를 했을 때, 내 입술이 오늘 어디에 닿았는지 미야기가 전부 기억할 수 있도록, 허락받은 장소 모두에 입술을 붙였다. 간지럽히듯이, 쓰다듬듯이 남지 않는 자국을 만들어 나갔다.

갈비뼈를 손끝으로 더듬어 명치에 입술을 세게 꾹 눌렀다.

혀끝을 누르자 미야기의 몸이 움찔 떨렸다.

입술을 붙일 때마다 그녀의 호흡이 얕고 짧아져 갔고, 덩달아 내 호흡도 흐트러졌다.

손을 옆구리에 대고 스커트 위로 허리뼈를 쓰다듬었다. 그대로 손을 미끄러뜨려 스커트를 걷어 올리자 미야기의 몸이 작게 떨리며 어깨를 눌렀다.

손을 멈추고, 어둠 속에 흐려진 미야기를 바라보았다.

싫다는 소리는 들리지 않았다.

“미야기.”

조용히 부르자 어깨에 손가락이 더 파고들었다.

불평은 하지 않는다. 어깨를 움켜쥐는 손가락도 저항이라고 할 정도의 힘은 아니었다.

앞으로 무엇을 할 것인지.

알고 있어서 망설이고 있을 뿐이라고 생각한다.

지난 여름에도 이렇게 될 것을 예고했던 사건이 있었다.

“허락해주는 거지?”

미야기가 주저하는 기분은 이해한다.

되도록 부드러운 목소리로 물어보자 어깨에 있던 손이 떨어졌다.

"센다이는 변태."

"변태라도 괜찮아."

나는 반쯤 걷어 올린 스커트를 더욱 걷어 올려, 미야기의 허벅지에 손가락을 가져갔다. 그녀의 몸에 힘이 들어가서 손을 멈췄다.

그녀의 긴장이 전해져서 조금 망설여졌다.

지금 그곳을 건드리는 것은 너무 성급할지도 모른다.

하지만—.

흐트러진 호흡을 가다듬듯 숨을 들이마시고 내쉬었다.

손가락을 조용히 미끄러뜨렸다.

미야기의 몸에서는 힘이 빠지지 않았지만, 나를 막는 말은 들려오지 않았다.

속옷에 손을 올리고 나자 문득 손톱이 신경 쓰였다.

이렇게 될 줄은 몰라서 손톱이 어떻게 되어 있는지 확인을 못했다. 분명 그렇게 길지는 않겠지만, 아프게 하지는 않을까 걱정됐다.

손을 움직이지 못하고 있자 미야기의 몸이 작게 움직였다.

그녀가 도망쳐 버릴 것 같은 불안감에 속옷 안으로 손을 집어넣었다. 다른 사람의 이런 장소를 만질 일은 지금까지 없어서 — 아니, 있을 리가 없지만 — 긴장이 됐다. 조금 전까지 제멋대로 움직이던 내 몸은 배터리가 닳기 직전의 인형처럼 느려졌다. 조심스럽게 손을 밀어 넣자, 지금까지 만졌던 미야기의 어느 곳과도 다른 감촉과 뜨거움을 가진 장소에 닿았고, 손끝이 미끌거리고 축축해졌다.

심장이 터질 것처럼 빠르게 뛰고, 머리 안쪽이 미야기의 그곳과 마찬가지로 뜨거워졌다. 나는 조심스럽게 손가락을 아주 조금 움직였다.

“으응…….”

기억 속 어디에도 없는 목소리가 들려와 나도 모르게 손을 멈췄다. 달콤함이 담긴 그것은 분명히 평소와는 다른 목소리였기에, 심장이 튀어나올 정도로 놀랐다.

“……역시 싫어.”

미야기가 들릴 듯 말 듯한 목소리로 말했다.

하지만 손끝에서 전해지는 반응은, 그녀가 싫어하지 않는다고 말해주고 있었다. 만져진 것에 몸이 반응했을 뿐, 다른 사람이 만져도 같은 일이 일어날지도 모르지만, 지금 손가락 끝에 있는 것은 나에게 몸을 허락한 결과였다. 그것이 얼마나 날 기쁘게 하고 있는지 미야기는 절대로 모를 것이다.

이 상황에서 싫어, 라는 말을 들어도 더는 무리였다.

멈출 수 없었다.

"—도저히 못하겠으면 말해."

축축한 손가락을 미야기의 가장 예민한 부분으로 가져가 쓰다듬듯이 천천히 움직였다.

이제 미야기는 목소리를 내지 않았다.

그 대신 매끄럽게 움직이는 손가락에 맞춰 호흡이 점점 거칠어졌다. 지금까지 느껴본 적 없을 정도로 미야기의 체온이 강하게 느껴졌다. 오늘 닿았던 그 어느 곳보다 뜨거워서 손가락이 녹을 것 같았다. 자신이 내뱉는 숨결마저 뜨거워져 목이 타버릴 것처럼 아팠다.

손가락 끝에 힘이 들어가자 미야기의 몸이 작게 움직였다. 서로의 감정이 뒤섞인 듯한 걸쭉한 것이 손가락에 달라붙어 나를 적셨다.

손끝을 천천히 계속 움직였다.

나를 유혹하듯이 미야기의 열기가 스며 나왔고, 손끝이 점점 빨려 들어갔다.

희미하게 미야기의 목소리가 들렸다가 어둠 속에 녹아내렸다.

어둠 속 세계에서 미야기는 아무리 지나도 흐릿했고, 이렇게나 그녀를 만지고 있는데도 채워지지 않았다. 미야기에 대해 더 알고 싶었다.

조금 더.

조금 더 손가락을 미끄러뜨리면 더더욱 미야기의 체온과

섞일 수 있었다. 누구도 만져본 적 없는 미야기의 깊은 곳까지 알 수 있었다. 내가 모르는 미야기, 다른 사람들이 모르는 미야기를 알 수 있었다.

그녀의 흐트러진 호흡이 내 뺨과 귀를 불규칙하게 어루만졌다. 녹아내린 이성에 감춰져 있던 감정들이 나를 찌르려 했지만, 부드럽게 움직이던 손가락을 강제로 멈췄다.

"센, 다이……?"

미야기가 쉰 목소리로 나를 불렀다.

들어본 적 없는 목소리에 이끌려 미야기의 깊은 곳으로 통하는 그곳에 손가락을 넣고 싶었다. 하지만 어둠에 감싸인 채 옷과 속옷에 숨는 것을 택한 미야기에게 그런 짓을 했다가는, 그녀는 내게서 도망칠 것이 분명했다.

"괜찮아?"

작게 묻자, 대답하듯 미야기가 내 옷을 잡아당겼다.

그녀의 표정은 잘 보이지 않았다.

알고 싶은 것을 다 알아내려다 이 손이 떨어져나가는 것은 원치 않았다. 나는 마음을 억누르고 멈춰 있던 손을 허락받을 수 있는 범위에서 움직였다.

적어도 하즈키라고 불러 줬으면.

절대로 이루어질 수 없는 소원이라는 것을 알고 있지만, 평소에는 들려주지 않는 달콤한 목소리로 하즈키라고 불러 줬으면, 내가 시오리라고 부르는 것을 허락해줬으면 했다. 그것이 안 된다면, 닫힌 입술과 꽉 깨문 이 사이를 억지로 벌려 미야기가 삼키고 있는 목소리를 듣고 싶었다.

하지만 어느 것도 허락해주지 않을 것임을 알고 있었다.

그렇다면 허락되는 것을 누리는 것이 맞았다.

알고 있었다.

하지만 더 허락받고 싶었다.

내 손으로 변해가는 미야기를 보고 싶었고, 누구에게도 들려주지 않는 목소리를 나에게만 들려주고 더 흐트러지길 바랐다.

앞으로도, 계속.

이런 생각을 하고 있는 나를 허락해주길 바랐다.

손가락 끝을 움직였다.

미야기의 감정의 한 자락이 나에게 감겨왔다.

방은 더웠고, 미야기는 뜨거웠고, 손끝의 감각만이 유난히 또렷했다. 미야기에게 욕정하는 나와, 스스로를 억제하려는 내가 뒤죽박죽 섞였다. 어떻게 하면 좋을지 알 수 없어, 귓가에 시오리라고 부르는 대신 「미야기」라고 속삭였다.

하즈키라는 말이 돌아오지는 않았다.

그래도 계속 미야기라고 불렀다. 속삭이는 소리는 평소와는 달리 갈라진 목소리로, 내 목소리 같지 않았다. 반복해서 계속 미야기라고 부르자 그녀가 내 옷을 강하게 잡아당겼다.

"시끄, 러워. 입 다물……어."

귓가에서 더듬더듬 목소리가 들려오며 몸이 달라붙었다.

하지만 미야기가 나를 잡아당긴 것은 내 입을 다물게 하고 싶었을 뿐 깊은 의미는 없는 것이다. 그래도 천 너머로도 알 수 있을 정도로 뜨거운 몸은 미야기가 마치 나를 원하는 것 같아서 기분이 좋았다.

"미야기의 목소리, 더 들려줘."

하나쯤은 들어주었으면 하는 소원이 소리가 되어 밖으로 나왔다.

"싫, 어."

감정을 억누르는 작은 목소리가 들렸다.

놓치지 않기 위해 의식을 귀에 집중했다.

"그럼, 싫다고 더 말해줘."

"시, 끄러워."

어둠에 녹아 사라질 듯한 목소리에 귀가 간지러웠다.

미야기의 목소리를 듣고 있는 것만으로 이성이 나갈 것 같아서, 더욱 그녀에게 「부탁」을 했다.

"……조용히 할 테니까, 하즈키라고 불러줘."

"싫……어."

내 이성은 미야기에 의해 녹아서 사라져 버렸는데, 미야기의 이성은 전부 녹지 않았다. 그녀의 안에 머물며 나를 튕겨냈다. 이럴 때에도 미야기는 미야기였고, 나는 그런 그녀의 이성을 녹이고 싶었다.

"그럼, 전부 싫어해도 좋으니까 키스해줘."

미야기에게 얼굴을 가까이 대자 어깨를 밀어온다.

하지만 그 손에는 힘이 실리지 않았다.

그녀의 볼에 키스를 하고, 「부탁해」하고 속삭였다.

미야기의 손이 내 볼에 닿고 입술에 닿았다. 그리고 체념한 듯 입술을 맞댔다.

키스는 미야기가 하고 싶어서 한 것이 아니었다. 내가 부탁했기 때문이고, 그녀의 의사와는 상관없는 키스였다. 그래도 미야기에게 먼저 키스를 받자 숨이 멎을 것 같았다.

몇 번 입술이 맞닿고, 미야기가 내 어깨를 잡았다.

호흡이 거칠어지고, 삼키지 못한 소리가 새어나왔다.

선명하게 기억하고 있었지만 날이 갈수록 점점 흐려져가던 지난 여름의 기억이, 오늘부로 갱신되어 갔다. 미야기의 목소리, 냄새, 감촉. 몇 번이나 꿨던 꿈의 해상도를 높여줄 조각들이 모여들었다.

분명 오늘의 미야기를 꿈에서 몇 번이나 볼 것이다.

불확실했던 부분이 오늘의 미야기로 대체된 선명한 꿈을 꿀 때마다 후회할 것 같았지만, 늘 이런 순간 미야기가 어떤 목소리를 내고 어떤 반응을 하는지 알고 싶었기에 그만둘 수 없었다.

손가락을 미야기 쪽으로 강하게 누르자, 목덜미를 물렸다.

이가 파고들어 아팠다.

하지만 이 아픔은 미야기가 느끼고 있을 쾌감과 이어져 있을 것이다. 그렇게 생각하면 통증조차 호흡을 어지럽히는 이유가 되었다. 더 아프게 물어도 상관없었다.

가감하는 일 없이 세게 무는 치아에 의해 미야기의 감정이 직접 전해져서, 의식이 날아갈 것 같았다. 만지고 있는 것은 나일 텐데, 느끼는 것은 미야기일 텐데, 나까지 기분이 좋았다.

이 시간이 계속 이어졌으면 좋겠다.

그렇게 생각했지만, 목에서 통증이 사라지고 괴로워하는 미야기의 목소리가 들려왔다.

"센, 다이."

괴로운 듯 나를 부르는 목소리에서 미야기가 한계에 가까워졌음을 알 수 있었다.

아직, 더, 계속.

손을 멈추고, 이 시간을 오래 늘리고 싶어 하는 나를 밀어냈다. 부드럽던 손가락의 리듬을 바꿨다.

넘쳐흐르는 감정이 손끝을 강하게 적시고, 미야기가 내 어깨를 잡았다.

지금까지 느껴본 적이 없을 정도로 세게.

하지만 통증을 느끼기 전에 미야기의 몸에서 힘이 빠졌다.

불규칙한 미야기의 호흡 소리와 내 거칠어진 호흡 소리

만이 방에 울려 퍼졌다.

숨을 내쉬는 소리도, 전해지는 체온도, 느낄 수 있는 미야기의 모든 것이 기분 좋았다. 축 늘어진 그녀에게 키스를 했다. 부드러운 입술에 가볍게 닿은 뒤 아랫입술을 핥자, 나를 기다렸다는 듯이 입술이 살짝 벌어졌다. 하지만 내 혀끝이 그녀의 것에 붙자마자 도로 밀려나왔다.

"……더워."

미야기가 흐트러진 호흡을 가다듬으며 중얼거리고는 내 몸을 밀었다. 미야기와 동화되어가던 손가락을 빼자, 나를 밀치고 그녀가 침대에서 내려왔다.

"미야기—."

어디로 가려는 건지 묻고 싶었지만, 묻기도 전에 테이블에 부딪힌 모양인지 미야기의 「아야」하는 소리가 들려왔다.

"불 켤까?"

그렇게 말하고 나서야 수중에 리모콘이 없는 것을 깨달았다.

"내가 켤게."

"리모컨, 테이블 위에 있어."

취침등이 켜지고, 미야기가 오리너구리를 안고 돌아왔다. 그리고 침대에 걸터앉은 그녀가 티슈를 몇 장 뽑아 내 손을 닦았다.

미야기의 흔적이 내 몸에서 사라졌다.

평소보다 더 꼼꼼히 손가락을 닦는 그녀는 고개를 숙이고 있어 표정이 잘 보이지 않았다.

젖었던 손가락이 마르고, 미야기의 체온이 사라졌음에도 그녀는 고개를 숙이고 있었다.

"목욕하고 올게. ……몸도 씻고 싶고."

미야기가 일어나 나에게 등을 돌렸다.

붙잡고 싶었지만 붙잡을 말이 떠오르지 않았다. 한 계단씩 올라가야 할 계단을 두 개는 고사하고 세네 개를 건너뛰어 건드린 바람에, 우리가 그동안 외면해 온 「순서」에 불안감이 들었다.

"미야기."

문 앞에서 그녀가 멈춰 섰다.

할 말은 아직 찾지 못했지만, 뭔가 말하는 편이 좋을 것 같았다.

"괜찮아?"

오늘 몇 번째인지 모를 그 말을 꺼내자, 「응」하는 대답이 조용히 돌아왔다. 하지만 더 이상의 말은 없었고, 쾅 하고 문이 닫히며 미야기의 기척이 사라졌다.

제10화
내가 모르는 센다이와 내가 모르는 나

스커트를 돌려주는 것을 깜빡했다.

탈의실에서 그 사실을 깨달았지만, 지금부터 센다이의 방에 돌아가고 싶지는 않았다. 나는 옷을 벗고 거울에 비친 나를 바라보았다.

흔적이 하나도 남지 않은 몸을 보고 센다이가 내 말을 들어주었다는 것을 알았다.

조금 전까지의 일은 전부 나의 꿈이었다.

그렇게 말하면 믿어 버릴 정도로, 내 몸에는 센다이의 흔적이 없었다.

목덜미를 쓰다듬었다.

분명 아무것도 남지 않았을 텐데, 자국이 남아 있을 것 같은 기분이 들었다. 목만 그런 것이 아니다. 센다이가 입술을 붙인 장소 모두에 뭔가가 남아 있는 기분이 들어서 다른 생각을 하려 해도 잘 되지 않았다.

센다이의 목소리, 숨결, 손의 감촉.

방금 전까지 느꼈던 모든 것이 머릿속에 남아 생각을 전부 빼앗고 있었다. 앞으로 몇 시간, 아니 좀 더. 며칠, 혹은 일주일. 어느 정도일지는 모르겠지만, 그녀 생각만 하게 될 것 같아서 싫었다. 내 시간에 끼어들지 않았으면 좋겠다. 센다이를 허락하면 어떤 일이 벌어질지는 알고 있었지만, 이렇게나 센다이로 가득 차게 될 줄은 몰랐다.

나는 작게 숨을 내쉬고 속옷을 벗고 욕실로 들어갔다.

욕조에 뜨거운 물이 없다는 것을 알아차리고 샤워기에서 뜨거운 물을 틀었다.

"앗, 차가워!"

나오는 것은 찬물이었다. 나는 황급히 발을 적시려다 멈췄다. 5월치고는 더운 날이라고 해도 욕실에서 찬물 샤워를 할 생각은 없었다. 머리는 식히는 편이 좋을지도 모르지만, 몸에서 열은 내려갔고 흐트러졌던 호흡도 진정되었다.

이 정도는 아무것도 아니었다.

괜찮다.

나는 조용히 숨을 들이마시고 내뱉었다.

오늘은 여름 방학 마지막 날과는 달리, 어떤 특별한 의미가 있는 날이 아니다. 기억에 남는 일이긴 했지만, 작년 여름처럼 날짜까지 기억하지는 못할 것이다.

하지만 변명은 통하지 않을 것 같았다.

그날은 분위기에 휩쓸렸다거나 혹은 변덕이었다거나, 나중에 얼마든지 변명을 할 수 있는 상황이었다. 겨울 방학 전에는 가슴을 보인 적이 있지만, 그것은 공부를 배운다는 교환 조건으로 벌어진 일이었다. 겨울 방학 때 내가 먼저 센다이를 만졌던 것도 변명하려고 하면 할 수 있었다.

오늘은 분위기도 변덕도 아니고, 교환 조건도 없었는데, 거절한다는 선택지를 선택하지 않았다. 무엇을 할지 알고 있음에도 허락하기로 결정했다.

완벽하지는 않지만 내가 결정한 일이니까 괜찮았다. 변명을 찾고 싶어 몸부림치고 싶은 나는 스스로를 억누를 수밖에 없었다.

다만 스스로의 변화에 놀랐다.

그런 목소리가 나올 줄도 몰랐고, 몸이 그렇게 반응할 줄도 몰랐다.

그리고…….

—그렇게 기분이 좋을 줄도 몰랐다.

전부 알고 있다고 생각했지만, 사실은 전혀 알지 못했다.

나는 조심스럽게 따뜻한 물을 틀었다.

샤워기에서 흘러나오는 물이 너무 뜨겁지도 너무 미지근하지도 않은 온도가 된 것을 확인한 후 몸에 끼얹었다.

다른 누군가와 똑같은 일을 해본 적이 없었으니, 누구와 해도 저렇게 될지는 알 수 없겠다. 하지만 분명, 아마 기분이 좋았던 것은 상대가 센다이였기 때문일 것이다. 그런 사실은 계속 모르고 있는 편이 나았을지도 모른다.

오천 엔으로 센다이의 시간을 사게 되었을 때, 섹스는

하지 않겠다고 약속했다. 오늘 한 일을 섹스라고 불러도 될지는 모르겠지만, 과거에 했던 약속에서 멀리 떨어진 장소까지 와버린 기분이었다.

발, 핥아.

오늘 내가 센다이에게 내린 명령은 고등학생이었던 나와 센다이가 몇 번이나 주고받은 것이었지만, 그 뒤가 달랐다.

모르는 것은 사람을 불안하게 만든다.

대학생이 된 센다이는 아르바이트를 시작하면서 아르바이트를 우선시하게 되었고, 나를 뒤로 미루게 되었다. 내가 모르는 센다이 씨의 면모를 데려오는 그 단어는 기분 좋은 것이 아니었다. 그래도 그녀가 나에게 따르는 모습을 보면, 이질적인 아르바이트라는 요소도 그녀의 변하지 않는 면과 섞여들어 조금은 받아들일 수 있을 것 같았다. 그래서 명령의 교환 조건이 될 만한 것으로 옷 갈아입히기 인형이 되는 것을 받아들였는데, 이런 결말이 될 줄은 몰랐다.

애초에 자신이 그렇게 될 줄 알았다면 허락하지 않았을 것이다.

언젠가 허락할 일이 있을지도 모른다고는 생각했지만, 적어도 오늘은 아니었다. 하지만 센다이가 오늘 허락해주지 않으면 앞으로 두 번 다시 이런 일은 하지 않겠다고 귀걸이에 맹세를 해버려서, 마음이 흔들렸다.

"……내일, 어쩌지?"

뜨거운 물을 껐다.

센다이가 한 일에 내가 어떻게 반응했는가.

그녀는 전부 알고 있었다.

만졌던 본인이 모를 리가 없었다.

계기를 만들어 버린 것은 나였지만, 자신이 그런 식으로 반응한다는 것을 센다이에게 알리고 싶지 않았다. 가능하면 그녀의 기억을 지워버리고 싶지만, 그런 마법 같은 힘은 갖고 있지 않았다.

함께 사는 이상 얼굴을 마주치지 않으려고 시간대를 바꿔 생활한다 해도 평생 얼굴을 보지 않을 수는 없었고, 그녀를 평생 보고 싶지 않은 것도 아니었다.

"……최악이야."

아까 들은, 센다이가 반복해서 나를 부르는 소리는, 절대 룸메이트를 부르는 목소리가 아니었다. 귀를 어루만지는 목소리가 너무 기분 좋아서, 더 이상 듣고 싶지 않아서 그녀를 멈춰 세웠는데, 그 목소리를 다시 한번 듣고 싶다는 생각도 들었다. 하지만 다시 들으려면 오늘과 같은 일을 해야 한다.

—못 해.

저런 자신을 센다이에게 또 보여줄 수는 없었다.

내가 센다이를 만지면 그녀는 어떤 목소리를 낼지 궁금

하기도 했지만, 그녀가 순순히 만지는 것을 허락해줄 것 같지도 않았다.

머릿속에 정상적인 생각들이 떠오르지 않았다. 스스로도 이상해지고 있다는 것을 느꼈다. 이대로라면 내일 어떤 얼굴로 그녀를 봐야 할지 알 수 없었다. 내일 따윈 오지 않았으면 좋겠다.

"센다이, 이 바보, 바보, 바보!"

룸메이트라고 했으면서.

졸업식 날, 센다이는 분명 그렇게 말했다. 그래서 이곳에 온 뒤로 쭉 센다이는 룸메이트였고, 앞으로 4년 동안에도 룸메이트여야 하는데, 오늘 한 일은 룸메이트가 할 일이 아니었다. 센다이는 「룸메이트라도 괜찮지 않아?」라며 대수롭지 않게 말했지만, 들어 본 적 없는 목소리를 서로에게 들려준 우리가 앞으로도 변함없이 있을 수 있을지는 알 수 없었다.

고등학생 시절에는 없던 룸메이트라는 단어는 4년간 함께 살기 위한 티켓 같은 것이었다. 그 말이 사라져 버리면, 4년이 지나기도 전에 이 생활이 사라져 버릴 것만 같았다.

센다이가 없어도 상관은 없지만, 없으면 신경이 쓰였다.

알 수 없는 모든 것들을 알고 싶었다.

옆에 있어도 신경이 쓰이는데, 없어지면 어떻게 해야 할 것인가. 그래서 졸업식이라는 날 마침표를 찍고, 거기서 끝냈어야 할 관계를 지금도 계속하고 있는 것이었다. 하지만 그런 생각을 하고 있는 자신을 제어할 수 없었다.

나는 몸을 씻고 잠옷 대신 스웨트셔츠를 입고 탈의실을 나섰다.

공용 공간에 센다이는 없었다.

보리차를 잔에 따라 방으로 가져갔다.

반쯤 마시고 나서 책장의 검은 고양이를 머리맡으로 옮긴 뒤 침대에 누웠다.

센다이는 벽 너머에 있다.

지금 그녀가 무슨 생각을 하고 있을까.

내가 모르는 센다이와 내가 모르는 나.

오늘은 서로 몰랐던 것을 알게 되었다.

지금까지는 몰랐던 센다이를 알게 된 것이 과연 좋은 일인지는 모르겠다. 앞으로 후회할 수도 있고 하지 않을 수도 있다. 어떻게 될지 지금은 상상할 수 없었다.

하지만 나만 부끄러운 꼴을 겪은 것은 납득할 수 없었다. 이런 일을 겪는 건 늘 나뿐인 것 같아서.

나는 검은 고양이의 이마에 입술을 붙였다.

싫다.

이렇게 센다이 생각만 하고 싶지 않았다.

대학에 대한 것도 상관없고 마이카에 대한 것도 상관없다. 어쨌든 뭔가 다른 생각을 하고 싶은데, 바로 가까이 있던 열기가 사라진 것에 짙은 아쉬움을 느끼고 있었다.

이런 건 내가 아니다.

아직 잘 마음은 없었지만, 눈을 질끈 감았다.

머릿속에 센다이가 당연하다는 듯이 떠올랐고, 나는 작게 한숨을 내쉬었다.

◇◇◇

"그래서, 무슨 일 있었어?"

방에 발을 들인 순간, 마이카가 물었다.

집에 놀러 가면 보통은 「뭐 마실래?」라고 물어보는 경우가 많은데, 오늘 마이카에게는 음료가 그리 중요하지 않은 모양이었다.

"말하기 전에 가방 먼저 놔도 돼?"

이 방의 주인인 마이카에게 물었다.

"괜찮아. 근데 약속했으니까 무슨 일이 있었는지 말해줘."

"응."

나는 테이블 옆에 가방을 놓고 부드러운 러그 가장자리에 앉았다. 마이카의 집은 대학생이 된 뒤로 몇 번이나 놀러 왔지만, 앞으로 대답해야 할 내용을 생각하면 조금 긴장된다.

"그럼 이유부터 말해. 진짜 싸운 거야?"

마이카가 맞은편에 앉아 나를 빤히 바라보았다.

이유라는 것은 내가 큰 짐을 들고 대학에 간 이유이자, 더 말하자면 마이카 집에서 재워달라고 한 이유였다. 강의실에서 「오늘 재워줘」라고 마이카에게 부탁했을 때, 그 이유를 「룸메이트와 싸웠어」라고 설명했지만, 그녀는 그것만으로는 납득하지 않았다.

하지만 어제의 사건— 룸메이트로서 있을 수 없는 행위가 원인이 되어 센다이에게 도망쳐 왔다는 말은 할 수 있을 리가 없었다. 마이카에게는 친척과 함께 살고 있다고 전했기에, 여기서 센다이의 이름을 꺼내면 이야기가 복잡해진다.

"좀 여러 가지 일이 있어서. 싸움 비슷한 상황이 됐어."

스스로도 놀랄 만큼 엉성한 거짓말에 심장이 저릿했다.

마이카에게 거짓말은 하고 싶지 않았지만, 과거에 센다이와 있었던 일을 모두 숨긴 채 룸메이트가 된 경위를 설명할 자신이 없었다. 그리고 모든 것을 말할 용기도 없었다.

나는 언제나 그랬다.

용기가 부족하다.

아침에 센다이의 얼굴을 볼 용기.

저녁에 같이 밥을 먹을 용기.

그런 것들이 부족해서 센다이가 일어나기 전에 집을 나섰다. 그녀에게서 도망친다고 해도 아무것도 해결되지 않는다는 것은 알고 있고, 만나고 싶지 않은 것도 아니지만, 센다이와 어떻게 얼굴을 마주보고 어떤 이야기를 하면 좋을지, 아무리 생각해도 알 수 없었다.

"그러니까, 그 여러 가지를 알려줬으면 좋겠는데."

마이카가 그린 듯한 미소를 지으며 「이 좁은 집에 시오리를 재워주는 거니까」라며 재촉했다.

그녀의 말대로 마이카의 집은 그리 넓지 않은 원룸이지만, 깔끔하게 정돈되어 있어서 좁다는 생각은 들지 않았다. 나 한 명 정도라면 늘어나도 문제는 없어 보였다. 하지만 재워달라고 부탁하는 입장인 나에게 불평할 권리는 없었고, 적어도 이유 정도는 말해야 한다고 생각했다. 하지만 룸메이트가 센다이라는 것부터 시작해서 어제 있었던 일과 이어지는 일까지 말할 용기는 역시 나지 않았다.

"정말로 싸웠어."

결국 처음에 한 거짓말을 끝까지 밀어붙이기로 했다.

"시오리, 누구랑 싸울 타입 아니잖아."

"친척이고, 좀 말이 지나쳐서."

"그거 시오리가 잘못한 거야?"

"음, 어느 쪽이 잘못이라고 하긴 좀 그런데…… 머리를 좀 식히고 싶어서."

납득했는지 모르겠지만, 마이카가 「흐음」하며 나를 보았다.

"시오리. 잠깐 머리를 식힌다는 게 어느 정도야?"

"잠깐은 잠깐이지."

"머리를 식힐 때까지 우리 집에 머무를 생각이라면 제대로 알려줘."

마이카가 진지한 목소리로 말했다.

"……3주 정도?"

나는 그렇게 말하고 나서 마이카를 보며 「……2주라도 괜찮은데」라고 정정했다.

"어느 쪽이든 길지 않아?"

"그럼 일주일. 3일이라도 좋아, 재워줘."

"재워주는 건 2주든 3주든 상관없지만, 싸움이 길어지면 화해하기 힘들어. 빨리 집에 돌아가는 게 좋아."

부드러우면서도 단호한 목소리에, 마이카가 나를 재워주기 싫은 게 아니라 진심으로 걱정하고 있다는 것을 알 수 있었다. 바늘에 찌르는 정도였던 가슴의 통증이 말뚝이라도 박힌 것처럼 커졌다.

"……알고는 있어."

어제 있었던 일을 생각하면, 내가 오늘 돌아가지 않아도 센다이는 그런가 보다 생각하고 넘겨주겠지만, 빨리 집에 가는 편이 좋다는 것은 공감했다. 날이 갈수록 돌아가기는 더 힘들어질 것이고, 마이카의 호의에 계속 기댈 수도 없었다.

게다가 나는 오늘도 센다이를 생각하고 있었다.

아침에 내가 없다는 것을 알았을 때 어떤 기분이었을까.

대학에서 내 생각을 하고 있을까.

또 그런 일을 하고 싶다고 생각할까.

여러 생각이 머릿속을 떠다니고 기분도 들쭉날쭉해, 결국 집에 돌아가지 못하고 마이카네 집에 있는 것이었다.

"뭐, 시오리가 있으면 재미있으니까 여기 있는 건 상관없지만, 제대로 생각하는 게 좋아. 일단 뭔가 가져올 테니까 앉아 있어."

그렇게 말한 마이카가 몸을 일으켰다.

냉장고를 여는 그녀에게 룸메이트와 육체적인 관계가 있었을 때의 대처법을 묻고 싶었지만, 그런 걸 물었다간 대처법보다는 룸메이트가 누구이고 왜 그렇게 됐는지 설명하는 시간이 더 길어질 것 같았다. 그래서 아는 사람 이야기라는 가정의 이야기조차 마음속 깊이 봉인하고 러그 위에 쓰러졌다.

적어도 「제대로 생각해 봐라」라는 마이카의 말에 따라 어떻게 하면 센다이와 지금까지와 같이 지낼 수 있을지 생각하고 싶었지만, 그녀를 생각하면 일요일의 기억도 함께 떠올라서 머리가 멈춰버렸다.

"매실과 오렌지 중 어떤 거 마실래? 참고로 매실 주스는 신상이야."

마이카가 돌아와 누워 있는 내게 가져온 유리잔의 내용

물을 설명했다.

"오렌지 주스."

탁 하고 테이블 위에 유리잔이 놓이는 소리가 들려서 몸을 일으켰다.

"—시오리."

"왜?"

"싸움 상대…… 아니, 같이 사는 사람, 사실 남자친구 같은 거 아니야?"

원래 있던 자리에 앉은 마이카가 유난히 진지한 눈으로 나를 바라보았다.

"왜 그렇게 생각해?"

생각지도 못한 말에 마이카를 빤히 바라보았다.

"부정 안 하네."

"부정했어."

"지금 그건 부정이 아니잖다. 수상해."

"수상하지 않아."

오렌지 주스를 한 모금 마시고 나서 「남자친구 아니야」라고 덧붙이자 흐음, 하는 단조로운 목소리가 돌아왔다. 아무래도 내 말은 신용 받지 못하는 모양이었다.

"그 귀걸이도 사실 남자친구를 위한 거 아니야?"

장난스럽게 말한 마이카가 손을 뻗어 내 귓불을 꾹꾹 만져왔다. 간지러움에 몸을 빼면서 「아니라니까」라고 대답하자 귓불에서 손가락이 떨어졌다.

나는 키득키득 웃는 마이카의 손끝을 바라보았다.

센다이도 귀를 만진 적이 있지만, 마이카가 닿았을 때와는 전혀 다른 느낌이었다.

스스로 자신의 귀를 만졌다.

당연한 일이지만, 센다이가 만졌을 때와는 다르다. 그녀의 손은 다른 누구와도 달랐다.

일요일, 센다이의 손은 분명—.

나는 어제의 일을 떠올리려다, 떠오른 기억을 오렌지 주스와 함께 위 속으로 삼켜버렸다. 센다이는 몸에 뚫린 구멍에 갇힌 귀걸이보다 내 마음에 깊이 파고들어 있어, 방심하면 바로 얼굴을 내밀려 한다.

"시오리, 이거 맛있다. 한 모금 마셔볼래?"

맞은편에서 마이카의 잔이 내 앞에 놓이고, 연한색의 투명한 액체가 흔들렸다. 아까 매실이라는 말을 들어서인지 상쾌한 산미가 감도는 향이 나는 것 같기도 했다.

"필요 없어."

매실은 싫지 않지만, 유리잔을 마이카에게 돌려주었다.

"그래?"

마이카의 목소리와 겹치듯이 스마트폰이 울려 가방 안에서 꺼냈다. 화면을 보니 『아침에는 어떻게 된 거야?』라는, 센다이가 보낸 몇 통째의 메시지가 와 있었다.

센다이를 쭉 보고 싶지 않으면서도, 빨리 보고 싶었다.

마음을 정리할 수 없어서 메시지에는 답장하지 않고 스마트폰을 가방에 집어넣었다.

“지금 그거, 싸움 상대?”

마이카가 매실 주스를 한 모금 마셨다.

“응, 뭐.”

“오늘 정말 안 가도 돼?”

“오늘은 재워줘.”

“원하는 만큼 있어도 되지만, 빨리 화해해.”

내 말을 믿었는지 아닌지는 모르겠지만, 마이카가 상냥한 목소리로 말했다.

“응.”

나는 조금 망설이다가 스마트폰을 꺼냈다.

『미안해. 오늘은 집에 안 가.』

센다이를 걱정하게 만들고 싶은 것은 아니다.

나는 최소한으로 필요한 정보만을 센다이에게 보내고, 스마트폰을 가방에 넣어 버렸다.

센다이
오늘은 집에 안 가.

■ 작가 후기

「일주일에 한 번 클래스메이트를 사는 이야기」 5권을 읽어주셔서 감사합니다. 이번에도 U35 선생님이 그려주신 미야기와 센다이와 함께 5권이 발매되었습니다.

4권에서의 예고대로 미야기와 센다이가 대학생이 되었습니다. 일클메의 서적화가 결정되었을 때 「대학생편」의 서적화를 목표 중 하나로 삼고 있었는데 감회가 새롭습니다. 새로운 환경에서의 미야기와 센다이의 이야기도 즐겨주시면 좋겠습니다.

여기서 잠깐 시간을 되돌려 4권 발매 전후의 이야기를 조금 하자면…… 여러분, 보이스 드라마라고 들어보셨나요?

감사하게도 대본을 쓸 기회를 얻어서 미야기와 센다이의 목소리로 듣고 싶은 대사를 잔뜩 넣었습니다. 그렇습니다. 두 사람이 자주 쓰는 대사도 넣고 센다이가 어미에 「냥」을 붙여서 말하기도 합니다.

최고입니다.

미야기에게도 어미에 「냥」을 붙이게 하고 싶었지만, 이런 순간에는 난공불락의 미야기가 되어버리기 때문에 무리였습니다(웃음). 다음에 또 기회가 있으면 그때는 미야기에게도 뭔가 시켜보고 싶습니다.

보이스 드라마는 일클메 특설 사이트에서 퀴즈에 답하면 들을 수 있는 한정 보이스를 포함해 3편이 있으니, 아직 듣지 못하신 분은 특설 사이트를 체크해주시면 감사하겠습니다.

4권 발매 때는 보이스 드라마 외에도 PV도 제작되었습니다.

이 PV는 무려 4권 발매 전에 애니메이트 비전 이케부쿠로에서 상영되었습니다. 도쿄로부터 먼 곳에 사는 저는 보러 갈 수 없었지만, 많은 분들이 현지에 보러 가주셔서 방영 기간 내내 두근거렸습니다. 4권 발매 후는 TV CM용으로 사용되었기 때문에, 저는 이쪽을 시청했습니다! 그리고 미야기와 센다이의 굿즈도 발매되었습니다.

서적 표지나 삽화 외에도 U35 선생님의 새로 그린 일러스트가 굿즈가 되었습니다만, 정말 하나같이 예쁘고 귀여웠습니다! 굿즈가 집에 도착했을 때는 친구 N을 소환해 함께 개봉 의식을 치렀는데, 엄청나게 분위기가 달아올랐습니다. 굿즈 소식은 꽤 전부터 있었던 터라 실물을 보니 정말 기뻤습니다. 특히 미야기는 평소에 귀여운 옷을 잘 입지 않는 타입이라, 그려주신 흰 원피스를 보고 정말 행복했습니다. 센다이도 그런 미야기를 보고 기뻐했을 거라 생각합니다.

저는 컴퓨터 주변에 굿즈를 장식하고 있어서, 예쁘고 귀여운 미야기와 센다이에게 둘러싸여 일클메를 쓰고 있습니다. 얼마나 행복한 공간인지! 언젠가 악어 티슈 커버나 검은 고양이 인형 같은 두 사람과 관련된 아이템도 굿즈화되어 행복한 공간을 더 채울 수 있으면 좋겠습니다.

그리고 영 챔프 Web에서는 미기하라 선생님의 코믹스화가 시작되었습니다! 1화 네임을 받았을 때 빨리 공개되었으면 좋겠다고 생각했던 코믹스입니다. 다채로운 표정의 두 사람이 정말로 귀여우니 소설과 함께 즐겨주시면 감사하겠습니다.

그리고 놀랍게도 일클메 공식 X를 만들어 주셨습니다! 운영자는 담당 편집자님입니다. 공지나 기획 등 여러 소식이 올라갈 예정이니 꼭 팔로우해주세요.

끝으로 5권을 읽어주신 모든 분들, 웹에서 응원해주신 분들, U35 선생님, 담당 편집자님, 그리고 다양한 형태로 작품에 참여해주신 모든 분들께 진심으로 감사드립니다. 그리고 친구 N에게 감사를. N 파워에 언제나 도움 받고 있습니다!

그럼 또 6권의 후기에서 다시 만날 수 있기를 바라겠습니다!

하네다 우사

번외편
센다이에게 말하는 어서 와 인사

그렇게 길지는 않은 인생 중에 오늘이 제일 마음이 불안했다.

이유는 간단하다. 내 주변에 있는 모든 것이 새롭기 때문이다.

낯선 책장에 침대.

옷장과 창밖 풍경.

이사가 끝난 지 얼마 안 된 이 방은 아직 내 방이 아니었다.

과거의 내가 담겨 있는 박스를 열고 내용물을 꺼내면 조금은 내 방다워질지도 모르지만, 오늘은 이 집에 온 지 얼마 되지 않아 그럴 마음이 들지 않았다.

"아, 어쩌지."

목소리가 커지고 숨이 막혔다.

하지만 원래대로라면 이 집에 있어야 할 센다이는 아직 돌아오지 않았다.

그녀에게는 미안하지만 나가 있어 달라고 부탁했다.

그것은 이사업자와 센다이, 양쪽을 동시에 상대할 수 없다는 단순한 이유였다. 어느 한쪽 밖에 상대할 수 없다면 센다이가 나가줄 수밖에 없었다. 센다이는 「내 상대는 할 필요 없잖아」라고 말했지만, 그녀가 있는 앞에서 누군가와 대화를 나누는 것은 긴장됐고, 이런저런 핑계를 대며 그녀를 멀리하게 될 이유들을 찾게 되었다.

그렇게 생각하면 짐을 다 옮길 때까지 어디론가 나가 있어주는 편이 마음이 편했다.

나는 이 방에 놓기 위해 새로 산 침대에 걸터앉았다.

앉는 느낌이 달라 몸을 다시 일으켰다.

내 것인데 내 것이 아닌 침대는 새로운 장소에 왔다는 실감을 강하게 느끼게 했다. 나도 모르게 미간에 주름이 잡혔고, 에잇 하고 침대에 뛰어들어 베개에 얼굴을 파묻으니 내가 계속 써왔던 베개와는 다른 향기가 났다. 고개를 들어도 새로운 냄새에서 벗어날 수 없었다. 그것은 이 방도 나에게 새로운 것이기 때문이었다. 여기 온 것이 잘못된 일인 것 같다는 생각이 들기 시작했다.

졸업식 날, 센다이와 룸 셰어를 하기로 결정한 것은 나였다.

선택지를 만든 사람은 센다이였지만, 내가 목걸이를 그녀의 목에 걸고 연분홍색 봉투를 골랐다. 망설이기는 했지만, 새로운 장소에서 룸메이트가 되기로 결정했다.

하지만 나는 여전히 불안했다.

낯선 방도.

낯선 가구도.

낯선 경치도.

그리고 익숙한 센다이도.

나에게 있어서 모든 것이 서로워서, 여기에 올 때까지 긍정적이었던 기분이 급격히 사라지고, 다시 돌아서서 도망치고 싶어졌다.

엄마가 돌아가신 이후로는 아빠랑 살면서도 아빠가 없는 생활을 계속해왔다. 집은 나 외에 누군가가 있어야 할 곳인데, 그 누군가는 돌아오지 않는 곳이었다.

하지만 이 집은 다르다.

나 이외의 누군가가 있고, 그 누군가가 반드시 돌아오는 장소였다.

센다이는 지금은 없지만, 이제 곧 돌아와서 함께 밥을 먹거나, 공부하거나, 책을 읽을 것이다. 경우에 따라서는 나와 이야기를 할 수도 있었다. 그러니 나는 이 집에서 센다이가 옆방에 있거나 공용 공간에 있는 생활을 하게 된다.

알고 있던 일이지만, 내가 계속 하던 생활과 달라서 마음이 도저히 가라앉질 않았다.

누군가가 돌아오는 집이라는 것은 내 안에 없는 개념이었다.

그렇다고 아무도 돌아오지 않는 집으로 돌아가고 싶은 건 아니지만.

나는 뒤척이다가 벌렁 드러누웠다.

여기에는 혼자뿐인 아침도 밤도 존재하지 않았다.

아마 한밤중에 일어나도 뒤에 누군가 있는 것은 아닐까 무서워할 일도 없을 것이다. 이 벽 너머, 저 문 너머, 어딘가에 센다이가 있었다. 앞으로 4년간은 어둠에 겁먹는 생활을 하지 않아도 된다. 약속은 절대적이지 않기 때문에 깨질 수도 있지만, 큰 기대만 하지 않으면 괜찮을 것 같았다.

눈을 세게 감았다가 떴다.

센다이는 뭐든 내가 선택하게 만들고, 가끔씩은 거짓말을 하지만, 그런 사람이라는 것을 알고 있으니 문제없었다. 룸 셰어는 전혀 존재하지 않았던 이야기였으니 갑자기 기한이 바뀌더라도 괜찮았다. 그렇게 생각하고 마음의 준비를 해 두면 무슨 일이 일어나도 견딜 수 있었다. 혼자 살게 되더라도, 그런 일이 있을 수 있다고 생각하면 아무렇지도 않았다.

나는 천장을 향해 한숨을 내쉬었다.

종합적으로 생각하면 이사는 나쁜 점보다는 좋은 점이 더 많은 것 같지만, 불안이 연료가 되어 자꾸만 좋지 않은 미래를 찾아 헤매게 된다.

안 돼.

마음은 내키지 않지만, 방을 정리하는 편이 나을지도 모른다. 아무것도 하지 않고 누워만 있으면 부정적인 생각으로 머릿속이 꽉 차버릴 것 같았다.

나는 일어나서 여러 개의 박스 안에서「인형」이라고 적힌 상자를 열었다. 그리고 안에서 악어 티슈 커버와 검은 고양이 인형을 구출했다.

악어는 테이블 밑에 놓았다.

사실은 티슈를 넣어둬야겠지만, 이삿짐 안에는 없었다. 센다이에게 물어보면 어딘가에서 티슈를 꺼내 줄 것 같긴 한데, 지금은 없으니 일단 속 빈 악어인 채로 놔두었다.

검은 고양이 인형을 침대 위에 놓고 생각했다.

이곳은 내 방이지만, 이사하기 전과는 달리 나 이외의 사람이 쉽게 들어올 수 있는 곳이었다. 센다이가 함부로 이 방에 들어올 것 같지는 않지만, 만일의 일이라는 것도 있다.

"이쪽에 있어."

나는 검은 고양이를 책장에 놓았다.

책이 없는 빈 선반에 인형 하나.

검은 고양이가 유난히 쓸쓸해보여서 나는 작은 머리를 쓰다듬으며「곧 책을 가져다줄게」라며 위로했다.

"뭐였더라."

박스를 체크하고 책이라고 적힌 상자를 열었다. 검은 고양이 뒤에 마음에 드는 책을 몇 권 놓자 문을 노크하는 소리가 들렸다.

"미야기."

센다이의 목소리까지 들려와서 문을 조금 열었다.

"다녀왔어."

뭐가 즐거운지는 모르겠지만, 센다이가 환하게 웃으며 말했다.

"어서 와."

나는 거의 하지 않는 말을 입에 담고 공용 공간으로 나갔다.

문을 닫고 센다이를 바라보았다.

아빠가 돌아오지 않는 집에서는「어서 와」를 말할 일이 없었다. 그래서 아무도 없는 집에「다녀왔어」라고 말할 수는 있어도「어서 와」를 할 일은 거의 없었다.

이 말은 아직 나에게 익숙하지 않았다.

하지만 싫어하는 말은 아니었다.

내「어서 와」를 필요로 하는 사람이 없다시피 했던 어제까지와는 달리, 여기에는 필요로 해주는 사람이 있었다. 마치 내가 여기 있는 의미 중 하나인 것 같아 나쁘지 않았다. 여기에 도착했을 때 센다이에게 들은「어서 와」도 나쁘지 않았다. 여기가 내가 있을 곳이라고 말해주는 것 같았다.

새로운 집은 나에게 익숙하지 않은 것들뿐이지만, 다녀왔어와 어서 와가 함께 있는 것은 나쁘지 않다고 생각했다.

"미야기, 방 어때? 혼자서 정리할 수 있을 것 같아?"

"응, 아마도. 일단 침대는 쓸 수 있게 해놨어."

박스는 거의 열지 않았지만 천천히 정리해 가면 된다. 대학이 시작할 때까지는 아직 시간이 있었다.

"정리하는 거, 도와줄까?"

"됐어. 센다이는 본인 방이나 정리해."

"난 거의 끝났으니까 도와줄 수 있어."

"괜찮아. 직접 할 수 있어."

보여서 곤란한 것이 있는 것은 아니지만, 내 것은 내가 정리하고 배치하고 싶었다. 센다이에게 책장을 정리해달라고 명령한 적도 있었지만, 이번 경우는 달랐다. 처음부터 방을 꾸민다면 내가 전부 직접 꾸미고 싶었다.

"미야기 방, 좀 봐도 돼?"

센다이가 내 뒤를 가리켰다.

"싫어. 아직 정리도 제대로 안 됐어."

박스로 가득한 지저분한 방을 보여줄 생각은 없었다.

방에 들여보낼 거라면 깔끔히 정리한 뒤에, 지금은 아니다.

"참, 미야기는 침대 어디에 뒀어?"

그렇게 말한 센다이가 생긋 웃었다.

"왜 그런 걸 물어?"

"그냥 호기심. 나는 이쪽 벽 쪽. 미야기는?"

아까 내 뒤를 가리켰던 손가락이 다른 곳을 가리켰다. 그 장소를 기준으로 보면, 이쪽이라는 것은 내 방과 센다이의 방의 경계에 해당하는 벽이었다.
"똑같아. 이 벽 쪽."
침대를 놓는 장소는 어디든 상관없었다.
하지만 왠지 사람과 가까운 편이 좋을 것 같아 센다이의 방이 있는 벽 쪽에 두었다.
"그럼 밤에 벽 너머로 대화할 수 있을지도 모르겠네."
센다이가 바보 같은 소리를 했다.
"이웃에 폐가 되고, 그런 짓은 안 해."
"농담이야. 시끄럽게 굴었다가 이웃한테 항의가 들어와도 골치 아프니까."
생글생글 웃는 얼굴로 센다이가 공용 공간의 의자에 앉았다. 그리고 「뭔가 이상한 느낌이야」라고 말하며 나를 보았다.
"이상한 느낌이라니?"
"집에 가지 않아도 되니까."
"……센다이, 돌아가고 싶어?"
"돌아가지 않을 거니까 여기 있는 거지."
"……4년 동안 계속?"
"계속."
이야기가 끊기고, 공용 공간에서 센다이의 목소리가 사라졌다. 나도 말을 하지 않으니 이상할 정도로 고요해서 불편했다

"센다이. 이 집에 곽티슈 있어?"

침묵을 그대로 두면 더 불편해질 것 같아 아까 깨달은 부족한 것을 입에 올렸다.

"내 방에 있어. 가져다줄까?"

"지금은 좋은데, 여분으로 있으면 한 통 갖고 싶어."

"알았어. 나중에 줄게."

센다이가 다정하게 말했고, 곧바로 또 침묵이 생겨났다.

우리는 단순히 옛 반 친구에서 룸메이트가 되었을 뿐, 크게 무언가 바뀐 것은 아니었다. 하지만 둘이 함께 있는 시간이 남아돌았다.

"아, 맞다! 미야기. 이사 축하 파티할까?"

센다이도 마찬가지인지 갑자기 큰 소리를 냈다.

"안 해도 돼. ……편의점 갔다 올게."

못 견디겠다.

이 공기를 견디면서까지 여기에 계속 있는 것보다는 밖으로 나가는 편이 나을 것 같았다.

"편의점? 뭐 필요한 거 있어?"

"배고파서."

"그럼 같이 밥 먹으러 가자."

"편의점이면 돼."

밖에 나간다면 혼자 나가야 의미가 있었다. 그녀가 따라오면 이 불편한 공기를 데리고 나가는 꼴이니 여기 있는 것과 다를 바가 없었다.

"그렇구나, 그럼 나도 같이 데려가. 편의점 위치 모르지?"

"알겠어. 여기 오는 길에 봤어."

"한 번 본 정도라면 미아가 될 수도 있어."

"미아 안 돼. 굳이 따라오지 않아도 센다이 것도 사올게. 뭐 먹고 싶어?"

"직접 고르고 싶으니까 같이 가자."

센다이가 의자에서 일어나 미소를 지었다.

어딜 어떻게 봐도 따라올 마음으로 가득한 그 모습을 보니 짜증이 났다. 편의점은 굳이 가고 싶은 장소가 아니었으니 센다이 혼자 보내도 상관없었다. 하지만 「혼자 다녀와」라고 말하면, 이번에는 「편의점에 안 갈래」라고 말하고 여기서 움직이지 않을 게 뻔하다.

오랜만에 만나도 센다이는 귀찮았다.

하지만 이런 점이 센다이답다고 생각했다.

"미야기. 오늘은 룸메이트 1일째 된 기념이니까 같이 가자."

양보할 생각이 전혀 없는 센다이가 상냥하게 말했다.

하지만 나는 기념이라는 말은 좋아하지 않았다. 멋대로 기념일 같은 걸 만들어도 곤란했다.

"오늘은 평범한 날이야."

"뭐, 평범한 날이어도 상관은 없지만, 평범한 날도 편의점 정도는 같이 가잖아."

"……그렇긴 하지만."

센다이에 의해 탈출구가 막히자 말문도 막혔다.

이렇게 되면 함께 편의점에 가자는 사소한 부탁을 계속 거절하는 내가 지독하게 나쁜 인간처럼 느껴졌다.

"그럼 결정이지? 잠깐 방에 다녀올 테니까 기다려."

그렇게 말한 센다이가 자신의 방으로 돌아갔다.

정말이지 그녀는 강압적이다.

고등학교를 졸업한 후에도 내 결정을 제멋대로 정한다.

후우, 하고 숨을 내쉬었다.

새로운 생활에는 불안이 함께하고 있지만, 변함없는 센다이에게 조금 안심했다. 그녀와 잘 살 수 있을지 어떨지는 모르겠지만, 고등학생이었을 때와 다름없는 일상을 보내고 싶다는 생각은 들었다.

—자신은 없지만.

나는 내 방에서 가방을 가져왔다.

그리고 공용 공간에서 새로운 자신의 방문에 손을 가져갔다.

"다녀오겠습니다."

작게 중얼거리며, 센다이를 기다리기 위해 그녀가 고른 의자에 앉았다.

일주일에 한 번 클래스메이트를 사는 이야기 5

초판 1쇄 발행 2026년 1월 10일

지은이_ Usa Haneda
일러스트_ U35
옮긴이_ 이소정

발행인_ 최원영
본부장_ 장혜경
편집장_ 김승신
편집진행_ 권세라 · 최혁수 · 김경민 · 최정민
편집디자인_ 양우연
국제업무_ 박진해 · 조은지 · 박지현
관리 · 영업_ 김민원 · 조은걸

펴낸곳_ (주)디앤씨미디어
등록_ 2002년 4월 25일 제20-260호
주소_ 서울시 구로구 디지털로 32길 30, 코오롱디지털타워빌란트 1301-1308호
전화_ 02-333-2513(대표)
팩시밀리_ 02-333-2514
이메일_ lnovellove@naver.com
L노벨 공식 카페_ http://cafe.naver.com/lnovel11

SHU NI ICHIDO CLASSMATE O KAU HANASHI Vol.5
~FUTARI NO HIMITSU WA HITOTSU YANE NO SHITA~
©Usa Haneda, U35 2024
First published in Japan in 2024 by KADOKAWA CORPORATION, Tokyo.
Korean translation rights arranged with KADOKAWA CORPORATION, Tokyo.

ISBN 979-11-278-8593-9 04830
ISBN 979-11-278-7540-4 (세트)

값 8,500원

*이 책의 한국어판 저작권은 KADOKAWA CORPORATION과의 독점 계약으로
(주)디앤씨미디어에 있습니다.
저작권법에 의해 한국 내에서 보호를 받는 저작물이므로 무단전재와 복제를 금합니다.

*잘못된 책은 구매처에 문의하십시오.

L NOVEL

©Sunsunsun, Momoco 2025 / KADOKAWA CORPORATION

가끔씩 툭하고 러시아어로 부끄러워하는 옆자리의 아랴 양 1~10권

SUN SUN SUN 지음 | 모모코 일러스트 | 이승원 옮김

이 나 메냐 토제 오브라티 브니마니에
"И на меня тоже обрати внимание."
"어, 뭐라고 한 거야?"
"별거 아냐. 【이 녀석, 진짜 바보네】 하고 말했어."
"러시아어로 독설 날리지 말아줄래?!"
내 옆자리에 앉은 절세의 은발 미소녀, 아랴 양은 의기양양한 미소를 지었다.
하지만, 사실은 다르다.
방금 그녀가 말한 러시아어는 【나도 좀 신경 써줘】란 의미다!
실은 나, 쿠제 마사치카의 러시아어 리스닝은 원어민 레벨이다.
그런 줄도 모르고, 오늘도 달콤한 러시아어로 애교 부리는
아랴 양 때문에 입가가 쉴 새 없이 실룩거리는데?!

전교생이 동경하는 초 하이스펙 러시안 여고생과의
청춘 러브 코미디!

라이트노벨의 새로운 빛! L노벨의 신간은 매월 10일에 발매됩니다. http://cafe.naver.com/lnovel11

NOVEL

L NOVEL

© Dachima Inaka, Iida Pochi. 2020
KADOKAWA CORPORATION

일반공격이 전체공격에 2회 공격인 엄마는 좋아하세요? 1~11권

이나카 다치마 지음 | 이이다 포치. 일러스트 | 이승원 옮김

"이제부터 이 엄마와 함께 실컷 모험을 하는 거야.", "맙소사……."
고교생 오오스키 마사토는 그렇게 염원하던 게임세계로 전송되지만,
어찌된 영문인지 그의 어머니이자
아들이라면 껌뻑 죽는 마마코도 따라오는데?!
길드에서는「아들의 연인이 될지도 모르는 애들이니까」라는 이유로
마사토가 고른 동료들에게 면접을 실시하고,
어두운 동굴에서는 반짝반짝 빛나는데다,
무릎베개로 몬스터를 재우는 걸로 모자라,
전체공격에 2회 공격인 성검으로 무쌍을 찍는 등
아들인 마사토가 질릴 정도로 대활약을 하는데?!
현자인데도 유감스런 미소녀 와이즈,
치유계 여행 상인인 포타를 동료로 맞이한 그들이 구하려는 것은
위기에 처한 세계가 아니라 부모자식간의 정.

제29회 판타지아 대상 〈대상〉 수상작인
신감각 모친 동반 모험 코미디!

라이트노벨의 새로운 빛! L노벨의 신간은 매월 10일에 발매됩니다. http://cafe.naver.com/lnovel11

L NOVEL

L NOVEL

©Hiro Ainana, shri, Megumi Nagahama 2025
KADOKAWA CORPORATION

데스마치에서 시작되는 이세계 광상곡 1~32권, EX

아이나나 히로 지음 | shri, 나가하마 메구미 일러스트 | 박경용 옮김

한창 데스마치를 치르던 프로그래머 스즈키 이치로(29).
『사토』란 닉네임을 쓰는 그가 잠시 잠들었다 깨어나 보니
듣도 보도 못한 이세계에 방치되어 있었다!
혼란에 빠질 틈도 없이 눈앞에는 처음 보는 괴물의 대군이 다가오고,
하늘에서는 유성우가 쏟아진다.
정신을 차리고 보니, 최강 레벨의 힘과 막대한 부를 손에 넣었는데……?!
이렇게 사토의 「유유자적, 가끔 시리어스, 그리고 하렘」인
이세계 모험담이 시작된다!!

최강 레벨과 막대한 재보를 가지고
시작되는 유유자적 이세계 관광!!

NOVEL

라이트노벨의 새로운 빛! L노벨의 신간은 매월 10일에 발매됩니다. http://cafe.naver.com/lnovel11

L NOVEL

©Koushi Tachibana, Tsunako 2024
KADOKAWA CORPORATION

왕의 프러포즈 1~7권

타치바나 코우시 지음 | 츠나코 일러스트 | 이승원 옮김

쿠오자키 사이카.
300시간에 한 번 멸망의 위기를 맞이하는 세계를
항상 구해온 최강의 마녀이자,
마술사가 다니는 학원의 수장.
"—너에게, 내 세계를 맡기겠어—."
그리고—
쿠가 무시키에게 신체와 힘을 물려주고, 죽음을 맞이한 첫사랑 소녀.
무시키는 사이카의 종자인 카라스마 쿠로에로부터
사이카로서 누구에게도 들키지 말고 학원에 다니란 지시를 받지만…….
클래스메이트와 교사에게도 두려움을 사고,
재회한 여동생에게서는 오빠를 좋아한다는 상의를 받는
파란만장한 생활이 기다리고 있었다!
게다가 긴장을 풀면 남성으로 돌아가기 때문에,
여성과의 키스가 필수 불가결한데?!

신세대 최강의 첫사랑!

라이트노벨의 새로운 빛! L노벨의 신간은 매월 10일에 발매됩니다. http://cafe.naver.com/lnovel11

NOVEL